ラフォルグ抄

yoshida ken'ichi
吉田健一 訳

講談社文芸文庫

目次

最後の詩

伝説的な道徳劇

ラフォルグ抄

最後の詩　Derniers Vers

この体という機械が私のものである限り、いつまでも貴方のものである
私は、私がつく溜息の数を数えることが出来ません。
——ジュウル・ラフォルグ

オフェリヤ　あの方は私の手をしっかりお摑みになって、お放しになりませんでした。
それから腕を真直ぐにお伸ばしになり、
片方の手を額に翳して、
絵に書こうとでもしていらっしゃるように私の顔をお見詰めになり、長いことそ
うしてお出でになりました。
そのうちに、――私の腕をお揺すりになりながら
そして三度、首をこうしてお振りになって
悲しそうに、深い溜息をおつきになり、
それはあの方のお体を突き崩して、
お命さえ奪うのではないかと思われました。そして私の手をお放しになり、
私の方に顔をお向けになったまま、
それでも歩くのに不自由はなさらない御様子で、
最後まで私から眼をお遷しにならずに
部屋から出ていらっしゃいました。

ポロニウス　それこそ恋の狂気というものだ。

Ⅰ　冬が来る

感情の封鎖、東風の襲来。……
ああ、雨が降り、日が暮れて、
風が吹いている。……
聖霊祭、降誕祭、お正月、
ああ、煙突は雨の中に霞み、……
それも、工場の煙突だ。

公園のベンチは濡れていて、もう腰掛けることが出来ない。
もう来年まで何もかもおしまいで、
ベンチは濡れているし、木の葉の色は変り、
角笛はもう吹けるだけ吹かれているのだ。……

英国海峡の方から吹き寄せられた雲が

私達の最後の日曜日を台なしにしてしまった。

雨が降っている。
森は濡れて、蜘蛛の巣が
滴で重くなって破れて行く。
田舎の景色を金色に染める
麦畑の実りを守護した太陽は
どこに行ったのか。
今日は夕日が弱り切って丘の上に
えにしだの花の中に外套を敷いて横たわり、
それは酒場の床に吐いた唾に似て白い太陽で、
えにしだの黄色い花の床に、
秋の黄色いえにしだの花の床に寝転がり、
角笛の音が響き渡っているのも甲斐がない。
太陽が、……
太陽が元気を取り戻しますように
と角笛の音は言っている。

その悲しい繰り言をもう止めてくれないか。……
聞いていると頭が変になりそうだ。……
そして太陽は、頸から取ったるいれきのようにそこに横たわり、
一人で震えている。……

こうなれば、もうおしまいだ。
誰もがよく知っている冬が来るのだ。
ああ、街道の曲り角よ、
そしてそこに赤頭巾は歩いていない。……
先月通った車の跡は
健気な二本の線になって、
無慈悲な風に追われて大西洋の方に
算を乱して走り去る雲の群に向って登って行く。……
急ごう、急ごう。今度こそは冬が来た。
そして風は昨晩、ひどい荒れ方をして
小鳥の巣も、小さな家の庭も、目も当てられない有様だ。
私の胸には一晩中、木を倒す斧の音が響いていた。……

木の小枝はこの間までまだ皆青い葉を着けていたのに、
森の木の下に今は枯葉が積っている。
小さな木の葉よ、風が君達の長い列を
池の方に運んで行くように。
或は、猟番が焚き火をする時の材料に、
或は、フランスを遠く離れている兵隊達が
病院で使う枕に詰めるのに、風が君達を吹き寄せてくれるように。

冬が来て、銹が群衆を包み、
誰も通らない街道の
何百キロも続く電線の悲みにも銹が食い入る。

角笛の音のもの悲しい響が、……
もの悲しい響が、……
別な調子に変って、
今まで聞いたことがない

音楽になる。……

角笛の音は、……

北風に吹き消されてしまった。

私は角笛の音を忘れることが出来ない。何と多くの思い出がその音に籠っていることか。……

冬が来て、取り入れは終った。……

天使の忍従振りで降り続ける雨の季節になって、

取り入れも、取り入れの籠も、

栗の木蔭で皆が踊っているワットオ風の催しももうどこにもない。

学期が始って戻って来た生徒達の寄宿舎で誰かが咳をするのが聞え、

一人住いをしているものが薬湯を飲み、

肺病が一区の方々に拡って行って、

大都会をみじめにするものが凡て始る。

併し毛糸の下着にゴムの上靴、薬局、夢、

町の屋根の海に向っている

露台の窓から引いたカアテン、
ランプの光、版画、紅茶、紅茶に合う菓子、
こういうものだけを愛して行く訳には行かないのだろうか。……
(それから、どこからか聞えて来るピアノの音の他に、新聞に毎週出ている
衛生関係の統計の
夕暮に相応しい、厳粛に神秘的な味を君は知っているだろうか。)

いや、いや。この季節には地球までがどうかしている。
東南からの気違い染みた風が、
「時」が毛糸で編んだ上穿きを解きほごしてしまうように
冬が、我々の胸を掻きむしる冬が来たのだ。
私は毎年、その度に、
この冬の響を伝えることにしたい。

Ⅱ　三つの角笛の事件

角笛が一つ、息を切らして
野原から呼び掛け、
もう一つが森の奥から
それに答える。
一つは森に向って
歌い、
もう一つの音は
山に谺する。

野原のは
静脈が、こめかみの
静脈が膨れ上るまでになり、
森のは
本当の所、その
可憐な肺を庇っている。

――どこに隠れていらっしゃるの、
私の大事な角笛さん。
貴方は意地悪だから嫌い。

――私はそこで
一緒に夕日を眺めようと呼んでいる
美人を探している。

私は何と貴方を愛していることだろう。
角笛の音、騎士の死。

――愛されるというのは嬉しいけれど、
それよりもこの夕日が綺麗だこと。

夕日はそのきらびやかな袈裟を脱ぎ、
溜池の水門を全部開いて

千の金の河を流れ出させ、
それを酒屋の中でも
芸術的なのが集って、
百本の東洋風の硫酸で燃え上らせる。……
忽ち血の色をした池が拡り、横たわり、
夕日の戦車を引いている四頭の馬を浸し、
馬は跳ね返り、水を散らし、それからこの
藍光とアルコオルの洪水の中で動かなくなる。

併し水平線の冷たい砂や灰は
この毒々しい水溜りを直ぐに呑んでしまう。

栄光は去った。……

そして当てが外れた角笛達は
その時になって落ち合う。

角笛は三人だった。
風が出て来て、寒くなり始める。

栄光は去った。

「——腕を組んで、
銘々が家に帰る前に、
一杯
やることにしたらどうだろう。」

可哀そうに、
三人の角笛は
何と苦しげに笑ってそう言ったことだろう
(まだそれが私の耳に響いている)。

翌日、宿屋のおかみさんが、
三人とも死んでいるのを見付けた。

それでそこの
役人達が呼ばれて来て、
この不道徳な事件の
口書を取った。

Ⅲ　日曜日

要するに、私は、「貴方を愛しています。」と言おうとして、
私自身というものが私にはよく解っていないことに
気付いたのは悲しいことだった。
（その「私」というのは、ピュグマリオンを迷わせているガラテアで、
この特殊事情を私はどうすることも出来ない。）

それで、蒼い顔をした哀れな、貧相な人間で、

余程暇な時でもなければ私自身というものが信じられない私は、
丁度、夕方、一番美しい薔薇の花が散るのを
ただ見ていなければならない棘と同じ具合に、
私は許婚《いいなずけ》が自然のなり行きで姿を消すのを
止めることが出来なかった。
所で、それから一年たった今晩、風の魔女どもが
戸の隙間から、一人でいるものに災あれ、
と叫びに戻って来た。
併しそれだからと言って、どうということはない。
私はもっと前にそれを聞いて、たまらなくならなければならなかったのだ。
もう遅くて、私の小さな狂気は死んでしまった。
一人でいるものに災あれ、はどうにもしようがない。
私はもう私の小さな狂気を取り戻すことは出来ないのだ。

大風が止んで、
今朝の空は晴れている。
それでは、日曜日の教会の鐘よ、

皆景気よく鳴り出しなさい。
そして女の子達は、いい匂いがする綺麗な下着や、カラや、白い服を
衣擦れさせて着て、
朝の食事のブリオッシュの後で教会に行きなさい。
家庭が第一で、確かに、一人でいるものに災あれに違いない。

象牙擬いの表紙の祈禱書を持った女の子は
大人しく家に帰って行く。
その小さな真白な体が、
私のとは全然違った経歴を持っているのを知っていることは
誰にでも解る。

妹よ、私の体は私の美しい魂に焦がれている。……
ああ、貴方は又ピアノを弾き始めて、
それが今度は私の故郷の歌のように聞える。
そして自分が何であるかを知らない貴方の心は、
誰でもが入って行ける場末の酒場の音楽を繰り返し、

貴方の哀れな体はそれに満足することが出来ずにいる。……
魔女どもよ、来てくれ。
気が塞いで、人殺しでもしたくなる時の魔女どもよ。

私は貴方の宝石のような体や、よく響く心を、
喜んで滅茶苦茶にして上げるのに。
そしてそれがどういう性質のものか、
又それを、それも二人で、
どうやって使えばいいか貴方に教えて上げるのに。
もし貴方が、後で少しばかり私がどんな人間かということを考えてくれさえすれば。

いや、いや。それは選ばれた心の持主の体を吸い、
もう直らない病気に掛った器官を崇拝し、そのうちに
偏執がひどくなって世を捨てたりして体の組織が弱り出す前に、
互に相手の姿を垣間見ることなのだ。

そしてその女の体が私にとって凡てなのではなくて、

その女にとって私は偉大な心の持主であるだけだという訳でもない。
ただ二人でどこかに行って、
一緒に仲よく羽目を外そうと思うばかりなのだ。
魂と体、体と魂、
それは、女に対して少しでも男として振舞うという、
エデンの園の誇りに満ちた精神なのだ。

貴方は併しそれまで、軽弾みなことをしないでいて下さい。
糸を紡いではお祈りをして、身持ちよく暮していて下さい。

所で、君もしようがない詩人じゃないか。
閉じ籠ってばかりいると病気になる。
こんなに天気がよくて、家にいるものなど一人もいないのだから、
薬屋まで熱醒しでも買いに行きなさい。
それだって、少しは運動になる。

Ⅳ　日曜日

もう何と言っても、秋が来てしまった。
大風が吹いて、これに付きものの
騒ぎや音楽が起り、……
毎年の秋の行事に、窓のカアテンが引かれ、
枯葉や、アンティゴネや、フィロメラが落ちて来て、
私の墓掘りが、——可哀そうなヨリック、だ、——
それを一緒にしてシャベルで寄せて捨てる。……

恋愛と直ぐに消える藁の火万歳。……

か弱くて、そして犯すことが出来ない女の子達が
教会の方に歩いて行って、
天気がいい日曜日に鳴るその教会の
別にどうということはない鐘が
女の子達を上品に、衛生的に呼んでいる。

その群の廻りが何と清潔に見えることか。
日曜日の感じが何とその為に強められることか。

女の子達が近づいて来ると、我々は何と固くなって、しかめ面をすることか。……

ああ、私が白熊であることに変りはない。
私は、聖体拝領の為の白い服を着たこういう女の子達よりも、
もっと純潔な積氷が拡っている場所から来たのだ。……
私は教会には行かない。
私が分析の長老であることを
忘れて貰いたくない。

併しそれにしても、何故そんなに元気がないのですか。
私に話して御覧なさい。……

実際、何ということなのだろう。
私は海に、又その他、烈しい叫び声しか上げない

自然のもの凡てに助けが求めたくなる。

ああ、何ということなのだろう。
そして何と眠れない夜を続けなければならないことだろう。

相手は、魅力はあっても、何といたわってやらなければならない可哀そうな存在なのだろう。……

そして我々は
驚く前に、……
驚いて跪く前に、何と既に陶酔していることだろう。……

一緒に死にたくなってしまう絶望に
追いやられた最初の
幸福な夕方、
我々は体が震えているのをどうすることも出来ない。……

ああ、今まで隠されている他なかった、
哀れな、そして燃えている、そして又、殉教を強いられて来た驚異、
それに我々は神々しい狂気に取り憑かれて
盲目的にでなければ触ることが出来ない。

ああ、驚異よ、
菫色をした理想よ、隠されたままでいなさい。
宇宙が貴方を守っていて、
葬式から産後の祝聖式へと
遊星の群が貴方に乳を飲ませる。……

ああ、それは神や思想よりも、
何と高いものであることか。
そしてそれはただ、三色菫の色をしているその愛らしい眼で、
無意識に遠くの方を見ることによってだけなのだ。
如何にもか弱くて、
そして人間にとっての炉端の凡てを、

その凡てを女は持っている。……

ああ、もし女がどうかして、
それも女にそれが如何にも似合うのだから、
君に自分を少しばかり可哀そうに思ってくれるようにと
目配せすることがあっても、
それを咎めたりするものではない。

ああ、如何にもか弱くて、そして人が一種の
遊びにしてしまった弥撒《ミサ》にいつも出掛けて行く貴女の
顔を俯けてこの、今年始めて咲いたリラの花を御覧なさい。
私は女を惹き付けるなどということではなくて、
我々の世界の向うにあることを考えているのです。

ああ、教会に入ると同時に
もう満足してあくびをしている
人間というものが我慢出来なくて、

大弥撒が始ったらば直ぐに、
我々二人でこの世を去ることが許されるならば。……

V　嘆願

絶対の愛、噴水がない広場、
併しどの角を見ても、市が立ってごった返している。

素直でなどは決してなくて、
或は拳を腰に当てて立つ
どの女とも愛はその日の
挨拶も同様に、簡単にやり取りされる。

繻子《しゅす》で包んだオレンジの花束よ、
教会の円花窓に差す日も、
ただ男女であるだけの結婚が込みで行われて、

共同墓地に向って駈け足で行くのを見ては、
消える他ない。……
哀れな人々。
絶対の代りにあるのは妥協ばかりで、
それ以上のものは何もないし、どうしようと少しも構わない。

夜、短く刈った髪をして、
菫色に喪に服した眼のキルケどもよ、
私に近寄らないでくれ。
又、蟬が煩さく鳴く中で
日に腋の下を見せ、
歯茎まで剝き出しにして笑って横たわっている
夢のヴィイナス達よ、
或は、紫色の地に家庭を冒瀆する
蓮の花を持ち、人差し指を唇に当てて
真直ぐに立っている種類よ、
通り過ぎてくれ。

処女の眼はこっちが望む時間を
示す青い琺瑯《ほうろう》の時計の盤でしかなくて、
ただ二人の為に、又、女というものにとっての
不滅の時間だけは守らないのでも、
通り過ぎてくれ。
恐らくは最初の一言で
眼を伏せ、
気絶しさえするかも知れなくて、
服の表面、或は皮膚の所までさえも、
ひどく処女ではあるらしくても、
そのやがての運命は何と疑わしいものなのだろう。

ああ、歴史的な奴隷達よ、
その小さな部屋よ、
そこからもっと下の、
どんなに如何わしい住居にも、

冷たい家庭にも、
降りて行かせることが出来るとは。

そしてそうするとその時、自殺する考えが浮び、
そのアァメンに女というものはなくて、
それも何か仕事をしながらになり、
その上に、あのいつもどこか、「これは
どういうことなのでしょう。」と言っている
ような様子をしているとは。

神よ、理想が女から
この天使の役目を取り上げて、
女が男を自分と同等と見做し、
その眼がもう理想に就てではなしに、
ただ人間と人間の付き合いを語ることになったならば。
心では兄弟、
その経歴によって許婚、

そして無限が二人を結び、
四つの腕で刈り入れするのに過した
一日の終りに
太鼓と喇叭が
遠のいて行って、
戸口の前で涼みながら
砂石の盃を挙げて後悔せずに
送った年月を祝う時に、
尽きるともなく話をし、
それを誰もが知っている町に
昔から住んでいるのだったならば、
それさえ出来るならば。

Ⅵ　簡単な臨終

ああ、陸でなし。――又五月になったが、

お前は前に言ったことを繰り返すことしか出来ない。
そしてお前は胸を一杯に膨ませて、それでも胸がはち切れて死ぬということもない。
その陸でなしのお前は、こんなことをしていてはならないのを
よく知っているのだ。

ああ、いつか
自然の或る又とない瞬間を逃さずに、
凡てであるとともに唯一である私の歌が
夕方の空に昇って行き、繰り返され、言うべきことを言う為の努力が
それに籠められ、地面に向って落ちて来ては又昇り、
人々の胸に響き、
嗚咽の独唱になり、
歌われている内容に従って、
又昇って行っては地面に向って落ちて来るように。
ああ、私の音楽が、
肱を突いてもの悲しげな顔付きをしている
その写真通りに、

十字架に掛けられるように。

何かもっと別な主題を、
もっと危険で高級なものを見付けなければならない。
我々が住んでいるこのありのままの世界で私は
もっと危険なのを作ることにしよう。
そこで人間の魂も、
凡て単に肉欲的でしかない関心も音楽に連れて動き、
夕方、盛に吹奏楽が起って、
それは野蛮であり、
一切の希望は失われることだろう。

検証に検証、
それがそこで許される唯一の祭なのだ。
私がそう決めたのを誰が止めることが出来るか。
私は寝台の上に新聞や洗濯もの、
流行の服の図案や何でもない写真、

社会の母胎である
一切の資本を積み重ねる。
それを誰も取りなそうなどとしないように。
他に何をやっても駄目なのだから。
対策はただ一つしかなくて、
それは凡てを破壊することなのだ。

ああ、夕方、盛に起る吹奏楽。
それは野蛮であり、
一切の希望は失われることだろう。
そして我々がどんなに人生というものを踏みにじっても、
動物が不当に苛められて、
決して綺麗になれない女がいるという
人生よりも残酷になることは出来ない。……
誰も取りなそうなどとしないように。
ただ凡てを破壊してしまう他ない。

ハレルヤ、陸でなしの地球奴。
夕方から明け方まで
一切の希望は失われることだろう。
夕方から明け方まで
何もなくなってしまったら、きっと又何か出て来るだろう。
ハレルヤ、陸でなしの地球奴。
芸術家達は、「もう遅い。」と既に言った。
地球が滅びるのを
早めてはならない理由はない。

市民達よ、武器を取れ。「理性」がこの世から失われたのだ。

彼が風邪を引いたのは、この間の秋だった。
或る美しい日の夕方、彼は狩りが終るまで
角笛の音に聞き惚れていたのだ。
彼は角笛の音と秋の為に、
「焦れ死に」するものもあるということを我々に示したのだ。

人はもう彼が祭日に、
部屋に「歴史」と閉じ籠るのを見ないだろう。
この世に来るのが早過ぎた彼は、大人しくこの世から去ったのだ。
それだけのことなのだから、人よ、私の廻りで聞いている人達よ、銘々お家に帰りなさい。

Ⅶ　月の独奏

私は乗合馬車の屋上で
仰けに空を眺めて煙草を吸っている。
私の体は揺す振られ、魂は
アリエルのように踊っている。
私の美しい魂は嬉しくも、悲しくもなく踊り、
道や、丘や、煙草の煙や谷間が流れ、
ここで私の美しい魂よ、振り返って見よう。

私達は気違い染みる位愛し合っていて、
そのことに就ては何も言わずに別れた。
私にはふさぎの虫が付いていて、
それはこの世全体から来たものだった。そこでと、
女の眼は、解って下さいますか。
何故解って下さらないのですと言っていた。
併し二人とも、同時に跪きたくて、
どっちも最初に口を切ることが出来なかった。
(解りますか。)

今あの女はどこにいるだろう。
泣いているのではないだろうか。……
今あの女はどこにいるのだろうか。
少くとも、頼むから体に気を付けてくれ。

道沿いの森の涼しさよ、
快い寂しさ、魂の全部がどこか聞き耳を立てている感じで、

何と私の生活は
羨むべきものだろう。
乗合馬車の屋上というのは魅力があるものだ。

取り返しが付かないことを積み重ねよう。
我々の運命をどうにもならなく暗くすることだ。
あの女の体を他のものが見た海の
砂よりも空の星の方が多くて、
それでも凡ては死に向って運ばれて行き、
港というものがない。

そんなことで何年もたち、
どっちも各自に殻が硬くなり、
今から解るが、私だって幾度も、
「もしあの時知っていたならば、……」と言うことだろう。
併しそれでも銘々結婚して、それも、
「あの時知ってさえいれば、……」と幾度も言ってからだろう。

呪われた出会い、
私の心の行き詰り、……
私が悪かった。

幸福を求めることに憑かれて、
我々はどうすればいいのだろうか、私は私の魂を、
そしてあの女はあの女の過ちを犯し易い若さを。
段々年を取って行く罪の女よ、
これからは貴方を記念して、夜毎に
どの位私は放蕩に耽ることだろう。

その眼は、「解って下さいますか。
何故解って下さらないのです、」と訴えていた。
併し二人が同時に跪くことになるように、
どっちも最初に口を切ろうとしなかった。……

月が昇る。

街道は夢のようだ。……
もう紡績工場も、製材所も過ぎ、
後は里程標と、
空には薔薇色のお菓子のような小さな雲がちぎれているだけで、
そこへか細い新月が浮び、
ああ、夢の街道、そして音楽も聞えない。……
世界の初めから
いつも暗い
松林には、奥まっていて清潔な
部屋が何と多いことだろう。
一晩をそこで過せたら。
私はそこに人を置き、自分を見て、
それは恋人の素晴しい二人組が
法を外れて振舞っているのだ。

そして私はそこも通り過ぎ、
又空を眺めて仰けに寝る。

道は曲って、私はアリエルなのだ。
誰も私を待っていないし、私は誰の所に行くのでもなくて、
ホテルの部屋があるばかりだ。

月が昇る。
街道は夢のようで
どこまでも続き、
駅があって馬を換え、
馬車に明りを付け、
客は牛乳を一杯飲み、
御者は一鞭くれて、
蟋蟀の音と
七月の星を潜って馬車は進む。

月明り、
藍光が私の不幸を沈め、
ポプラの並木が道に影を落し、……

この月明りの洪水に
道端の急流が
自分が立てる音に聞き入っている。……

この月の独奏は
私には書けない。
ああ、街道の夜、
星が一つ残らず出ていて
私は悲しくなる。
ああ、この時間の果敢なさ、……
これから来る秋に
この今の記憶を失わずにいられる方法があれば。……

大変涼しくなって、
もしこの同じ時間に
あの女がやはり森にその不幸を
月光に沈めに

散歩に行っているとしたら
（あれは夜遅く歩くのが大好きなのだ）。……
きっと襟巻を持って出るのを忘れて、
こんな晩だから、戻る気になれなくて体を壊すに違いない。
ああ、体に注意してくれ。
私はあの咳が聞きたくない。

ああ、何故私はお前に向って跪かなかったのだろう。
何故お前は私の膝の前に倒れなかったのか。
私は、お前の衣擦れの音が模範的な衣擦れであるように、
申し分がない夫だったろうに。

Ⅷ　伝説

貧血症の紋章書、
秋の聖詩集。

この如何にも女らしい聖体とその
質がよくない乾いた咳が
人出がない日に見知らない女の姿をして、
もう冬の匂いがする灰色の服に身を包み、
海の波が超人的な音をさせて砕けているのに沿って歩き去るのに対する
私の幸福と天才の聖体器の奉献。

又しても恋愛の犠牲なのだろうか。……

兎に角、少しも繕わない
荒らされた唇で、
歌には動かされなくなっていても、
まだ人を責める時には残酷になる。
併し眼は、もう決して人に近づかないことに決めた魂のだ。
私はとうとうその打ち明け話を聞くことになり、
それは相手が思っているよりも遥かに私を苦める。

――「併しどうして明敏な貴方が、
又貴方の人を見る時に見損うことがない眼が
その通りすがりの経済的な美男の正体を
摑むことが出来なかったのですか。」

――「その人が最初で、私は炉端に一人でいたのです。
その人の馬は窓の格子に繫がれて、
絶望したように嘶いていました。……」

――「よく解ります（可哀そうに）。
それからどうしたのです。
併しその先のことがあの夕日の様子に書いてあるじゃありませんか。
それに、実際の所、
もう秋で、
客が来なくなった
カジノでは
ピアノを片付け、

昨日は楽隊が
最後のポルカを演奏し、
その最後の派手な吹奏が
駅の方に向って消えて行きました。

(この女は何と痩せたことだろう。
これからどうすることだろうか。
今まであったことの思い出が
早く固まってしまうように)。……」

——「道に立っている電信柱は
遠ざかって行く灰色の景色を背にして、
貴方の為に葬式の泣き女の代りを勤めることでしょう。
私は、この季節が私に帰るように言っているので、
もう直ぐ冬が来ます。
こうなる他ないのです。
お体にお気を付けになって下さい。」

「もう沢山です。
こんな話を始めたのは誰なんです。
お黙りなさい。貴方の眼付きの一つ一つが裏切りです。
止して下さい。貴方達は直ぐに倦きるのです。
帰って下さい。
私はただ真似ごとに貴方を愛したのです。

お黙りなさい。
私達は一度しか愛しはしないのです。」

ああ、これで漸く私自身というものが問題になることになった。

それならば、これはもう秋ではなくて、
遠くへ行ってしまうことでもない。
それは伝説の、又、黄金時代の、例えば

アンティゴネの伝説の優しさで、
それに就て人が、「一体それは
いつ頃あったことなのだ、」と聞きたくなるようなものなのだ。

それは私が子供の頃に聞いた伝説、
又爽やかに響く音階で、
そこには安い版画になっている種類のものは何もない。
祈禱書の頭文字を取り巻いている
空の鳥や地の動物は
大して血を流しそうでもないではないか。

併しクベレの最も純粋な土で作られた私が血を流させたりするだろうか。
私はエデンのアダムの技術に掛けて、
太陽が毎晩傾く西に対してのように、
仰々しいまでに忠実なのに決っているのだ。

Ⅸ

その女、他でもないその女が或る美しい晩に、
私の唇から飲むか、或は死ぬ他なくなって来ることになったら。……

ああ、洗礼、
私が存在する理由の洗礼。
それは誰かが、「貴方を愛しています。」と言うことで、
人と神の中を通ってそれが
眼を伏せて
私がいる窓の下まで来るように。

磁石が雷を吸い付ける具合にそれが来るように。
そして私の空は嵐が裂き、破り、
それから朝まで大雨で
夜通しその音が凄じく続き、
そこへ漸くその人が現れますように。

私の先祖である憐憫の天使達よ、この時、
その人が眼を伏せて、
我々の教会の前で足を拭きながら、
こう言いますように。

「私にとって貴方は他の男の人達と違います。
他はただの男達で、貴方は空から来た。
貴方の口は私に眼を伏せさせ、
貴方の姿は私を酔わせて
色々なことを私に教えてくれます。
そして私は貴方が道を戻り始めるまで貴方の後から付いて行き、
その時、貴方がどんなかを説明することに
私の運命が限られていることをよく知っています（私は
もう前からそれに馴れております。）

私はそれから先のことは考えていません。私は
ただ貴方の為に生れて来た私の生涯で悲しげに凡てを待つことにします。

今は、私が幾日も泣いて夜を明かしたことを、
そして私の兄弟がその為に私が死ぬのではないかと心配していることだけを言わせて下さい。

私は部屋の片隅で泣き、もう何もしたくなくて、
日曜日には祈禱書の蔭で本当に泣きました。

貴方は、何故それが貴方で、他の人ではないのかとお聞きになるかも知れません。
それはお聞きにならないで下さい。貴方なのですから。

私はそのことを、私の心が空ろで気が違いそうなことや、
貴方の冷たい素振りと同じ位よく知っています。」

こうしてその人は半死の状態で家を抜け出て来て、
私が戸の前に出して置いた靴拭きの上に倒れるだろう。
その眼はただ私を見て、

私がどこへ行ってもその人はその眼をして付いて来るだろう。

X

透明なジェラニウム、暴れ廻る呪い、
偏執の冒瀆。
癇癪、淫蕩、冷水浴、葡萄を
取り入れた晩の締め木。
追い詰められたおむつ、
森の奥の酒神杖《ティジスス》。
輸血、復讐、
産後の教会参り、湿布、そしてお決りの水薬、
お告げの鐘。旨く行かない結婚をして
どうにもならなくなること。

それから、私自身に就ては、

日常のその人が、
私の小さなその人、いつもの人が
私の小さな生活に入って来るように。
というのは、もうどこも他所へは行かずに。
ああ、私の小さな日常の人。……

それから、何だろう。では、天才と
眠れない夜を慰める思い付き。

その次は、どうだろうか。外でその人を
見ては、その辺の片隅で、
何とあの人は自分から遠いのだろう。何と美しいのだろう。
誰なのだろう。誰のものなのだろう。
ああ、何という見知らない女。どうにかして話がしたい。そして一緒に連れて帰りたい、
と思うこと（又、事実、舞踏会の後で、女はこれが自分の運命と決めた様子で私に付いて来る）。

それから、女に辛い思いをさせた後で
何週間も会うのを避け、
どこかで待ち合せるように言って、
その時自分は家にいる。

そして何カ月もそれっ切りにして、
しまいにその声がどんなだったかも忘れてしまう。……

確かに時間は凡てを汚すが、
残念なことに、何もそれで終了するものではない。

それにその上に、雨の日に鬱ぎ込んで、
いつもの空の下にただ一人、
さ迷い歩くということもある。
又更に、気違い染みた真似を、
住む場所も、家庭もない気違いの真似を

（可哀そうに、愛しているものもない気違いの真似を）
するということもあり、その辺から、
肉体を清める為に大分落ちて、
翌日の明け方に興奮し、
ああ、文学よ、芸術よ、
除けものにされた天使のように
汽車に乗って逃げて行く。

私は私の一生を、大変な話に
足を踏み入れ損い続けて、
埠頭で過したようなものだ。
これも、愛することの光栄に取り憑かれた
私の心を愛する為にだ。

乗り遅れた汽車というのは風情があるものだ。……………

波止場から遠ざかって行く

船は何と、
では又そのうちにという感じがするものだろう。……

波止場は
海に対して築かれ、
私の肉体は
愛を堰《せ》いている。

XI　或る亡くなった女に

貴方には私が愛せない。
貴方には、私達の間だけで言えば、
或る偶然の機会という形でしか
私が愛せない、とおっしゃる。……
——あの女は私を愛していない。
私達が同時に跪く為に必要なことを、

あの女の方から先にしようとは思わないのだ。
もしあの女が私の代りに
Aか、Bか、或はDに会ったのだったら、
そのどれでも一生愛しただろうに。

私にはそのAやBが見える。
或は寧ろ、私にはそのAやBという
あの女が見える。
あの女はそのどれもの為に生れて来たので、
それがどれだろうと、その他に誰もいないことが
女の様子で解る。
女は穏かに頷いて、
どんなことがあっても、貴方と一緒にいるのが
自分の運命であることに変りはないと言う。

間違いなくその人で、女はそれを相手に話す。

「ああ、貴方の眼、そして貴方の歩き方。
どうにも聞き逃せない貴方の声。
私は前から貴方を探していて、
今度こそ間違いがない。……」

相手はランプを少し暗くし、
女を自分の腕に引き寄せて、
その額と、
女の心臓が寂しく打っている場所に接吻する。

そして悲しい愛撫であやし、
何か言って宥めてやり、
運命というものに就て考察し、
一切のものに掛けて誓い、
そのうちに時間になる。

私はその頃、女のことを

思いながら外をさ迷っていて、
女の部屋の窓に明りが付いていないのを
怪しんでいることかも知れない。

女は併し、部屋にいて、自分の場所にいるのを感じ、
既に示したように、
その夜の美しさで
相手を忠実に熱愛している。……

私は二人を見て、それは余りにも申し分がなかった。
女は如何にも相手に忠実な様子で、
その姿は更新され、
大きな眼は輝いていた。

私は一時の間に合せ以上のものではない。

一時の間に合せに過ぎなくて、

それは時間の流れの中での私の一生、
又、空間というものに私が占めている位置と同じことなのだ。
こんなひどい状態に
誰が我慢出来るだろうか。……

いやだ。女というものの為に、一切が無なのだ。
それで私は気違いも同様に、
もう間もなく来る秋と、
凡てのものを抱え込んだ大風を横切って行こうと思う。

私は、今この時間に
あの女は遠くにいて泣き、
大風も嘆いていて、
私は私の住居にただ一人、
私の気高い心は凍り付き、
愛も、何もなしにこうしていて、
凡てはみじめで秋であり、

ひからびていて無慈悲だと自分に言い聞かせることだろう。
そしてもし私が貴方をこんな風に愛したら、
貴方はそれを親切過ぎるとお感じになったことでしょう。有難う。

XII

尼寺に行きなさい。罪深い人間を何故生みたいと思ったりするのです。私にしても、一応は正直な男だということになっているのだが、それでも、私の母が私を生まなかった方がよかったようなことを幾らでも私自身に就て知っている。私達は皆、悪ものなのだ。尼寺に行きなさい。「ハムレット」

心を暗くする北風、ひどい雨、
そして黒い河、軒並に戸締りをした家、
死体陳列所を思わせる陰気な町。
そこを行くのがこの落伍者で、

後から人間の心を含めて凡てのものの
悲惨と、取り残された罪がないものに付く染みを
引き摺り、雨に向って、「私の燃える心と
何とも興味がある肉体を濡らせ、濡らせ。」と叫んでいる。

あの女は、私の心と肉体であるあの女はどうしていることだろう。……

もしあれがこのひどい気候に出歩いているならば、
それはどんな余りにも人間的な話からの帰りだろうか。
そしてもし家にいて、
風の音で眠れないならば、
あれは幸福のこと、
どれだけの代償を払っても得たい幸福のことを考えて、
こうして誰にも理解されずにいるよりは何だろうとした方がましだと言っているのだろうか。
体に気を付けてくれ、哀れな追い詰められた心よ。

（けだるさ、衰弱、動悸、涙、
我々の女であることを望むことから生じるこのみじめな結果。）

ああ、国よ、家庭よ、
そして魂は
年取った処女達を離れて、
それも今年、
英雄的な運命に酔っている。

真暗な夜、戸締りした家、大風、
ああ、尼寺にいるならば。

私の故郷の町は
人口が二万足らずで、
中学と県庁の間、
そして丁度、寺院の前に尼寺がある。
そこでは無名の女達が灰色の服を着て

祈ったり、家事向きのことをやったり、針仕事をしたりして、
それで充分ではないだろうか。……
そして田舎で営まれる
この尼の生活でない凡てのものを
羨むことなしに軽蔑し、
眼を伏せて、
冷たい足取りで歩いていれば。

ああ、私はお前の部屋に締め込まれた
お前の哀れな様子、
或はもう泣く気にもなれなくて
お前が本能的にする小さな身振りを見るに忍びない。

ああ、そんなことがあってはならない。
お前は、血を湧かす手口を眺めて
部屋の窓のカアテンにしがみ付く
他の女達と違っている筈だ。

お前はまだその年になっていなくて、
これから先もなって貰いたくない。
お前は絵のように大人しくしていることを私に約束してくれないだろうか。……

夜は真暗で、
風は何とも悲しげに吹き、
凡ては、こういう晩には火の傍で
二人でいるべきだという古い話を繰り返し、
運命に対する讃歌を止めないが、
お前はそういうつまらない遊びに
自分を放り出してはならない。

十一月の大きな悲みに従え。
お前の小さな部屋にいて、
どこへ行くにも、お前の
美しい眼を伏せて冷たい足取りで行け。

あれはあすこにいて、今晩は何と暗いのだろう。
人生は何と騒々しいのだろう。
そして凡ては人間的で、決り切ったことなのだろう。

我々は何と死ななければならないのだろう。

それでは、孤児の美しい眼に隠された
数々の話を愛する為に、
自然よ、私にその年になったと思うだけの
力と勇気を与えてくれ。
自然よ、私に頭を上げさせてくれ。
我々は何れは死ぬのだから。

伝説的な道徳劇　Moralités Légendaires

テオドオル・ド・ウィゼワに

シバの女王は聖者に言った。——お笑いなさい、美しい隠者よ、お笑いなさい。私は本当に貴方を陽気にさせて上げることを受け合います。私は竪琴を弾き、蜜蜂のように踊り、どれにしても前のよりなお更面白く聞ける無数の話を知っています。

——ギュスタヴ・フロオベル

ハムレット——或る親孝行の話——

私としてはどうしようもないのだ

鉛の格子で菱形に区切られている黄色い硝子が嵌めてあって、開けると軋って微かな音を立てるお気に入りの窓から、奇妙な人物に違いないハムレットは気が向いた時に水の上をあちらこちらと眺め廻すことが出来た。それは水の上でも空でもどちらにも通用することで、彼の瞑想や錯乱はそういう場所を出発点としたのだった。

彼の父が変則な死に方をして以来、この王子が永住することに決めた塔は王室に属する庭の一隅に、誰のものでもある海に面して、人に忘れられた癩病やみの格好で歩哨に立っているという感じである。そしてこの庭の一隅は温室のごみや瞬く間に終るお祭りの枯れた花束を棄てる掃溜めなのであり、海はスンド海峡で、その波には誰も頼ることが出来ず、海の向うに見えるのはノオルウェイの沿岸、或はヘルシンボルグの町であって、これは実際的で少しも金がない王子フォルティンブラスの本拠である。

この若い、不幸な王子が永住することに決めた塔の礎は、スンド海峡がその毎日の、非情な労役の結果集めた漂流物の中でも、最も始末し難いものを腐らせに送って寄越す、或る澱んだ入江の水際に立っている。

可哀そうな澱んだ入江！　王室の、意地悪そうな眼付きをした白鳥の群がそこへ入って来ることは殆どない。雨降りの日の暮方にはその辺に生えている雑草の根元の、泥深い水底から、古怪な蟇蛙の家族の合唱がこの極めて人間的な王子の窓まで聞えて来る。それは、少しばかりの気圧の変化があっても、すぐそれが彼等の神経痛や、ぬるぬるした卵に影響する底の、喉を悪くした老人達がほき出す粘性を帯びた呻きなのである。そして海峡を通る船の最終的な余波は、始終襲って来る俄雨と同じく、この熟し切って皮膚病に掛った水の一隅に殆ど変化を与えず、水面は箒の跡が付いた（孔雀石を溶かしたような）胆汁色の分泌物で酸化され、所々、黄色いチュウリップのような原始的な花を取り巻く平たい、心臓状の葉が膏薬に貼られ、又所々に、我が国の人参の花に似ている虚弱な撒形花を付けた、貧相な葦の叢が突っ立っている。

可哀そうな入江！　そこでは蟇蛙達が彼等の日常生活を営み、植物が無意識に開花する。そして可哀そうな庭の一隅！　夜の十二時になると若い女達はそこに花束を投げ棄てるのである。そして又可哀そうな海峡！　その波は気紛れな嵐に小突き廻され、郷愁は向う岸の、フォルティンブラス王子が宰領する極めて平凡な役所の事務室に行く手を遮られている。

そういう訳でこの入江の片隅は（嵐の日は別として）、除けものになっている塔の、黄色い硝子を嵌めた二つの窓がある部屋に住んでいる不幸な王子ハムレットの姿を正確に映していると言えるのであって、その一つの方からは汚れた灰色の空や沖やどうしようもない存在が眺められ、もう一つの窓は庭の大木の梢を始終騒がす風に向いて開いている。かくの如く全快の見込みがない、支払い不能の秋に苛まれる可哀そうな部屋！　それは七月の今日でも変りはなく、今日は一六〇一年七月十四日の土曜日で、明日の日曜日には世界中の女の子達が何も知らない顔をして弥撒《ミサ》に行くことだろう。

その部屋の壁にはユトランドの景色を扱った申し分なく幼稚な画が十二枚掛けてあり、それは前に年中無休の画家に大量に注文された作品の一部で、城のどの部屋にもそれが十二枚は飾られている。そして窓と窓との間には肖像画が二つ並べて掛けられ、その一つは伊達男のハムレットが親指を一本鞣《なめ》さない革帯に指し込み、硫黄の色をした背景から浮び出て微笑している画で、もう一つの画には徒らものらしい眼付きをして綺羅びやかな新調の鎧に身を固めた、彼の死んだ父親のホルウェンディル王が描かれているが、王は懺悔する暇もなく、罪に陥った状態のままで死んだので、神様がその評判の御慈悲によって、彼の魂をお救いになったことを切に望む他はない。又その部屋には眠れない日々の黄色い硝子越しに射す光を浴びて、卓子の上に散々いじくって最早綺麗にしようがない程汚れた銅版画の道具が置いてあり、その他には堆肥にも比すべき本の山や、小さなオルガンや、姿見や、長椅子やそれから（ハムレットの父親が妙な死に方をして以来ハムレットは毒殺されることを恐れているので）何だか解らないように出来ている茶箪笥などが見える。そして寝部屋には寝台の傍に鋳鉄で拵えたゴチック風の小さな台が据えられ、台の内部から蠟人形が二つ飛び出す仕掛けになっていて、その一つはハムレットの母ゲルタを象り、もう一つは彼女の現在の夫で、姦淫の罪を犯して王位を簒奪した兄弟殺しのフェンゴであり、何れも復讐心に刺戟されての仕事である故に上々の出来栄えで、更に各自の胸にはピンが刺っているが、そういう他愛もないことをしてどれだけの効果があるだろうか。それから部屋の奥には水を浴びる設備があって、これはハムレットにしても仕方がないことである。

ハムレットは黒ずくめの装束をして、腰には小さな剣を下げ、夢遊病者を思わせる鍔《つば》広の帽子を冠ってスンド海峡を眺めている。それはいつもの茫漠とした、それで少しも休むことがないスンド海峡で、今その表面に起伏する何の奇もない波はやがて時間が来れば哀れな漁師達の舟を盛に翻弄する積りで風が起るのを待っている（それが波に背負われている宿命が波に抱くことを許す唯一の感情である）。

昨日の後を受けて、そして明日の天気までの場繫ぎに、今日の空模様は蒼白くて大雨が降った後にしては物足りないにせよ、明日の日曜が好天気であることを約束している。そして今は既に日が暮れて、それは当時の編年史が実感をこめて讃えている種類の夕方であり、市場があった日の騒ぎを方々の居酒屋に向けて分散しつつあるエルシノアの町の雑音が、王宮の敷地を町から距てている広々とした水面を渡って聞えて来る。

——ああ、あの波のように何もすることなくどこまでも海の上を漂えたら、とハムレットは嘆息する。ただ海から空に、又空から海に、そして他のことは人に任せて置くことが出来たなら。……彼は眼前の無意識に幸福な光景を適宜な身振りで処理して次のような感想に耽ける。

——もし私が本気にさえなれたら。……併し凡ては余りにも貴重な瞬間に終始して果敢なさ過ぎるのだ。そして何をするにしても沈黙を守り抜いた挙句に行為する他にやり方はない。……安定しているというのは女のことなのだ。……生活するということなら私は結局は肯定するが、併し英雄になるとは！　それに予め時代と環境に馴らされて登場するとは！　それで英雄は満足出来るだろうか。……英雄とは！　そして後はただ幕が開いたり降りたりするだけだとは。……もし私がちゃんとした女の子だったら本当の英雄にしか私の運命を任せないだろう、必要に応じて気高い行為や名誉を彼のものとして挙げることが出来るような英雄でないなら。……実際ミケランジェロの言い方を用いれば（そして我が国の如何なるトルワルドセンもこの男には適わない）、この衰弱と羞恥の時代には女の子などいなくて、どれもこれも皆看護婦なのだ。尤もその他に可愛らしい、併し生憎壊すことが出来ない人形や、蝮や、枕に詰める羽が取れる鵞鳥《がちょう》もいることはいるが。――英雄になるとは！　でなければ単に生活すること。ああ、方法よ、方法よ、私にどうしろと言うのだ。お前は私が無意識の果実を食ったことを知っている。私は女から生れた人間が服すべき新しい掟を携えて、至る所に定言命令を覆滅してその代りに季節命令を設定しに現れたのだ。……

ハムレットが言うことはそのようにいつまでも続いて、それは五幕に収めたり、又我々の哲学が天地の間に考察したりするのにも長過ぎるのであるが、彼は非常に期待を掛けている役者達がなかなか来ないのを殊の外気に病んでいて、それに彼は昨日からどこに行ったか解らなくなっているオフェリヤの手紙をやっと破いて棄てた所で、それはなり上りものの女の根性で皆最上のオランダ紙に書いてあるので引きちぎるのが容易なことではなく、ハムレットの指はまだずきずきしている。即ちそういうつまらない事情が我々に与える影響も馬鹿にすることは出来ない。……

――あれは一体どこで何をしているのだろう。大方田舎の親戚の家にでも行ったのだろうが、それなら戻って来るに違いない、道を知っているのだから。それにあれにはいつまでたっても私が解る筈はなかった。実際考えて見れば、あれが幾らあでやかで、体によくない程繊細な神経の持主でも、一皮剝げばあれも結局はホップスの利己主義的な哲学を生れながらに体得している英国人の女だったのだ。「我々がものを所有するに就て味い得る最大の幸福は、それが他人の所有物に優っているのを感じることである。」とホッブスは言っている。それでオフェリヤも私を彼女の「所有物」として、そして、私が彼女の友達の「所有物」よりも社会的にも、又精神的にも優っているが故に愛するという訳なのだ。又それは別としても、あれは日が暮れて明りを付ける時刻になると何度私に居心地のよさとか安楽とかに就て語ったことだろう。然も安楽なハムレットとは！　ああ、これ以上の災難があるだろうか。たとえそれで私はいいとしても、せめて私を守る天使の為に願い下げにして貰いたいことだ。ああ、もしこんな夕暮に、自分を軽蔑していることを知っているにも拘らず、自分が熱愛するルウスィヨン伯のベルトランを、フィレンツェまで追い掛けて行って自分のものにしたヘレン・ド・ナルボン*の妹が、それも妹でなければならないが、この象牙の塔に私を訪ねて来たら！　……オフェリヤよ、可愛い鳥黐《とりもち》よ、戻って来てくれ、私はもう決してこんなことは言わないから。——とは言うものの、そして如何に私がハムレットであってもだ、偶には本格的な助平なこともやり兼ねない。この話はこれで止め。——ああ、到頭一行が来たようだ。

ハムレットは左の方にエルシノアの町が海に臨んでいる岸に、彼が待っている役者達に違いない人の群を見付けたのである（彼が鷗のようにいい眼をしていることは誰でも知っている）。

彼等は丁度渡し船に乗ろうとしている所で、小さな犬が一匹頻りに彼等に吠え掛け、一人の腕白そうな子供がそれまで旨く水を切るように海に石を投げて遊んでいたのを止めて、役者達から眼を離さずに立っていた。そして彼等の中で殊に気取った様子をしている一人が人を笑わせる時にするわざとらしい身振りで船頭と同様に櫂を取り、船は忽ち陸から遠ざかった。又その行先に就ては船に乗っている人々が城の方を指差し、女の一人はその露わな腕を舷から水に垂れ、犬が吠えるのや、人々が笑うのや、その話声が水彩画の鮮明さで聞えて来て、そこには確かに十七世紀の或る美しい夕暮の絵巻が繰り拡げられていた。

ハムレットは窓を離れて卓子の前に腰を下し、二冊の薄い帳面の頁をめくり始める。

——仕方がないことだ。私の最初の考えではあの言いようもなく恐ろしい事件を手に掛けて私の孝心を引き立たせ、凡ての芸術の掛け替えがない表現を与え、私の父親の血に恨みを絶叫させて復讐の下地を作る積りだったのだ。所がだ（ああ、自分自身であろうとする欲求よ！）、私はこの仕事に興味を持ち始めたのだった。そしてそれが私の暗殺された父親、というのはこの又とない世界に猶生きるべき命を奪われた父親（可哀そうな親爺！）、それから私の汚された母親（それが女に対する私の考えを滅茶滅茶にして、あの天使みたいなオフェリヤを羞恥と衰弱とで死ぬ程にさせることになったのだ）、更に又私の王位に関することだということを少しずつ忘れて行ったのだ。私は作家として素晴しい材料を与えられてそれと四つに組んだ。何故ならそれは確かに素晴しい材料だからだ。私はそれを抑揚格の韻文で書き直し、所々に番外の台詞を入れ、又私の愛読書たるフィロクテトスから絶好の題詞を選んだ。私は登場人物の性格を自然の状態に於てよりももっと深く掘り下げ、事実を私の意図に従わせ、主人公を扱うのにも悪者を描くのにも、同じ天才を発揮したのだった。そして夕方になって、何か大事な文句の最後の脚韻を付け終ると、私は原稿を書くことで多人数の家族を養っている一廉の文学者のような気持で道徳的にも満足を覚え、家庭的な幻影を追い廻しながら寝床に入るのだった。私はそれで寝る前に二つの蠟人形に挨拶して胸のピンをもっと奥深く刺しこむことも忘れていた。ああ、私は何というお調子者なのだろう！　こんなひどい人間があるだろうか。

そして若くて落ち着いていられない王子は父親の肖像画の前に駈けて行って跪き、冷たい画布に描かれたその足に接吻する。

——許して下さい、お父さん。それに貴方は私がどんな人間だかよく知っているのだから。……

ハムレットは立ち上って、それでも父親の半ば閉じられた、徒らものらしい眼付きから逃げることが出来ないので言い続ける。

——どっちにしても凡ては遺伝なのだ。だから科学的な態度を失わないで、そして自然に即していれば、やがては何でも解って来る。

彼は帳面が置いてある方に戻って来て、それをやはり徒らものらしい眼付きをして眺める。

——何でもいいや、これは確かに見所がある作品なのだ。そして今みたいに悲しい時代でさえなかったならば。……ああ、何故私はパリで、現在ネオ・アレクサンドリア派の詩人達が名声を馳せているサント・ジュヌヴィエヴの丘に一介の書生として暮せないのだろう。そしてフランスのヴァロア王朝の華やかな宮廷に勤めている単なる図書係の身分だったら！　所が私が実際にいるのはこの湿っぽい城で、それも狼と大差がない、むさくるしい人物達の巣窟で自分の命さえ安全であるとは言えない始末なのだ。……

この時部屋の戸に取り付けてある銀の敲き金を黄金の鍵で敲く音がして、召使が一人入って来る。

——殿下がお呼びになった劇団の立役者が二人参っております。

——早速ここに通せ。

——それから女王様が芝居はどうしても今晩でなければならないか、殿下に伺って来るようにとおおせられました。

——勿論のことだ。どうして？

——それはその、殿下も御承知の通り、侍従長のポロニウス様の葬儀も今晩で、先刻終ったばかりでございますから。

——だからどうしたと言うのだ。そんなことを気に掛けることがあるものか。或るものは舞台に出ていて、又、或るものは舞台から退場するのに何も不思議なことはないじゃないか。ね、そして理想はやはりその日その日の極大量を毎晩収穫しているのだ。

召使が出て行って、彼が披露した二人の立役者がお辞儀をしている後で戸を閉める。

——さあ、入り給え。そこに腰掛けて、それから煙草をどうぞ。これが「デュベック」で、これが「バアズ・アイ」。私の所で四角張っては困る。君の名前は？

——ウィリヤムと申します、と裏地を見せる為に着けた飾りの切り口にまだ埃が掛っている胴着を着た二枚目が答える。

——そして貴方は？（おお神よ、この女は何という美人なのだろう。又しても噂の種だ。……）

——オフェリヤ、と、拗ねたような微笑を浮べて女が答える。そしてその微笑は身悶えがしたくなる程如何わしい性質のもので、余りにも陰険なので若い王子はその場を繕う為にわざと大声で喋り出すことを余儀なくされる。

——何と！　又してもオフェリヤか。何故世間の親達は子供にそういう芝居の名前ばかり付けたがるのだろう。オフェリヤなどというのは真面目な名前ではなくて、大入り満員の芝居の広告に出すのに作られたのだ。それとか、コルデリヤだとか、レリヤだとか、コッペリヤとか、アメリヤだとか、皆そうだ。それで、私みたいな庶民の為に、貴方には何か別な名前（本当の、洗礼を受けた時の名前だ、間違えてはいけない）があってもいい筈だ。

――それもございます。ケエトと申します。

――それだ。その方がどんなに貴方に似合うことか。ケエトよ、貴方の名前の為に私は貴方の手に接吻する。

王子は立ち上って女の方に近寄り、その額に接吻した後に、急に女の傍を離れて窓際に行き、一瞬彼の顔を両手に埋める。

ウィリヤムは相棒に目配せする。

――どうだい、皆が言ったことは本当らしいじゃないか。確かに様子が変だ。

――お気の毒な方ね、とケエトが答える。そして窓際から席に戻って来る途中で、ハムレットの眼が憐みで一杯になったケエトの青い眼に出会う。

ハムレットは打ち解けた態度で再び役者達と話を始める。

――ではもう合の手は入れないことにして、君達が得意な芝居はどんなのか言って下さい。

――得意な芝居と申しますと、「サン・ドニの陽気な女達」、それから「ファウスタス博士」、それから「メネニウス・アグリッパの寓話」、「テュウレの王様」などがございます。

――そういうのに就ては明後日ゆっくり聞くことにしよう。皆立派な作品だけれど、私が書いたのは完璧だと言っていいのだから。それでここで今晩上演する為にこの脚本を内証で読んで置いて貰いたい。報酬に就て決して不満な思いはさせない。これは私が書いたもので、主な登場人物は三人しかいないのだが、その一人はゴンザゴという王様で、女王の名はバプティスタ、場所はヴィエナだ。そしてこの女王は義弟のクロオディウスと陰謀を企てていて、或る日のこと、王が東屋でその日常に罪深い状態にあって昼寝をしていると女王はその傍で、彼が起きた時の為に神妙に苺を選り分けている振りをしている。そこにクロオディウスが登場して、二人は黙って接吻し、それから鉛を少し匙の中に溶して、それを器用に王の耳に流し込む。

——まあ、恐しい、とケエトが言って、次第に拗ねた表情に変る微笑を浮べる。

——恐しいでしょう。実際に恐しい。……それで今も言ったように、二人は鉛を溶して（この蒼白い色をした液体をだ）王の耳に流し込み、哀れなゴンザゴ王は悶死する。然も王は罪深い状態にあって、懺悔する暇もなかったことに注意して貰いたい。そしてクロオディウスは王が死んだのを見届けて王の頭から冠を外し、それを自分の頭に載せて女王と退場する。というような筋で、だから今晩はどうしてもウィリヤムとケエトにこのひどい悪者に違いないクロオディウスと女王の役をやって貰わなければならないということになる。

——実は、……とケエトが言い掛けて躊躇する。

——実は、とウィリヤムが代って答える、私達の方針としては、なるべくならば感じがいい役しか勤めないことに致しております。

——感じがいい？　薄鈍《うすのろ》奴、そして或る人物が感じがいいということをこの世でどうして保証することが出来るのだ。それに、それならば人類の進歩はどうなるのだ。

——私達は殿下のお指図通りに致します。

——ではこれが脚本だ。君に預けるからなくさないようにしてくれ給え。私にとっては大切な品なのだ。それで、今晩の為に早速下読みに掛って貰いたいのだが、このように、赤い鉛筆で印を付けた所は特に強く言わなければならない部分で、その反対にこのように青い鉛筆で括弧に入れた部分はそれ程必要ではないからこの際省いても構わない。尤も、……まあ、例えばこの辺の、

少しも野心を持たないで
他人の瞳に見惚れる性分。
ああすっかり芸術で草臥《くたび》れた。
私自身の説明は頭痛を一層ひどくする。
　蜜の色をしたお月様、
　空からここまで降りて来い。

というような所やこういう歌、

小さな、勇敢な魂よ、
真直で、何も恐れない肉体よ、
その奴隷となることに
私は望みを掛けている。

——いい歌、とウィリヤムとケエトが思わず顔を見合せて口走る。
——いいだろう。ああ、もし今のような時代でなかったならば。……それからこれ、

お前は尼寺に行け。恋の思いは
この頃では、その日の挨拶か何かのように
簡単にやり取りされている。

——確かに特色がある台詞でございます、と、役者が保証する。
それを聞いてデンマアクの王子であり、又不幸な人間であるハムレットは有頂天になる。

——それからこの可愛らしい小唄、

一枚の下着がありました、
　ろんろんのぱたぽん
一枚の下着がありました、
　それには釦《ボタン》も付いていた。……

等々。——確かに私は不思議な運命に支配されている。……所で、これを省いてはいけない。これは王位を簒奪するクロオディウスの凱歌で、「当てにならない予感」の節で歌われる。……君はあの節を知っているだろう。

　この企てに神様が
　賛成し給う確証を
　私は今や
　持っている。

では、解ったね。脚本をなくさないようにしてくれ給え。そして芝居が始るのは十時だから、私はその少し前に楽屋に様子を見に行く。それではそういうことにして、これは少しだけど納めて下さい。

二人の花形は、金を受け取って部屋から後退りして出て行く。

ウィリヤムは自分とケエトだけになると小声で暗誦する。

気が違うのに格式はなく、実直な商人も、
天才的な俳優も一様に頭が変になる。
そして宮殿の門を固めている番人は
ハムレットが出入りするのを傍観する他はない。

——お可哀そうに、とケエトが溜息をついて言う、それにちっとも怖くはないし。……実際家であるということになっているハムレットは今や信頼していい人達に託された彼の作品に就て五分間ばかり夢想する。彼は急に元気になる。

——これでいいのだ。フェンゴさんも今度は思い知ることだろう。そして向うが解ってくれさえすれば結構なので、後は署名する形で私が行動に移るだけだ。行動に移るとはあれを殺すことなのだ。フェンゴに彼の命を吐き出させるのだ。……昨日私は小手調べにポロニウスを殺した。あいつはあの、ベツレヘムで子供が虐殺されている図を刺繡した幕の蔭に隠れて、私が何をするか見ていたのだ。ああ、皆私の敵なのだ。ラエルテスにしても、向う岸のフォルティンブラスにしても、早晩私の敵になるのに決っている。私はもう愚図々々していることは出来ない。私はあれを殺すか、或はどこか他所に行く他はない。どこか他所に！　……ああ、自由よ、自由よ、どこか遠方に行って恋愛し、生活し、夢想し、そして有名な人物になること！　羨むべき凡人の幸福よ！　そうだ、ハムレットは自由ではない為に苦んでいるのだ。

――私は誰にも迷惑を掛けようとは思ってはいない。私には一人も友達がないのだ。私の代りに私のことを言ってくれて、私が大嫌いな色々な説明を私がしないでもすむようにどこに行くのでも私の先駆を務めるといった風の友達が一人もいないのだ。そして私の価値を理解してくれる女の子がいる訳でもない。看護婦みたいなのはいるさ、それは。そういうのは、後でそのことを人に話して自慢する気遣いがない瀕死の病人だとか、その他死に掛っている人間にしか接吻しない、言わば恋愛の為の恋愛をしている看護婦達なのだ。

――それに私自身が存在しているとか、或は私自身の生活を持っているとかということにしても、どの程度まで確実に言えることだろうか。私が生れる前にはこの私と少しも関係がない永遠があり、私が死んだ後にも永遠が横たわっている。そしてその間の僅かな時間を暇潰しをして過すとは！　そのうちに私も年寄りになるのだ、見栄ばかり気にしている平凡な女の子達が尊敬する年寄りに。私はいつまでもこうして無名の身分で足踏みしていることは出来ない。そして私の回想録を残した所でそれが何の足しになることか。ああ、もし本当に私のことが解っていたら、昔アドニスの死体の廻りに集って来て嗚咽した女達のように、女という女が私の胸に取り付いて泣きに来ることだろう（然もアドニス以後の幾世紀にも亘る文明に於て、私は彼よりも優れている）。——といって、毎日の食事のことだの、周囲の恋愛事件や誰彼が死んだということに気を取られている女達に、私の伝記がどれだけの印象を与えることか。それは芝居になって上演されれば、晩の食事の後で一時の感激の種にはなることだろうが、家に帰って来ればそれっ切りなのだ。……

——後世の男や女達は二人ずつ組んで、私が自分自身の存在に就て持っている潔癖さを賞讃することだろう。併しそれでいてその真似をしようというのではなく、その為に家で互に愛し合っている男女として暮すのを少しも恥しくは思わないだろう。そしてもっと後になると人々は私が一つの流派を作ったと言って私を非難するに決っている。所で、もし私が仕えている聖なる主、私の万能の主が何であるかをここではっきり言ったとしたら！——併し、兎に角私は何と孤独なのだろう。そして事実それは時代のせいではないのだ。私の五感は私をこの世での生活に結び付けているが、私が持っているこの第六感を、この無限の観念をどうすればいいのだろうか。——私はまだ若いのだ。そして今のように健康が申し分ない間は何とかしていられる。併し自由よ、自由よ、そうだ。私は一度どこかに行って、誰も知らない人間になってこの辺の正直な人達の中に戻って来よう。そして恒久的に、我々の日常生活に関する凡てを認めて結婚することにしよう。これこそ私が考えたことの中でも最もハムレット的なことであると言える。併し今晩は仕事をしなければならない。そして何よりも客観的になることが必要なのだ。では、自然も同様に、墓石を踏み越えて前進しよう。

ハムレットは塔を出て、ユトランド半島を描いた単調な風景画が掛っている長い廊下を渡り（彼はそれ等の画に勇壮に唾を吐き掛けて行く）、階段がある所に来ると、そこに立っている二人の番兵が慌てて矛を捧げる。その傍で他の兵隊がベンチに腰掛けて骨の欠片でお手玉をして遊んでいる。ハムレットは彼等に、Sustine et abstine、堪えよ、そして自我を抑制せよ。自由よ、自由よ、と大声で言って、口笛を吹きながら又階段があるのを降りて列柱廊になっている玄関に出る。その前に城守の舎宅がある。

城守の舎宅の窓が開いていて、鎧戸に鳥籠が下っている。ハムレットはその籠を見るや否や飛び掛って入り口から手を入れ、中で眠っていた一羽の生暖いカナリヤを掴み出して、親指と人差指で首を捩じ、相変らず口笛を吹きながら部屋の中を目掛けて死体を投げ込むと、それが（尤もこれは偶然にであるが）、部屋の奥でまだ日がある間に編物をしていた一人の小娘の顔に当る。娘はこの惨事に際会して目を見張り、手を組み合せる。

ハムレットは振り向きもしないで立ち去るが、途中から俄かに戻って来て、窓から部屋の中に入る。そしてまだ手を組み合せている娘の前に跪く。

──許して下さい、許して下さい。私はあんなことをする積りではなかったのです。罰には何でもさせて下さい。併し私は本当は善良なのです。私はこの頃滅多にないような優しい心の持主なのです。貴方なら解って下さると思う。

──ああ、若様、と娘が震え声で返事する、もし貴方に申し上げることが出来たら！　私には貴方が本当によく解っております。私は以前から貴方をお慕い致しております。私には何もかも解っているのでございます。……

ハムレットは、又例の口だ、と思って、立ち上る。

──お前のお父さんは病気か？

──いいえ、若様。

──それは惜しいことだ。お前ならば安心して湿布をして貰える。

──それよりも貴方でございます。私は貴方のお世話をさせていただきたいのでございます。

──なる程。それならば来週の月曜に又ここに来ることにしよう。私の癌はまだ出血してないようだ（一体どうしたのか私には解らない）。では何れ月曜日に。

ハムレットは落ち着きを取り戻して歩き出す。あの小鳥を殺したのも小手調べだったのだ、と彼は思う。

若い、不幸な王子！　彼の父が余りにも変則な死に方をして以来、時々そういう奇妙に破壊的な意欲が彼の喉を締め付けるようにして起って来るのである。

　或る日ハムレットは早朝から狩りに出掛けた。その時は前の晩からそのことばかり考え続けて、彼は少しも眠ることが出来なかった（夜は思索に適している）。そして翌朝になると飛び切り上等のピンを用意して、彼は先ず途中で見付けた甲虫にそれを一本ずつ刺してそのまま放してやることから始めた。彼は同じ伝で蝶々の羽を捥り、蛞蝓《なめくじ》の頭を切り取り、蛙や蟇蛙の後脚を切り落し、蟻の穴に硝石を振り掛けてそれに火を付け、繁みの中から幾つも小鳥の巣を雛毎に取り出して、雛に旅行をさせる目的で傍の川に流し、その傍には辺りに咲いている花を手当り次第に、薬用としての価値などはお構いなしに薙ぎ倒した。又それで狩りが終った訳でもなかった。春になって、色々な物音で満されている森の蠢きは、この際大小の炉に火が景気よく起っている拷問部屋のようにハムレットの心を浮き立たせた。そしてやがてもっと森の奥の、ハムレットがすることを見ていなかった木の下で昼寝をした甲斐もなく、夕方になってもと来た道を帰る途中で、彼は序でに、それまでにどこか死ぬ場所を求めて這い去ることが出来ないでいた犠牲の眼を何斤も集めて、それで手を洗い、指にも塗り付け、既に気持が悪いので痙攣している指を一本々々念入りに折り曲げて音を立てさせた。ああ、それは現実の悪魔の仕業なのだ。即ちそれは、――然も神の名に於て、それが当り前なのである、――口が利けない、微力な存在に対しては何をしても構わないということを実証する喜びに他ならなかった。併し城に近づくに従って、寝が足りないのと愚劣な興奮とで疲れ切ったハムレットは、夕暮の名状し難い哀れさが彼の喉まで込み上げて来るのを感じた。彼は忍び足で城内に入り、明りも付けずに塔に閉じ籠って、無数の眼が瞬きし、拭い去れない涙に濡れているのを踏み付ける錯覚に悩まされてよろめき廻った揚句、着物を着たままで床に入って冷汗に濡れ、涙を流して、罪滅しに自殺するか、或は少くとも顔を傷だらけにしようとさえ思った。彼は彼の優しい心が、何か考え込んでいるようなそれ等の哀れな眼の中に完全に沈められたのを感じないではいられなかった。併し翌日になると、

——何だ、つまらない。では人間の間ではそういうことはやらないとでも言うのか、田舎者奴、大根役者、薄鈍奴。

それ故にハムレットにとって小鳥を一羽締めること位何でもないのであって、——彼の animal spirits に少しばかりの捌け口を与えたことをしか意味していない。これは重宝な考え方だ。そして哀れなオフェリヤに対する彼の態度も、それと余り異らなかったとハムレットはまだ思っていないにしても、彼の後見に付いている天使はそれを認めている。

エルシノアの墓地は町から二十分程の所にあって、街道に沿うて坂になっている地面に横たわっている。ハムレットは途中で町の城門を潜る。その辺には城門の番兵を相手に商売をしている店が五、六軒ある切りで、それを過ぎると、どこでも同じような、城壁の外の寂しい、単調な田舎である。……

職工が家に帰って行く。それからどこかの結婚式が終った後で招待された客が一塊になって、この時間に町に行って何をしようかと相談している。

エルシノアでハムレットの顔を知っているものは余りいない。大抵のものは躊躇して、結局挨拶しないでいる。それに彼は小柄であって、……要するに次のような人物である。

彼は背が高い方ではなく、先ず尋常な骨格をしていて、細長い、子供のような顔は俯き加減になっていることが多い。髪は栗色で、広い額に鋭角の生え際を劃し右寄りに真直な筋を作って両側に分けられ、平たく、力なげに垂れ下って、女のにしても恥しくない可愛らしい耳を隠している。髭は生やしていないが、その為に頬が滑か過ぎる感じではなく、顔色は聊か不自然に蒼白く、併し若さは失われていない。眼は青み掛った鼠色で、常に何かに驚いたように見開かれ、無邪気で、時には冷たく、時には寝が足りないので充血している（幸なことに、彼の気が弱そうな眼付きは何事か思索しているような率直な明るさを持っていて、ハムレットが無形の触手を働かせて実在のありかを探っているかの如く、いつも伏目勝ちに辺りを見廻す様子は、デンマアクの世嗣の王子よりも、寧ろベネディクト派の修道僧といった感じを与える）。彼の鼻筋は肉感的であり、彼の素直な口は普通は閉じられているが、時によっては、それまで恋人の半ば開かれた口元だったのが俄かに鶏に似た歪んだ微笑を浮べ、又時代の圧力の下に固く結ばれていたのが、どうかすると十四歳の腕白小僧の堪え切れない馬鹿笑いになって精一杯に開かれる。彼の顎は生憎目立たない。そして下顎骨の両端にしても同様であって、ただ嫌悪や倦怠が嵩じて手に負えなくなっている時は顎が出張り、それと同じ作用で眼が打ち負かされた額の下に引込み、顔全体が締って、二十も老けて見える。ハムレットは三十歳である。彼は女のような足をしていて、手は巌丈であるが少し歪んでいて皺がよっている。彼は右の手の人差指に緑色の琺瑯《ほうろう》で出来たエジプト風の甲虫の指輪を嵌めている。そしていつも黒い服を着て、端正な、ゆっくりした足取りで、別に用事もないといった様子で歩いて行く。……

それで夕方ハムレットは、端正なゆっくりした足取りでエルシノアの墓地の方に行く。彼は女や子供や年取った男などの労働者の群が彼等の浅ましい運命の重荷の下に背を折り曲げて、資本家が日々彼等を監禁する工場から帰って来るのに出会う。

――ああ、とハムレットは考える。現在の社会組織が自然を噎せ返らせるに足る程言語道断なものであることは私にだってお前達と同じ位によく解っている。そして私自身は封建的な寄生物に過ぎない。併しそれだからどうしたと言うのだ。彼等はその組織の中で生れてそれは昔からのことで、それは彼等が新婚旅行に行くことや、死を恐れることを妨げず、凡て終ることがないことはいいことなのだ。――そうさ、いつかそのうちに蜂起するがいい。併しその時は凡てを終らせて貰いたい。何もかも、階級も宗教も観念も言語も虱と一緒に踏み潰してしまえ！　そして我々一同の母なる大地の至る所に互に愛し合える幼年時代を我々の為に再び出現させて、皆が熱帯地方の生活を楽みに行くことが出来るようにしてくれ。

我々の本能の
庭に、我々を
癒してくれるものを
探しに行こう。

そうだ、そしてその時彼等が付いて来るかどうか見るがいい。彼等はそうするのには余りにも家庭生活に於る暴君で、まだ充分な美意識を持たず、又まだ暫くは無限の前に余りにも臆病なのだ。彼等は一人のポロニウスか、誰かそういった博愛家が彼等に、「儲けなさい」と口説くのを口を開けて鵜呑みにするがいい。――そしてインドの王子だった釈迦のように、私も僅かな間使徒の情熱を抱いたことがあったとは！　しっかりしてくれ、実際。私の小さな、一つしかない命で（然もそれを私は小さな、一人しかいない女とともにしなければならないのに）、この私が猫に鈴を付ける役目を買って出るとは！　そしてその鈴に私の空っぽの、何を考えているのか解らない頭を使おうというのは！　我々はプロレタリヤよりもプロレタリヤ的にならないようにしなければならない。そして人間の正義の観念よ、お前も自然を無視してまで強くならないようにしてくれ。そうだ、私の友達、私の兄弟達よ！　我々は歴史の展開に我々の運命を任せるか、黙示録の要領で凡てを一掃するか、というのは例の進歩の観念に頼るか、或は自然の状態に戻るか、そのどちらかを撰ぶことが出来るのだ。そしてそれはそれとして、諸君の食欲が進んで明日は日曜だから存分に楽むように！

墓地の鉄格子の門に至る小道は勾配が急で登って行くのに骨が折れる。ハムレットは不機嫌になって、通りすがりに摘んだ芥子の花を指でもみくしゃにする。彼が着いた時は既に遅く、ポロニウスの埋葬式はすんでいて、最後に残った人達が墓地から出て来る。ハムレットは気付かれないように生垣の蔭に隠れる。ポロニウスの息子のラエルテスが端で見ていても気の毒な程打ち萎れて、連れのものに腕を支えられて通る。誰かが、もうこの上我慢することは出来なくなったかのように、「気違いだと言うのならば、そいつを監禁して置くのが当然だ。」と呟くのが聞える。

ハムレットは立ち上って、それまで知らずに蟻の穴を踏んでいたのに気が付く。――どうせ序でだ、とハムレットは思う。こうしてやって偶然のなり行きの手伝いをしよう。……そして彼は踵でその蟻の穴を滅茶滅茶にする。

墓地にいた人達は皆帰って、後には二人の墓掘りしか残っていない。ハムレットはそのうちの一人がポロニウスの墓に供えられた花輪を置き直している方に近づいて行く。

――胸像が出来上るのは来月です、とその男は別に話し掛けられもしないのに説明する。

——何で死んだのか知っているか。

——脳溢血。飲み食いが烈しかったから。

ハムレットは豊富な教養を持っているにも拘らず、それまで殆ど顧みないでいた事実をこの時始めてはっきり認めさせられる。そして彼が一人の人間を殺害し、法的にも充分な根拠を持つ一箇の生命を消滅させたことを感じる。ポロニウスなるもの、……彼は少くともまだ四十年はハムレットを横目で見ることが出来たのに（彼はいつも彼が病気というものをしたことがないのを自慢していた）、ハムレットは別に深い考えもなく、そしてそれにも拘らず決定的に、恰も請負師が差し出した大袈裟な建築見積書に線を引いて無駄な部分を削除するように、その年月を一撃の下に消し去ったのである。こういう矛盾した現象もこの世を離れた彼方に於ては何等かの意味を持っているのだろうか。

ハムレットは彼が花輪の置き方を褒めてくれることを期待して彼の顔を見ている墓掘りの前に立ちはだかり、暫くその男を見返していてから、いきなり、「Words! words! words! 解るか、言葉、言葉、言葉、というのだ、」と相手に叩き付けるように怒鳴る。

そして彼はその墓掘りが、「何だ、陸でなしの閑人奴、」と言うのを待たないで、もう一人の墓掘りの方に行く。

——お前さんは何をしているのだね。

——旦那も御覧の通り、私は古いお墓の始末をしております。さようでございます。こういうお墓がここにあったのは随分前からのことでございます。この墓地は今でも昔のままの大きさで、それだと言うのに、前の王様はこの町の人口を殆ど倍になさいました。

墓掘りは少し酔っていて、シャベルをかって真直に立っていようとする。

——ははあ、殆ど倍になさった。……

——旦那はこの辺の方ではいらっしゃらないと見えますな。前の王様は（やはり脳溢血でお亡くなりでしたが）なかなか達者なお方で、そして又親切な方でもいらっしゃいましたから、どこにお出になっても金をお惜みにはなりませんでした。

——併しあのハムレット王子は女王の子なのだろうな。

——どう致しまして。旦那はもう亡くなりましたあのヨリックという素敵な道化役者のことを御存じでしょうが。……。

——ああ。

——つまり母親の方から申しますと、あのヨリックがハムレット様の兄になる訳でございます。

宮廷に仕えていた道化役者と兄弟だというのである。そうするとハムレットは、彼が思っていた程嫡流ではなかったのだ。……

——それでその母親は？

――その母親というのは、旦那の前ではございますが、それはもう何とも言えない美人のジプシイでございまして、それが息子のヨリックを連れて占いをやりにこちらに参ったのでございます。そのジプシイがお城におることになりまして、それから一年後にハムレット様をお生みして亡くなったのでございます。お生みして、と申しますのは、……その時致しました帝王切開の結果が思わしくなかったのでございます。

――なる程。ハムレットをこの世に引っ張り込むには相当手数が掛ったと言うのか。

……

――さようでございます。あすこの空地になっている所にそのジプシイの墓があったのでございます。この間女王様のお言い付けで、それを掘り返してあのようにすることになりました。それであのジプシイは貴方や私と同様にキリスト教徒だったのでございまして、その証拠に私達はその晩皆もう大飲みに飲んで酔い潰れました。それから可哀そうに、今度はヨリックの墓が同じように掘り返されることになりまして、そこの、旦那の足でお踏み付けになれる所に転がっておりますのがヨリックの骨でございます。

――いや、踏み付けたりしたくはない。

――そして一時間程するとポロニウス様のお子様のオフェリヤ様のお棺が着きますが、それをそこに入れる準備を私は今しているのでございます。世は果敢ないものでございます。

——そうか。……ではあの娘さんは見付かったのだね。

——水門の傍だったそうでございます。今朝御兄弟のラエルテス様がその事を私達に言いにお出でになりました。それは見る眼もお気の毒でございました。大変評判がいい方でございます。あの方は労働者の住宅問題に関心を持ってお出でになるのを御存じですか。それに、この頃色々な噂が立っていることを旦那は知ってお出ででしょうか。

——そう言えば、ハムレット王子は気違いになったと言うじゃないか（おお、神よ、水門の傍で……）。

——そうなのでございます。これでもう何もかも終りでございます。前から申していることでございますが、こうしていられるのも長いことではございません。そのうちにノオルウェイのフォルティンブラス王子の上陸ということになるのでございましょう。私は溜めました小金の全部でノオルウェイの株を買って置きましたから、明日は日曜でございますが、安心して飲める訳でございます。

——そうか。仕事の邪魔をしてすまなかった。

ハムレットは墓掘りに金貨を一枚握らせて、ヨリックの頭蓋骨を拾いあげ、墓石や糸檜《いとひ》葉《ば》の木の間を端正な、ゆっくりした足取りで歩いて行く。彼は色々な人々の運命、それも尋常一様ではない運命を担わされて、彼がなすべきことを見出すのに何から手を付けたらいいのかよく解らなくなっている。

ハムレットは立ち止って、ヨリックの頭蓋骨を耳に当てて見る。

——Alas, poor Yorick! 丁度我々が貝殻を耳に持って行くと、海の音が聞えるような気がするのと同様に、私にはこの骨の中で、曾てはこれがその反響で満されていた、宇宙の霊魂の尽きない交響曲が奏されているように思われる。これは一つの間違いがない考えなのだ。所が人類はそれ以上追究しようとせず、頭蓋骨の中で聞える漠然としたあの世の音に執着して、それで死を説明し、というのはそれで宗教を作っている。Alas, poor Yorick! ヨリックの知性は蛆に食われてしまった。……あれは何か超越した機智に富んでいて、又私の兄弟でもあった（九カ月間同じ母親を持っていた）。といって、だからどうということはないかも知れないが、兎に角彼は人物だった。彼は詮索好きな、狡猾な、一筋縄では行かない男で、彼は自分というものを信じていた。そういう彼はどこに行ったのだろう。誰も知っていない。彼の夢遊病さえ消え失せたようだ。見識というものにしても後には何も残らないということだ。これには曾ては舌があって、Good night, ladies ; good night, sweet ladies! Good night, good night! などと囀ったのだ。これは歌も歌ったし、中には随分際どい歌もあった。——これは予見した（ハムレットは手に持っている頭蓋骨を前に抛るようにする）。これは思い出した（同じ動作を後の方に向けて繰り返す）。これはものを言い、赤面し、又これは欠伸もした。——何とも恐しいことだ。——私はまだ二十年、或は三十年は生きているかも知れない。そして結局は皆と同じようになるのだ。――皆と同じように？――おお、全体よ、最早その一部をなさないということは何とみじめなことなのだろう。――私は明日にも旅に出て、最も確実な死体の保存法を求めて世界中を遍歴したい。――歴史に記されていない凡人達も曾てはこの世に生きていたのだ。彼等も手習いをし、爪を切り、汚れたランプに毎晩火を燈し、恋愛し、おいしいものを食べたがり、虚栄心があり、握手や、接吻や人に褒められたりすることで気をよくし、噂話を生活の糧にして、「明日のお天気はどうだろう。もう直ぐ冬が来る。……今年は一度も乾し李を食べなかった、」などと言っていたのだ。――ああ、凡て終ることがないことはいいことなのだ。そして沈黙よ、お前は地球を許してやってくれ。この子は何をしているのか自分でも解らないのだ。それに理想による意識の総決算の日に、これは唯一の進化に含まれている零細な進化の項に、他の些少な量とともに哀れな「同じく」で片付けられることだろう。――それ以外のことは凡て言葉、言葉、言葉だ。そして我々の言葉が何等かの先験的な実在と附合しない以上、私はそれを私の標語にしている他はない。――私としては、私が持ち合せている才能をもってすれば、私は所謂救世主になれたかも知れないのだ。併し困ったことに、私は余りにも自然の恩恵を蒙り過ぎている。私は凡てを理解し、凡てに熱中し、凡てを一層豊かにしようとする。だから私の寝台に彫り付けてある詩の通り、

私の同化作用の活潑さは
私の閲歴をいびつにするだろう。

ああ、私はそれで又何と高級な退屈の仕方をしているのだろう。——併し私はここに何をしに来たのだろう。——死ぬということ、幾ら才能がある人間にしても、そんなことに就て誰が考えている暇があるか。私が死ぬとは！　そういう話は又次の機会に譲ることにしよう。何も急ぐことはない。

——死ぬということ、我々が例えば毎晩いつの間にか眠っているのと同じ具合に死ぬのだということ位は誰でも知っている。そして最後に何か考えてから睡眠に、或は仮死の状態に、或は死に移る過程を我々は意識することは出来ない。それは解っている。併し最早存在しなくなり、ここにはいなくなり、この全体の一部をなさなくなるとは！　そしていつもと少しも変らない或る日の午後、どこかで弾いているピアノの音に籠められた哀愁を胸一杯に受けることさえ出来なくなるとは！

——私の父は死んだ。私がその延長だと言えるあの肉体はこの世から消えたのだ。そしてそのお父さんがあすこに両手を組み合せて、仰けになって横たわっているが、私としてもいつかはそうなるのだ。そして人々は私を見て言うだろう、「何だ、これはあんなに甘やかされて、いつもひどいことばかり言っていたあの若いハムレットじゃないか。あの男も皆と同じように真面目な顔付きをして、ここにこうしていなければならないという言語道断なことを、こういう落ち着いた態度で受け入れたのか、」と。

ハムレットはやがて頭蓋骨だけになるべき彼の顔を両手に取って、体中の骨に力を入れて身震いししようとする。

――ああ、せめてここでは真面目になろうじゃないか。私はここで言葉、言葉、言葉を並べて然るべきなのだ。併しもしこれが私に何も感じさせないならば、一体何があればいいのだろう。――例えば私はお腹が空けば、色々の食べ物のことが非常にはっきり頭に浮んで来るし、喉が乾けばそれと同様に飲み物のことをはっきり思い浮べる。そして独身者の寂しさが込み上げてくれば日頃憧れている眼や、得も言えない皮膚のことを思って胸が締め付けられるのに、死ぬことに就て考えるのがこれ程実感を伴わないのは、それは私の生活力が旺盛であって、生活が私を捉えて離さず、生活の方で私に期待を掛けているからに違いないのだ。――それ故に私は誰かと二人でする私の生活に専心すればいいということになる。

――おい、そこにいる人、と初めにハムレットに話し掛けた墓掘りが呼ぶ、あすこへオフェリヤのお葬式の行列がやって来た。

ハムレットはいい気持で眠っていたのを大太鼓の撥で背中を叩かれて起された道化役者のように跳ね上ろうとして、やっとのことでその衝動を抑え付ける。そして透し彫りがしてある石垣の蔭に隠れて見物することに決める。

オフェリヤの悲しい葬式の行列が墓地に入って来る（然も二度とあることなく！）。そして坂道を登って行く動揺で、棺に掛けてある黒い天鵞絨《ビロオド》の覆いの上から白い薔薇の花が絶えず振り落される（これも二度とあることなく！）。

――併しあの女がそんな重い筈はないのに、とハムレットは思案する、そうだ、忘れていたが、あれは水を呑んで、水瓶みたいになっているのだ。しようがない奴だ、川から上げられたりして。然も私の本を無闇に読んでいればこういうことになるのは解っていたのだ。――今になって私はあの大きな、青い瞳を本当に美しく思う。可哀そうに、あんなに痩せていて、そしてあんなに健気な女だったのに。あんなに純真で、慎み深かったのに。――ああ、もうどうでもいい。これで何もかもおしまいだ。もしオフェリヤが生きていたらば、ここに近いうちに攻めて来るに違いないフォルティンブラスの妾にされるに決っている、あの男はそういうことに掛けてはトルコ人に引けを取らないのだから。そしてあれはそんな目に会って生きているような女ではない、私はあれを仕付けるのに随分念を入れたのだし、あの女の性格をよく知っている。それで、もしあれがそういう訳で死んだとしたら、そのうちに茶番劇に仕組まれそうな浮名を後に残すことになったのだが、私のお蔭で、……。

ハムレットは墓穴の廻りで埋葬の勤めをしている僧侶達の身振りに気を取られて、暫く考えるのを止める。僧侶達は日曜を控えているので、手軽に仕事を片付けて行く。それに彼等にとって女の子を一人埋めたり、結婚させたりするのは造作もないことである。然もそういうことに一々反抗する余裕を誰が持っているだろうか。芸術は余りにも長く、生活は余りにも短いのだ。そしてハムレットとしては、この際後悔が神経の表面を掻き立てるのを感じる位のことしか出来ない。

――何と言ってもだ、私のように親切な人間、又誰にでも立派な心の持主であることを認められているものが、何故こういうことをしなければならなかったのだろう。私は何ということをしたのだろう。……可哀そうなオフェリヤ、可哀そうなリリ、あれは私の小さな時からの友達だったのだ。私はあの女を愛していた。それは紛れもないことで、疑おうとしても疑いの余地がないことだった。そして私としてはあの女の微笑が示す方向に従って更生することの他に何も望みはなかったとさえ言うことが出来る。併し芸術の性格は余りにも偉大であって、生活は余りにも短いのだ。そして私は私の母や兄弟の関係、更に又その他の点から言っても初めから見込みがない人間だったのだ（そうだ、それも確かにある）。それでその結果として私がオフェリヤを苦めないではいられなかった為に、あれは痩せる一方で、私が以前もっと幸福な時代にあれの指に嵌めてやった婚約の指輪は動くと直ぐに滑り落ちるようになっていた。それも天の知らせだろう。……そしてあれは又如何にも長持ちするのに堪えないといった感じがする女だった。それに、ここの宮廷の宴会では、十六歳から肩を出した服を着けることになっているのだから、あれの肩がまだ純潔であるとは言えなかった。私はあれの肩を最初に見たのがいつだったかも覚えていない。所が肩の純潔さは私にとってなくてはならない条件なのだ。それに又、あれはあの眼差しの気高さにも拘らず、他の女達と同じような経験を持っていたのだし、そういう意味で私だけのものではなかったのだ。それ故に私は最早あれを単に一人の女として観察している他なかった。そして私は、「これからは誰の眼を信用することが出来るだろう。私はこの女の眼を抜き取って、それで手を洗うべきだった、」と考えたりした。そして最後に、私達の逢引の場所にあの厄介な声がいつも私より先に着いていて、それが私の耳に、「接吻する、止めて置こう。これは真実だ、いや、言葉、言葉、言葉に過ぎない、」というようなことを囁き、どうすればいいのか解らなくさせる。お蔭で私は本当に気違いになりそうだった。私は少しは私の健康のことも考えなければならなかった。

勝手に、Holy, holy, Lord God Almighty! と合唱するがいい。それにしても、神に人格を附与するとはどういう了見なのだろう。当て付けがましいというのはこのことだ。——あれの天国は私の記憶のうちにあるのだ。何故ならあれは確かに私の天才に相応しい恋人に是非ともなくてはならない条件を備えていたからで、それは、二つの何でも知っている大きな眼が無邪気に人を迎えようとする口に付き添っているか、或は（白状すれば、あのケエトという女優がそれなのだが）、二つの青くて綺麗な、そして誰か相手を求めているように絶えず辺りを見廻している眼がいつも他人の接近を極度に警戒して、片隅に意地悪い皺を寄せている、過去の経験に蹂躪された口に牽制されているか、そのどちらかなのだ。そしてオフェリヤの横顔は、然もそれが女の美しさを鑑定する場合の唯一の基準なのだが、あれの横顔はブルドッグから羚羊《かもしか》に至るまでの如何なる動物も聯想させなかった。又あれと付き合っていて、私は曾て雌犬の厭らしさを感じたことがなかった。要するにあれはスカアトを穿いた聖徒に他ならなかった。あれが年を取ったりすることが惜しかったし、ましてあの女がフォルティンブラスの妾になることなど考えられようか。ああ、オフェリヤ、何故お前は生れた時から私の連れ合いではなかったのだ。何故それを無理にするような身分の女だったのだ。私があれを萎れさせて、後は運命が引き受けたのだ。

オフェリヤよ、オフェリヤよ、
水に漂うお前の体は
私の古い思いに浮ぶ
棒切れだ。……

葬式が（又とあることなく）終りに近づいて、これも二度とあることなく、棺の上に土の塊が落ちる音が聞えて来る。

——もう一度言うが、あの女は天使のような体付きをしていた。併し今となってはそれに就てどうすることが出来るだろうか。よし、私はあれが復活することと引き換えに私の寿命の十年を提供する。神様は黙っていられる。そうか、それは神様など存在しないということか、或は私に最早十年の寿命も残っていないということなのだ。そして第一の仮説の方が私には正しいように思われる。

行為の人であるということになっているハムレットは、乱暴者のラエルテスが他の人達と一緒に帰って行くまでは、勿論彼の隠れ場から出て来ない。

——私の兄さんのヨリックよ、私はお前の頭蓋骨を家に持って帰る。私はこれを私の部屋の棚に、オフェリヤの手袋と私の最初の乳歯との間に飾って置くことにしよう。ああ、これだけの材料があれば、私はこの冬どんなに仕事をすることだろう。私には無限に書きたいことがあるのだ。

日が暮れて行く。そろそろ行為に移らなければならない。ハムレットは夜になった街道の平凡な景色を余り気に掛けないで、もと来た道を城の方に戻る。彼は先ずヨリックの頭蓋骨という貴重な記念品を置きに塔に登って、暫く窓際に肱を突き、黄金色の満月が凪いでいる海に映って、そこに天鵞絨風の黒と溶けた金の、その意味もなく美しい柱を屈折させているのを眺めている。

悲しげな水に映る月の光、……聖徒であって堕獄の罪を犯したオフェリヤはそのようにして一晩中漂っていたのだ。……

——併し私は自殺することは出来ない。私はまだ生きていたいのだ。オフェリヤよ、オフェリヤよ、許してくれ。そんなに泣くのじゃない、頼む。

ハムレットは窓を離れて、憑かれたように暗闇の中を歩き廻る。

——私は女の子が泣くのを見ていることが出来ない。確かに女の子を泣かせるということは、その女と結婚することと以上に取り返しが付かないことなのだ。何故なら涙は純然たる幼年時代の産物で、涙を流すということは、余りにも深い悲みが何年にも亘っての理性の発育や社会に対する習熟を突き崩して、それ等を幼年時代の無垢の存在から湧き出る泉で洗い去ることを意味しているからだ。——さらば、遂に人に馴れなかった為にまだ誰にも犯されなかったオフェリヤの美しい眼よ。もう夜で、私は仕事に掛らなければならない。その他の理論だの、接吻だのは明日になってからのことだ。

ハムレットは芝居の方がどうなっているかを見に下に降りて行く。

普通は宮廷で催す大舞踏会に運ぶ料理をそこに並べて置く廊下が幾つかの部屋に仕切られて、今夜の役者達の楽屋に当てられている。

ハムレットは別に深い考えもなく、その一つの戸を開けて中に入ろうとして、敷居の所で釘付けにされる。というのは、そこの床の上に、縄を解いた衣裳櫃に取り巻かれて、女優のケエトがまだ涙が止らないでしゃくりあげながら、マグダレナのマリヤのように泣き崩れていたのである。ケエトは裾が長い、地は紅の金襴の着物を着ていて、コルセットはまだ着けず、腕や肩を出して、胸は襞が沢山付いている下着で包み、そこに一人の哀れな、そして或は慰めることが出来る女となって横たわっている。

ハムレットは戸を静かに、器用に締めて、この新しい噂の種に近づく。

――一体どうしたのだ、ケエト。

美しいケエトは王子がそこに立っておられることを何とも思わないで、更に何分間かの間、彼女の涙が呼び戻した幼年時代の感情に由来する気位の高さでそのまま動かずにいる。そして（いつかは行為に移らなければならないので）、漸くのことで立ち上り、王子には背を向けて、もっと泣くことが出来る様子でなかなか解けない紐と格闘しながら、半分やりかけたままになっている、一晩限りの女王としての身仕度に再び取り掛る。――それにしても何という美しい女なのだろう！　もしこの女が口をきいてハムレット的なものの考え方に堕するというのではなくてそれに接近するとしたら、ハムレットの敗北は眼に見えている。そしてその結果としてケエトは拾われるのである。

――いけないね、ケエト。一体どうしたのだ。

そう言いながら、ハムレットはケエトの肩に優しく手を掛ける。

――さあ、私に話しておくれ。

ここに於てケエトは向き直りハムレットの顔を見詰め、この清潔な王子の胸にいきなり顔を押し付けて、又発作的に泣き始める。そう言えば、ハムレットは先月オフェリヤがいい加減泣いて濡らした黒い天鵞絨の胴着を着ている。

ハムレットはケエトの髪を撫で付けて、慰めるのだとか、その他の意味を兼ねて首筋に幾度か接吻するのを妥当と考える。

ケエトの美しさを描写するには、ハムレットの文才がなければ駄目である。例えば我々がケエトのようなのに街で行き会えば、後を付ける気も起こらないで呆然と立ち止り（何故なら我々は、後を付けた所で何になる？　どうせあの女が暇な訳はないのだ、と自分に言い聞かせるからである）、又どこかの応接間にそういうのがいれば、優しく、そして大に気があるようにではなく、（というのは、あの女は人が驚いて振り返るのにもう飽きているいることだろう。それならば何もその人数を殖やさないでもいい訳だ、と考えて）、他所々々しく、余り関心がない振りをして眺めることになる。そして後でその女が他の女と同じような暮し方をしていて、独身だったり、夫を持っていたり、或は恋人があったりすることが解っても、それがやはりその僅か二十五歳の生命と、前の晩はよく寝た怪物の面持にも拘らず、既に幾つかの国際的な事件を惹き起した、あの有名な何某ではないことが直ぐには納得出来ないのである。

ケエトは方々を渡り歩いて生活して来たが、そこに何も特筆すべきことは見出せない。

ああ、みじめな生活！　地方の小さな町、ランプの笠、薄汚い仲介人、戸が乱暴に締められる音！　ああ、みじめな間に合せの生活よ！　ケエトは確かに渡り歩いて生活して来た。そしてそれがそこに立っていて、こちらを眺め、その不機嫌な皺をよせた口元は今朝開いた山小菜《ほたるぶくろ》の花であって、その大きな、まだ誰にも知られていない眼は、「何？……そうかしら。……」と呟いているように見え、然もその細い首筋の上に付いている小さな髷には何という慎しさが感じられることだろう。——もうこの位で止めることにしよう。ケエトは女であり、奴隷であって、自分が何であるか解らないのである。……

ケエトには解らないし、ハムレットは憐憫と愛撫を兼ねて、その若い唇を悲しさで狭められたケエトの肩の、念入りに手入れされた皮膚に当てて、ただ自分が人間であることを示すことしか知らないのである。

併しそれでいい訳はない。今は天然の平野から遠く、先ず凡てを整理する必要があり、それも今晩を期して早速始めなければならないことなのである。

——さあ、ケエト、何故、泣いていたのか言っておくれ。お前は昨日まで私を知らなかったのに、今晩は既に私が接吻するのを少しも不思議に思わなくなっている。私にお前が何故泣いていたのか言っておくれ。

——いいえ、それはどんなことがあっても言えません。

——そんなにひどいことなのか。だから、私に、……。

ハムレットはそう言いながら、自分の頬をケエトの肩に載せる。それでケエトはハムレットの方に顔を向け、眼を伏せて、両手を伸し、非常に迷惑そうに、怒っているような声で話し出す。

——それなら言います、私は陸でもない女ですけれど、誰に何と言われようと私の魂は卑しくはありません。私が今まで立派な女役をどれだけ勤めたかは神様が御存じです。それだのに貴方がお書きになった芝居の、子供の時や婚約した頃の私の役を読んでいたら、それなんだけれど、……私達の運命っていうのはあの通りなんですもの、私達がそれに甘えることが出来るようでいて残酷で。本当に貴方みたいな方は他にいなくて、そして誰も貴方を理解していないのに違いありません。ここにいて荒っぽくて、拍車を鳴らして歩いている人達が貴方は気違いだなんて言っているのは嘘なんです。でも貴方は何て多くの女の人達をお苦めになったことでしょう。いいえ、そんなことじゃないんだけれど、……もう言いません。

——その先を言ってくれ、オフェリヤ。

——兎に角、私が支度をしながら、あの教会での台詞を暗誦していたら、私は又涙で一杯になって、それで床に泣き倒れたんです。私だってそういうことは解るんです。ああ、私が今送っているような嘘っぱちな生活は本当に嫌だ。私は明日何もかも止めて、カレイ*に戻って尼さんになります。そして百年戦争で負傷した気の毒な人達の世話をして一生暮すことにします。

ハムレットは無躾な男ではないが、この場合彼の芸術家としての喜びを抑えることが出来ない。彼は自分が詩人であることの確信を得たのであって、それをこの女優は右のような次第でロンドンの第一流の劇場から彼に齎したのである。だから彼がケエトを質問攻めにして、更に詳細な説明を求め、彼の作品で少しでもいい箇所をケエトに残らず言わせるのも無理はなく、かくの如く彼の宇宙的な心は彼の天才が啓発したその女の眼に自分の姿を映して飽きずに眺める。

――そうすると、もしこの芝居が大都会の劇場で上演されたら素晴しい成功を収めると考えていいだろうか。そして人々は私が悲しそうに街を歩いているのを見て立ち止るだろうか。又或るものは私の生活の謎が解けなくて自殺するだろうか。ケエト、お前にはまだ言わなかったけれど、この芝居なんて何でもないのだ。私はこれをつまらない家庭のごたごたの中で書いたのだが、私は他にも芝居だの、詩だの、仮面劇だの、哲学の論文だの、誰も今まで発表したことがなかったような、圧倒的な、或は読むものによっては致命的な効果があるのを書いて持っているのだ。私達はこれから一緒になってやって行くのだ。私は何もかも止めて、二人でこの月夜の晩にここを立つことにしよう。私はお前に何でも読んで聞かせる。そして私達はパリに行って生活しよう。

ケエトは黙って又泣き始める。

——いいえ、ハムレット。私にそんなことは出来ません。私は今までの生活を止めて尼さんになって、百年戦争で負傷した人達の世話をしながら毎日貴方の為に神様にお祈りします。

誰かが戸を叩く。

——ケエト、涙を拭いて急いで支度をしろ。私は芝居が終る前にここに戻って来る。私はお前が好きなのだ。この大変なことに就てお前の感想を聞かせてくれ。——誰だ。

その声に応じて舞台監督が入って来る。ハムレットは部屋を出て行く前に監督と立ち話をする。

——今晩の芝居の脚本は私が書いたのだということを誰にも言わないように。そしてこれはそっちで偶然に選んだのだということにして置いて貰いたい。では予定通りやってくれ。

——そうだ、とハムレットは塔に戻る途中で自分を相手にして言い続ける、今晩の芝居とか、それが持っている意味とかは、ケエトの最初の恋人が誰だったかということと同じ位に私にとっては最早どうだっていいことなのだ。——運命は既に決せられたのだ。私がなすべきことが何であるかは明瞭だし、こういう解決はいつも思いも寄らない方向から現れる。私にはやはり生活とその周辺と、それからそれにも拘らず尊重すべき生活に対する否定論が向いているようだ。

ハムレットは厚い着物に着換えて、何枚かの銅版や、原稿や、その他に金貨や宝石を二つの箱に詰め、その晩持って行く武器を選択する。次に彼は小さな炉に火を起して、その上に銅版画に使う銅の板を一枚置き、それに、胸にピンが刺っている二つの蠟人形を載せる。そしてその二つの蠟人形はやがて溶けて、汚い液体の流れとなって合体する。

——そしてこの国の王位に対する私の権利も放棄する。そんなことで頭を使うのも馬鹿馬鹿しいことだ。ノオルウェイのフォルティンブラスは私がこういう考えを持つことに賛成するに違いない。それでいいのだ、死んだものは帰って来ないのだから。私は旅に出掛ける。そしてパリに行くのだ！　ケエトは女優としても天使みたいに、又怪物のように上手なのに決っている。私達は大変な人気を博することだろう。そして二人とも風変りな別名を選んで付けるのだ。

ハムレットはそういう風変りな別名を考えようとするが、既にその時、二人がその晩馬で飛ばす距離の実感が彼の胸を締め付ける。明日は日曜で、エルシノアの女の子達が弥撒と晩禱に出掛けるのに変りはなくても、その明日の今頃二人は町の城壁から何と遠い所にいることだろう。

ハムレットは馬の用意その他を言い付ける為にベルを鳴して家来を呼ぶ。そして家来が来るまで彼はそこの壁に何枚も掛けてあって、彼の空しい青春の暗い記憶の一部となっているユトランド半島の画に唾を吐き散らして時を過す。

フェンゴ王とゲルタ女王は、機嫌よくしていなければならないので疲れた笑顔をして一通り辺りを見廻してから、着席する。それで一度立ち上ったその晩の参会者は、風が吹いて来る方向を聞き定めようとしている麦の穂に似た衣擦れの音を立てて、又腰掛ける。そして小姓達が戸の方に退き、舞台の幕が両側に開く。

このような場合、ハムレットに注意するものは誰もいない。彼は壁から突き出ている壇の隅の方にクッションを置いて腰掛け、そこに廻らされた欄干の蔭に隠れて舞台と会場を見下している。

「嵐のような喝采」という文句がハムレットの頭に浮んで来る。――併し何も逆上《のぼ》せ上ることはないのだ。会場の大部分は空で、宮廷の仕来りで拍手してはいけないことになっているし、今夜そこに来ている人々は王夫妻の顔色に従って自分達の表情を決めるのであり、然も第二幕以後はこの二人は余りいい気持がしなくなるのに決っていて、それだけ彼等が芝居を見る眼にも不公平が生じる訳である。

芝居が始って、それを殆ど全部暗記しているハムレットは舞台装置の出来栄えだとか、もっと本格的な観察を対象とした場合の言葉の効力だとか、訂正すべき箇所だとかに就てあれこれと思案する。そのうちにケエトが登場して、芝居全体が俄かに活き活きして来る。

——何ということだろう。私は全くの素人に過ぎなかった。私に欠けていたのは舞台での実地の経験だったのだ。私は考えていたことの四分の一も言い表していない。そしてあれは前髪が下った髪に結って、何と完全に、又幻想的に美しいのだろう。あれは自分がどこに連れて行かれるのか少しも気が付かない様子をしている。そしてあれの眼は時には凡てを理解していて、時には全く何も知らないように見える。実際あれの体は千年後までの語り草になることを成就する為に鍛えられたのだ。我々はお互に相手を理解している。我々は一躍して世に知られるに違いない。あれはオフェリヤと同様に、どこか着物の襟を立てているといった感じを持っている。併しあれの場合はその為にあれが逆に引立って見える（これを一つの言い方として覚えて置こうか）。私はあれを生活自体のように愛して行く積りなのだ。——今の台詞の言い方は全く素晴しかった。

私の所に戻って来て、
私の髪の中でお泣きなさい。
その時私は貴方の為に、告白で花輪を束ねましょう、
もし貴方がそれを望んで下さるなら、……。

ああ、戻って来ないでどうしよう。私は女を知っていると思っていたが、女とか自由とか言って、いい気になって観念的な常套文句を並べていただけだ。——そしてそこにいる二人の悪者も熱心になって見物していて、この恐しい芝居を誰が書いたのか気が付かないらしい。あれだけ省略したのにまだ余計な所が残っているとすれば、私は少しそういう部分に気を入れ過ぎたのかも知れない。併しあの庭での場面が問題なのだ。——そう言えば、ラエルテスが来ていない。

幕間になって、人々は席を離れる。小姓たちが寄って来て、王と女王の着物の裾を持ち上げ、彼等は再び疲れた笑顔をして廻りのものに機嫌がいい所を見せる。その間に鰊の燻製やビイルが泡を立てている野牛の小さな角が配られる。

第二幕の第二場で、ゴンザゴが東屋で妻に扇がせて昼寝をする場面になるや否や、臆病者のフェンゴは芝居の意味を悟って、クロオディウスが登場する前に気絶する。女王は匆体振って席から垂直に立ち上り、人々は思い思いの顔付きで囁き合って、気忙しく右往左往する。そして間もなくポロニウスの後継者たる侍従長が矛で床を叩いて（彼は就任したばかりで張り切っている）、この恐しい芝居に幕が降される。

ハムレットも席から立ち上って、叱りながら叫ぶ。

——音楽をやれ、音楽を。ではやはり本当だったのだ。私は今まで信じることが出来なかった。——あれで併し沢山だ。私はここに愚図々々してはいられない。明日にもなれば、私は鼠も同様に毒殺されるに決っている。

彼はベルが鳴ったり、人を呼ぶ声がしている召使用の階段を駈け降りる。楽屋には誰も見えない。彼は中止された所が開かれたままになって置かれている彼の脚本を先ず拾い上げる。

ケエトが彼を待っている。

——ただ気絶しただけだ。後で話して上げる。私はお前に接吻しないではいられない。全く天使みたいな演技振りだった。これから大急ぎだ。……でなければ二匹の鼠も同然だ。

彼はケエトが着ている金襴の衣裳を脱ぐのを手伝う。ケエトはいい所に気が付いて、その下に普段着をそっくり着ている。ハムレットはケエトを外套でくるみ、頭巾を冠せる。

——こっちだ。

二人は庭を横切り、その足音で塒《ねぐら》に付いた鳥が驚いて飛び立つ。ハムレットは歩きながら口笛を吹いている。二人が小さな門を開けて庭を出ると、そこに家来が馬を二匹用意して待っている。

そして馬の鞍に付けてある大切な箱の間に跨れば、後は何事もなかったように、早足で馬を進めるばかりである（これで本当にいいのだろうか。何か余りにも造作がなかった感じである)。

二人はエルシノアの城門を通らずに街道に出る為に、畑の中を行く。月夜の晩で、街道も、やがて二人の前方に果てしなく展開する平原も月に明るく照されているに違いない。

……

それはハムレットが数時間前に、家に帰る職工と擦れ違いながら歩いて行った街道である。

何とも言えない温かな、いい気候であって、それに対して月は北極の夜の美しさを実現しようとして相当な成績を収めている。

——ケエト、食事はまだか。

——ええ、とても食べる気がしませんでしたから。

——私も昼から何も食べていない。もう少しすると狩小屋があって、そこで食事をすることが出来る。その小屋の番人は私の乳母の夫なのだ。あすこに着いたら私が赤ん坊の時の画を見せて上げる。ハムレットは墓地の傍を通っているのに気が付く。

(墓地、……)

そうすると、何がハムレットにそうさせたのか、彼は馬から降りて、その辺りに生えている木に繋ぐ。

——ケエト、そこで待っていてくれ。私は暗殺された私の父のお墓にお参りして来る。

後でいつか話して上げる。花を一つ、紙で出来た花を一つ取って来るだけのことだから、直ぐ戻る。そして後で我々があの芝居を読み返している時に、その花を栞《しおり》の代りに使って、結局は接吻するので読むのを止めることになるのだ。

彼は糸檜葉の木の影が石ころの上に落ちている中を、真直ぐにオフェリヤの、あの既に妖しく、伝説的になっているオフェリヤの墓の方に歩いて行く。そしてそこに着くと、両腕を組み合せて佇む。

——確かに、

死人は
口が固い。
冷たい中で
眠っている。

——そこにいるのは誰だ。ハムレットか。そこにお前は何しに来たのだ。
——ラエルテス君じゃないか。どうしてここに、……。
——そうだ、私だ。そしてもし科学の最近の進歩によってお前が全くの気違いであることが明かでなかったなら、私はそこの墓に眠っている私の父と妹の仇を即座に取らずには置かないのだ。

――ラエルテス君、私にとってはそれはどっちでもいいことなのだ。併し君の立場も充分に考慮していることを承知してくれ給え。……

――又何という恐るべき道徳観念の欠如だろう。

――それ程だと君は思うのか。

――もうその位でいい。帰れ、この気違い奴。さもないと私は我慢が出来なくなる。大抵お前のように気違いで終る奴は芝居をすることから始めるのだ。

――お前の妹もか。

――ああ。

この時、辺りは昼間のように明るく、どこかの百姓家で飼っている犬が月に向って余りにも孤独な感じで吠えるのが聞えて来る。そして人間として申し分がないラエルテスは(寧ろ彼の方をこの物語の主人公にすべきだったことに、私は漸く今になって気が付いたが、もう既に遅い)、三十を過ぎて遂に無名の身分で終る、自分の運命を思って、胸が一杯になる。彼がどうしてそれに堪えられようか。彼は片手でいきなりハムレットの喉を捉え、片手でその胸に短刀を突き刺す。

ハムレットは誰の前に出ても、かつて曲げたことがなかった彼の膝を折って、芝生の上に倒れ、夥しい血を吐き、死に追い詰められて最早逃れることが出来ない動物の恰好をして、口を利こうとする。……彼は僅かに次の言葉だけが言える。

――ああ、ああ、Qualis.....artifex.....pereo!*

そして遂に彼のハムレット的な魂を、永遠に変じない自然に返上する。

ラエルテスは人間的な衝動に駆られて、前屈みになって死人の額に接吻し、その手を握り、よろめきながら墓の囲いの間を縫って、二度と戻って来ない覚悟でその場を立ち去る。そしてその挙句坊主になったことかも知れない。

沈黙と月、墓地と自然、……

――ハムレット、ハムレット、とケエトが呼ぶ声がやがて聞えて来る。ハムレット!


……


月に照されて、凡ては北極圏を思わせる沈黙を守っている。

ケエトはしまいに自分で行って見ることにする。

それで解る。ケエトは月の光も手伝って蒼白くなっているハムレットの死骸に触る。

――短刀で自殺なさったのだ。

傍の墓には次のような言葉が彫ってある。

　　オフェリヤ
ポロニウス卿並びにアンヌ夫人の娘

享年十八

そして日附は今日になっている。

——この方の為だったのだ。それならば何故私をあんな風にして、お連れになったのだろう。お可哀そうに、……どうしたらいいのかしら。

ケエトは前屈みになってハムレットに接吻し、その名を呼ぶ。

——ハムレット、my little Hamlet!

併し死んだものは死んだので、生きているものは皆それを知っている。

——私はお城に戻って、私達の出発を知っている家来を見付けて皆言うことにしよう。

ケエトは、ヴァロア王朝が栄えているパリに行く途中の平原を明るく照しているに違いない月に背を向けて、早足で帰って行く。

その結果、よくない当てこすりを目的とした芝居のことだの、駈落ちのことだの、凡てが判明した。そして人々は上等な松明に火を付けてハムレットの死骸を探しに出掛けた。

——何と言っても、これは歴史的な一晩だったのだ。

所で、ケエトはウィリヤムの情人だった。

——太い奴だ、とこの男が叫んだ、そんなことをしてお前のビビを棄てる積りだったのか。

（ビビというのはビリイの略称で、ビリイはウィリヤムの愛称である。）

そしてケエトは散々殴られ、然もそれは最初のことではなく、又それが最後でもなかった。——併しそんな目に会わされてもケエトの美しさに変りはなく、ギリシヤだったならばケエトに祭壇が立ったに違いない。

かくして全く秩序が恢復された。

ハムレットが一人いなくなったのである。併しそれでこの種族が絶えたのではないのである。

薔薇の奇蹟

もう一群の含羞草《ねむりそう》はこれとは少し異った具合に作用し、子葉は午前中は十一時半まで萎れるのを続けてそれから直立し始めたが、十二時十分に又萎れ出して、夕方に掛けての直立の運動は一時二十二分に漸く開始された。

――ダアウィン

I

喜歌劇にでも出て来そうな服装をしていながら何れも決してそのような人柄ではない、貪欲な山国の住民に選出された無学な市参事会が管理するこの温泉場では、そういうことが起ることは少しも考えられていなかった。

ああ、何故凡ては喜歌劇の出来事のようであってはならないのだろう。……何故その年そこのカシノで演奏された「忘れな草」という題が付いている英国のワルツの音に合せて（勿論私はいつもカシノの片隅で胸を締め付けられる思いでそれに聞き入っていた）、凡ての物事が運ばれて行かないのだろう。それは余りにも取り澄した具合に憂鬱で、余りにも手の下しようがなく美しくて果敢ないワルツだった。……(もしこの物語を始める前に、このワルツの感じを簡単に伝えることが出来たら!)

ああ、ベンジンで絶えず綺麗にされている手袋よ! これ等の人間の派手で憂鬱な往来よ! 如何にもそう見えることが納得出来る幸福な外観よ! ああ、その時はかくも貞潔な哀感をもって分娩した自分の子である逞しい道楽息子達がすることを理解することが出来ずに、火の傍で黒いレエスに包まれて年取って行くに違いない美人達よ!……

小さな町、私がこの上もなく愛好する小さな町。

所でここでは患者達は目盛が付いたコップを持って鉱泉を飲んで歩くのではなく、温泉に入るのであって、その温度は二十五度であり(入浴の後に散歩をしてそれから一寝入りすることになっている)、ここの温泉は神経系統の疾患、殊に女でそういう病気に掛っているのに利き目がある。

ここに集っている患者達は最早「忘れな草」の可憐な、几帳面な調子に合せてもワルツを踊ることが出来ない脚を引き摺って、或は疲れた色をした皮で張ってある小さな乗り物に乗って、後から押されて往き来しているのが見受けられる。又彼等はカシノで開かれている音楽会の途中で発作的に噎せ返る奇妙な音を立てながらいきなり席を離れたり、或は散歩をしていて誰か悪戯者が剃刀で切り付けでもしたかのように突然襟首に手を当てて後を振り返ったりする。或は又森の片隅などで手紙を小さく引き裂いて古風な谷間に撒きながら顔をこっちが心配になる程痙攣させていたりすることもあり、要するに彼等はこの余りにも絢爛な世紀が生じた神経病の患者で、我々がどこに行っても出会う種類の人間なのである。

この他に蛇や、墓地や、蠟人形を照すことが好きな太陽は他所と同じようにここにも何人かの、緩慢な足取りで歩くのを常としてディレッタントに珍重される種族たる肺病患者が集る原因をなしている。

曾てはここのカシノで賭博が行われた（ああ、派手で無責任な時代よ、気紛れな私はそれが既に過去に属することを惜まずにはいられない）。併しそれが中止されてからは（ああ、忠実なレポレロに常に付き添われたカニノ公の亡霊よ、自分が誰にも理解されないのを不満に思っているどんな墓掘りが今貴方の世話をしているのだろう）、幾つかの広間には殆ど誰もいなくて、金属製の釦を付けた紺の羅紗の服に勲章を下げている番人達が空しく立っているだけである。そしてそれだけはいつも同じ場所に重ねられている新聞を閲覧する部屋では精神病患者の一人が必ず発作的に噎せ返り始めて、こっちが読んでいた「タン」紙を思わず床に落させてその部屋にいたたまれなくするし、以前賭博が行われた部屋には最早独楽や、玉突台や、子供の為の福引券を入れた硝子張りの箱や、又部屋の隅に碁や将棋の道具が備え付けてあるに過ぎない。それから又別の部屋には曾ては盛に使用されたグランド・ピアノが置き去りになっている。——ああ、ショパンの手の付けようもなく浪漫的な譚詩曲《バラアド》よ、又しても一世代が過ぎ去ったのであって、それにも拘らず今朝それを弾いている娘は恋愛していて自分の前には、即ちその気高い、そして虚飾を棄てた魂がこの世に現れるまでは恋愛をしたものがないと思い込み、誰も理解しない譚詩曲の憂愁に胸を痛めている。今日では誰もこのピアノに冠せてある褪せた花模様の覆いを持ち上げるものはいないが、それでも晴れた晩にこの部屋を吹いて通る風は、曾てはオッフェンバッハの罪深い音楽の音に連れて踊る多くの栄養がいい肩を照していたシャンデリヤに吊されている硝子の飾りを打ち合せて、ハアモニカに似た不思議な琵琶音を奏するのである。

併し曾ての罪深いカシノの露台からは今やロオン・テニス用のコオトの清潔な感じで密生している緑の芝生を見下すことが出来るのであって、そこではこれこそ本当に現代的で筋肉がよく発達し、冷水浴を欠かさず、歴史に対して責任があると考えている青年達が腕を露出し、胸を張って、彼等の相手の教養がある、解放された娘達に対しても責任を取っている気組みで各自の animal spirits を発散させていて、娘達は踵が低い靴を穿いてぎごちない、併し上品な足取りで、大気と男性に対抗して動き廻っている（所が、それよりも各自の不滅の霊魂を大切にして死を思うことの方が、病気をすることとともにキリスト教徒には寧ろ相応しい状態なのである）。

このように現代的である若い男女がテニスをしている芝生の向うには町の附近の丘が起伏し、金色の円屋根が幾つか重なっているギリシヤ正教会の教会堂が立っていて、ストゥルツァ公爵家の人々が死ぬと皆そこの地下室に葬られることになっている。それからもっと向うには、第一に学問も余りない、或る退位させられたカトリックの女王が苦い顔をして暮しているX荘があり、そこに記帳しに行く人間の数は減る一方であるが、女王は自分が住んでいることでまだ以前と同じようにこの町に恩恵を施しているのだと思っている。

それから更に丘が続き、浪漫的な城廓や、写生するのに丁度いいような田舎家が散在する、要するにあり来りの石版画といった感じの景色がそこに展開している。

そしてこの何とも凝った小さな町とそれを取り巻く丘の上には又と見られるとは思えない無限の空が拡り、事実ここに来ている虚弱な婦人達は自分と神との間に花車な日傘を翳さずには決して外出しないのである。

この町の娯楽的な方面に関することを担当している委員会も活潑に仕事をしていて、ヴェニス風の夜の祭りとか、軽気球を上げるのだとか（それを操縦する人間は依然としてカルル・セクリウスと名乗っている）、子供の騎馬行列とか、降神術の会合とか、降神術を否定する会合だとかの催しが始終あり、それがいつもここの健気な管絃楽団の伴奏付きで、この楽団はどんなことがあっても毎日先ず午前七時半に町の浴場でその日の序曲を合奏し、次に午後は大通りに植えられたアカシアの並木の蔭で公演し（ああ、黒い服を着けて顔を白粉で蒼白くし、自分が弾いている竪琴と同じように打てば忽ち響く魂の持主である外国人風の精神病患者か誰かに攫《さら》って行かれることを狙って音楽堂の天井を見上げる女の竪琴弾きの独奏よ！）、又晩は管絃楽団と同様になくてはならない電燈の明りで再び演奏するのである（ああ、空に確実に輝いていて然も掴み所がない星に向ってコルネットが吹き続ける「アイィダ」の行進曲よ！……）。

そういう訳で、この小さな贅沢な温泉町は確定的に、極めて高級な蜂の巣といった感じで谷の底に横たわっている。そしてそこで目に留るのはどういう場所で過されたのか、兎に角過去の生活の豊富な経験を持っている男女の客ばかりで、労働者の如きものは一人も見受けられず（ああ、都会が凡てそういう一流の温泉場のようだったら！）、その代りにいるのは裕福な暮しの端役を勤める馬丁とか、馭者とか、夕方家の戸口に白い仕事着を着て立っている料理人とか、驢馬を貸す為に引いて廻る男とか、肺病患者用の乳牛を連れて歩く牛乳屋などというような人種だけで、その他にここには文明の磨きが掛った凡ての種類の国語と人間が集っている。

そして日が暮れて、音楽を聞きながら欠伸をし掛けて眼を上げ、いつ見ても町の周囲にある丘や、散歩の途中で繊鋭な、弱々しい微笑を浮べて振り返る人々を眺める時、実際何かこの町が緑の中庭を控えた豪奢な牢獄で、そこにいる凡てのものが病人であり、というのは何れも人類の進歩が着々実現されつつある都会から遠く離れてここの町に置き去りにされた、浪漫主義と過去の思い出に憑かれた病人であるというような奇妙な錯覚を起さざるを得ないのである。

その頃大概のものはカシノの露台の上で晩の食事をした。そして余り遠くない所にT公爵夫人も来ていて（これは不器量な顔を塗り立てた茶褐色の髪の大きな女だった）、気が利いたことを言っている積りで（それは間違いだった）談笑し、その取り巻きも夫人が言うことが気が利いていると思っていた（重ねての間違いである）。――私は噴水の水がその時空に現れた金星を目指して何とも形容し難い具合に上昇するのを眺めていて、その間にも谷間に木霊して花火が打ち上げられ、これも別な種類の噴水のようだったが、もっと星に近く――星は考える葦たるコルネットが郷愁に満ちた音で吹奏する「アイィダ」の行進曲の場合と同様に噴水やこれ等の花火に対して確実に輝いていて然も摑み所がなかった。そういう晩の感じは実際何とも言えなかった。そしてその頃あすこの町に来ていながら、丁度磁石が雷を誘致するように、それまで未知だった自分の許婚をそこに引き寄せることが出来なかったものは、以後己の相手を探すことを断念した方がいい。何故なら誰かいたとしても、最早それは別な女、というのは哀れな代用品たる別な女でしかあり得ないからである。

　小さな町よ、お前は私にとって唯一の恋愛の相手だった。そしてあの女が死んだ後は（あの女である）、私は殆どあすこの町に行ったことがなく、又行こうと思ってもみない。そしてそれは感傷的な理由からではないのであって（尤も感傷ということは一群の浅薄な人々が考えているようなものではないのであるが）、恰も血縁の繋りと同様に如何なる国語でも言い表せない或る何物かの為なのである。

Ⅱ

それは聖体祭の日だった。
その日は方々の教会の古い鐘が朝から鳴り続けていた。

鐘よ、鐘よ、
神の譴責《けんせき》を伝道する鐘よ。……

併しながらこれ等の神々しく鳴り渡る鐘は或る種の下劣な自己宣伝と余りにも烈しい対照を示していた。というのはその日聖体祭の行列があり、町の広場がその行列が途中で止る主要な箇所になっていて、この広場に面しているオテル・ド・フランスと英国ホテルとが何れも聖体を迎える為の祭壇を設け、毎年その趣向にワァテルロオの会戦や国際競馬を想起させる悲むべき競争心を発揮するのだった。

今年も輿論は（vox populi, vox Dei 民衆の声は神の声に他ならない）英国ホテルに勝利を与えた。

　又事実正面の階段に銅の留め金を渡して敷き詰めた絨氈の上に奇もない花籠や、六月の太陽が差しているのに蠟燭を全部燈した大燭台とともに宗教画が四枚型通りに掲げてある他に、この英国人の住処であるホテルでは鉢植えの棕櫚を幾つも並べた中に、その余りの悪どさが人目を惹かずには置かない極彩色を施したロココ風の聖徒テレザの像が（聖徒テレザがこの町を守護する聖徒である）階段の最上段に安置してあった。そしてこれに対してオテル・ド・フランスの方は昨年にもまして贅沢に花を飾り立てることしかしていないのだった。

　尤も広場の三つ目の角を占めている公爵夫人の屋敷では趣味の堕落を防ぎ、又民衆を啓発する為にもっと高尚で落ち着いた感じの祭壇が別に出来ていて、それは牡丹の花や孔雀の羽や桃色の蠟燭に囲まれて三箇の台の上にティイポロ作の聖家族の画と、ルカス・クラナッハ作と伝えられるマグダレナのマリアの画を左右に配して公爵家の紋章を紫色の天鵞絨の楯に刺繡したのも飾ってあるという趣向だった。

　併し勝利は英国ホテルに帰したというのが人々の一致した意見だった。そしてそれはけばけばしさと野蛮な拙速主義の勝利であり、何れもっといい時代が来れば高価な代償を払わされるに決っているのである。

　所がオテル・ド・フランスの祭壇はその植木棚に一杯に植えた百合の花の時宜を得た美

しさに就ては論じないにしても（そしてかかる美しさはいつまでも消え失せない）、この祭壇は薔薇の奇蹟のもっと美学的な再現を見ることになったのである。

そうだ、あの伝説に残っている薔薇の奇蹟の再現である。

少くともこの出来事の主役を勤めることになった女にとってはそれは確かに奇蹟だったのであり、その女というのは肉親そのものの愛情や友達の好奇心から余りにも早く奪い去られる他なかった。そういう同情しないではいられない種類の女としては典型的な人物なのだった。

所で英国ホテルとオテル・ド・フランスがワァテルロオ会戦や国際競馬を想起させる悲むべき競争心を発揮していて、その日聖体祭の行列が止る主要な箇所になっている町の広場にはこの時早くも思い思いの、最新の流行を追った服装をしている外国人の群が（これも己の不滅の霊魂を大切にする代りに、云々の口である）単なるその辺の住民とともに日光を浴びて詰め掛けている。

六月の真昼の太陽を受けてこれは確かに美しい光景である。所が我々に夕方を聯想させる存在が今や登場する。

――これでいいか、ルウス。

――ええ、パトリック。

オテル・ド・フランスの入り口に当る列柱廊の蔭に若い女の病人は長椅子に慎しく体を

横たえて、弟のパトリックが姉をスコットランド製の毛布で包んでいる間に金モオルが付いている制服を着たそこの給仕が殴ってやりたくなる程の恭しさで病人の右手に屛風を持って来て立てる。

パトリックは姉の枕許に腰掛ける。彼は何かの匂いのように薄い姉のハンケチと、オレンジの香錠が入っているボンボン入れと、扇と（扇とは明日の命が期せない病人の又何という悲しくも皮肉な気紛れなのであろう!）、天然の麝香を入れた小さな瓶を持っている（これが瀕死の病人の最後の頼みである）。彼は姉がその病人としての役割を演じる為に必要なこれ等の悲しい附属品を携帯して、既に生活の彼方の根元的な高所に親しく向けられている姉の眼の動きに備え（生活とは虚無の餌食に過ぎない）、その姉の眼は今の所その衰えて指が真珠色を呈している手の色合いを眺めることに用いられている。

ルウスは一度も結婚したことも、それ所か婚約したこともないのに、その左手の真珠色をした薬指に確かに細いのではあるが、兎に角指環を嵌めている（ここにも何か不可解なことがある）。

それは友達の好奇心から余りにも早く奪い去られた、高度に精神的な瀕死の病人であって、長い、真直ぐな襞が付いている鼠色の服を着て毛皮の外套を肩に掛け、白いレエスの襟を立てて、古い三つの百合の花を合せた形の細い金の留め金で留め、その髪の毛は赤味掛った琥珀色で額の上で束ねられ、念入りに編まれて清らかな襟首の所でロオマ帝国の皇后がしているような平たい、優しい髷を作り眼は驚き易く、親切な感じがするが人に馴れず、小さな口は官能的であっても唇に血の気がなく、要するに美しい女で然も凡ては手遅れとなった観がある。全く手遅れであって、そうでないと言うならば、どうしてそれならこれから後にこの蠟色の顔が又と嫉妬に燃えたりすることが出来るだろうか。……

ルウスは自分がまだ口が利けるのを確める為であるかのように、

——ああ、パトリック、私にはあの流れの音が本当に我慢出来ない。……

と言う、そしてホテルの傍には事実急流が激しい水の音を立てて流れている。

——そんなことで神経質になってはいけません、ルウス。

それでルウスは気を紛らせようとして、黒と白の市松模様の毛布に撒かれている黄色の薔薇の花を掻き廻し（医者の命令で血の色をした赤の薔薇の花は禁じられているのだった）、次に、いつもそうするように、見せ掛けとは決して思えない洗練された苦痛の表情をして言う、

——私は弱っている、パトリック。本当に何か香りがなくなった匂い袋のように弱っている。……

二人は姉弟であるが、母親が違っていて（それが又互に非常に違っている母親であり）、パトリックは四つ年下でその故郷に生えている樅のように見事な青年である。彼等はこのホテルに二カ月程前に来て、そこの離れ屋の一軒に住んでいる。

――私は弱っている、パトリック、本当に何か香りがなくなった匂い袋のように弱っている。……

事実生活するのには純粋であり過ぎるとともに何とか生きて行くというのには余りにも神経質であり、然もこの世に存在することで傷けられるのに対しては金剛石の硬度を持っているという、全く犯し難い人物であるルウスはただ避寒地から避寒地へと、墓地や、腐敗しつつある物質や、蠟人形を照すことが好きな太陽を追って移動しながら、その間に匂い袋と同様に少しずつ香りを失って行くのである。……

昨年はルウスはインドのダァジイリングにいて、そこでこの若い肺病患者はそれまでの病気の他に一種の幻覚に取り憑かれることになったのである。それは或る月夜の晩に彼女がどこかの庭にいて、（自分はこの地上で行われている血腥い闘争から既に隠退した身分であるにも拘らず）何とも不思議な自殺事件を惹き起し、そのようなことを少しも望んでいなかったとともにその唯一の目撃者だったことに端を発し、その後ルウスが血を吐く毎に彼女はその不思議な目撃者自身が熱情に駆られて流した赤い血を見る気がして、かくの如く取り返しが付かなく撒き散らされた血に対して彼女は譫言の形で色々な、それも明確で切実なことを言うのである。

肺病患者で、幻覚に悩まされているのであり、これだけの浪漫的な事情の正体が何であるにせよ、ホテルの地下室で召使達が互に囁き合っている通り（一体に彼等がそういう場所で言うことは無慈悲である)、この若い婦人が長くはないことは明白である。

そして自分自身の遍歴や英雄としての成長を暫くの間中断する夢を見ているかの如く、パトリックは運命論者の眼で姉の頬に上る束の間の血の気や、そのハンケチに付いている月形の血痕を見守っている。彼は或る時は大西洋に住む決して人間に懐かない海鳥の眼のように鋭く輝き、又時には深い霧に包まれたかの如くになる姉の眼や、夏の稲妻と同じ青味掛った色をしているその額の静脈に注目して生活していて、姉の食事の世話をし、姉を散歩に連れて行き、毎朝気晴しの為に花束を持って来るというようなことの他に、姉に色刷りの画を見せたり、ピアノに向ってノオルウェイのキエルルフ*の作品集から短い曲を選んで弾いて聞かせたり、少しも気取らない声で本を朗読したりするのである。

その日もパトリックは行列の到着を待っている間に、そしてホテルの階段の下に立っている数人の無作法な見物人に気を取られないでいる為に姉に「セラフィタ」の残りを読んで聞かせている。

――「……恰も一羽の白鳩が来て止ったように、この肉体に或る霊魂が一瞬宿った。……」

――そういうことは誰にでも書ける、とルウスが言う。確かにこの本は下等な神秘主義の擬いもので、それが書かれたジェネヴァの匂いがする。それにその兜を冠って剣を着けた神の使者というのはどういうことなのだろう。可哀そうなセラフィタ! いいえ、あの猪首のバルザックは決して貴方の兄弟にはなれなかったのです。

そしてルウスは気品高く黙り込んで、片方の手で黒と白の市松模様の毛布に撒かれている黄色の薔薇の花を掻き廻し、片方の手をその痩せた胸に神秘的な錠前を下しているかに見える或る不思議な七宝細工の飾りの方に持って行く。

彼女がその痩せた胸に着けているのは確かに不思議な飾りであって、もっと近寄って見るならば、それは彫刻を施した、野蛮な、そして又未来の時代に属する趣味の七宝細工で、一箇の巨大な、絢爛な孔雀の尾の目に人間の瞼が冠り、それを囲んで余りの緑に荒玉のままの、無色に近い宝石が鏤めてあるのだが、その由来は或る日パリのボア・ド・ブウロオニュで、その暫く前からルウスが外出する毎に必ず見掛ける一人の男がその時も茂みの中から現れて彼女が乗っている馬車に追い付き、極めて穏かな調子で、――「これは貴方だけに差し上げるのです。そして申し上げて置きますが、貴方がこれをお手放しになれば私はその日に自殺します、」と言いながらこの飾りを彼女の足下に投げ込んだのだった。所で或る晩彼女がどこかの家の客間に入って行くと、一人の男が彼女を見るなり気絶した。そして正気を取り戻すと、自分がそのようになったのは彼女自身のせいではなく、彼女が胸に着けているその七宝細工の飾りが目に留ったからで、それを彼の蒐集に加えたいと思うので是非譲って貰いたい、と吃りながらルウスに言った。それで彼女はそれを断って飾りの由来を説明し、その飾りをくれた男の人相に就て覚えているだけのことを話して聞かせた。そうするとその蒐集家は飾りを持っていたその男を探して廻って結局見付からないので、或る日ルウスの所に来て人工的な美を愛する己の哀れな魂を神に返上したのだった。

それで遂に大事な秘密を打ち明けなければならなくなったが、この美しい瀕死の病人であるルウスは自分自身の受難の道程に於て至る所に自殺事件を惹起するという不可解な運命を担わされているのである。

この小さな温泉場に災しに来る前にルウスはビアリッツでその運命による働きをしていた。そして血を見ることを極度に嫌っているにも拘らず、サン・セバスティアンの町で行われている闘牛を見物しに出掛けることを思い立ったのだった。

ルウスと如何なる場合にも冷静を保っているその弟とは闘牛の囲いを見下している知事の桟敷に腰掛けていた。ルウスは襞その他の飾りが何も付いていなくて、恰もそれを着ているものが流行というようなこととは関係なしに徐々に解体して行く事実を余り明確な線や型に嵌った仕上げで冒瀆しない為であるかの如く、経帷子《きょうかたびら》の感じで無造作に纏われているとでも言う他ない茶色の寛濶な服が包んでいる体を何と興奮して震えさせていたことだろう。

そして又闘牛場で流される血がそこの砂に吸われて行くのが、彼女をいつも悩している血の幻覚に暫くの間取って代っていることも事実なのだった。

ルウスは胸が悪くなる思いを一度もすることなく、目隠しされた痩せ馬が既に六匹も腹を裂かれて、四匹の牛が傷だらけにされた挙句に止めを刺され、徒歩の闘牛士が二人も突き倒されてその一人は腿に傷を受けさえするのをこの上もない喜びをもって眺めたのだった。そして観衆が一斉に何千というハンケチを振って、騎馬の闘牛士の馬が無益に殺戮されるのを留めて徒歩の闘牛士を呼び入れるように、その日の司会者たる知事に彼自身ハンケチを振ることを望む意志表示を行う毎に、ルウスはそうさせないように知事の腕を抑えたのである。

――ああ、まだです、知事閣下、もう一度だけやらせて下さい。今度のがれなければ意味がありません。……

そして五番目の牛に至って無能な知事を罵る声が方々から起ったのだった。その時既に二匹の馬が互に脚を絡せ合って倒れていて、誰かが殺しに行くまでの時間を喘いでいた。又その他にも二匹の馬が裂けた腹から腸を出して闘牛場から引かれて行った。そして漸く合図があって、黄色の服を着けて重い武装をした騎馬の闘牛士が退場し、リボンを付けた二本の投げ槍を持って身構えている一人の徒歩の闘牛士と牛とが期待が漲る沈黙のうちに闘牛場に残された。その可哀そうな牛は非常に旨い具合に行った（というのは肉に僅かに触れただけで牛を怒らせはしても弱らせるには至らない）。幾多の傷から血を出していた。そして牛は闘牛士に飛び掛ったが、途中で止って方向を変え、倒れている二匹の馬の力が抜けた体を嗅いだり、小さな角で引っくり返して見たりしに戻って来て、恰もどうしてそのようなことになったのか理解に苦んでいるかの如く、首を低くして馬の前に、馬を庇っているといった態度で立ちはだかった。然も闘牛士が幾ら身構えをし直して牛に呼び掛けたり、牛を揶揄《からか》ったりしても、両足の間に自分の黒い絹の総が下っている帽子を投げ付けさえしても、牛は依然として焦立って砂を片足の蹄で掘り返しながら何かを求めている様子をしていて、色取りどりの観衆が周囲で騒ぎ立てていてどんなに飛び廻っても目隠しされた瘦せ馬や、抵抗がない赤い布切れしか突くことが出来ないその囲いの中で、訳が解らなくなっているように見えた。

一人の助手が柵を越えて来て、牛の頭に空の革の袋を投げ付け、観衆は喝采した。

そしてその時突然に、二万の扇が見事に晴れた空の下で息を呑む沈黙のうちに使われている中で、牛は明瞭にルウスの方に首を向けて恰も彼女だけが凡てそういう忌しいことの原因であるかの如く、自分が住んでいた牧場を遠く離れて名状し難く悲しげな（というのは要するに全く天才的な）鳴き声を発したので、人々は極度の狼狽を覚えざるを得なかったのであり、それは新しい宗教が創始される際の如き瞬間であって、その間に卒倒して譫言を言いながら運び出されたのは誰かと言うと、――知事の桟敷にいた惨酷で美しいルウスなのだった。

その時、彼女は悲痛な調子でいつもの繰り言を言っていた。

も、……。

——あの血、……あすこの芝生が血で染っている。そしてアラビア中の香水を集めて

又ルウスが来たのであるから、その日行われた牛馬の殺戮の結末として思い掛けない事件が持ち上ったのも止むを得ないことだった。それはその日最初にルウスに会ってそれ切りになった知事、というのはこの熱病を患って黄色くなった顔に金縁の眼鏡を掛けて、闘牛の仕来りというようなことや観衆の罵言に対しては眠っているかと思われる程冷やかな態度を持していた西インド諸島生れの白人がその晩自殺し、ルウスに宛てた幾つかの骨董品とともに（それは彼の言明によれば植民地で領事をしていた時代の記念で、そういう場所に長い年月を送ったことが彼の生活に倦き果てた、不思議な性格を形成したのだった）、一通の不可解ではあっても高貴な感情に満ちた手紙を遺したが、それを幸にパトリックは抑えることが出来て、彼は兎に角そういう意外な出来事が連続して起るのは何を意味するかを理解しようとすることを断念した。

そして天に在します神の他に、誰にそのようなことが解るだろうか。

Ⅲ

教会の鐘は人間と同様に暫く息を入れた後に、又一しきり無智な自然に囲まれて鳴り響

き、自然はスピノザの説による能動的な自然と受動的な自然の区別に就ては何も知らないが、それでも結構その両方の役が勤められるのである。

人々は騒音とともに天に在します神の行列が近づきつつあるのを感じた。そして楽隊が聞えて来て、行列が現れた。

先ず教会の合唱団の子供が二人で茜色の着物を着て、慣例によって何の感興も覚えない顔をして一人は香炉を下げ、一人は古い銀製の十字架を持って進んで来た。

それから羊の群を思わせて、貧乏な母親達が無理をして着飾らせた学校の生徒が二人ずつ組んで、帽子の底に讃美歌の本を開けたのが入れてあるのを持ち、大通りのアカシアの並木に向って連禱を金切り声で唱えながら足を踏み鳴して続いた。そしてその先頭の二人は裕福で勢力がある市民の子供の恰好をしていて、擦り切れた重い波紋絹の旗を捧げ、親の勢力がそれ程ではないと見える別な二人の子供が旗に付けた飾りの紐を持っていた。この四人が通っている時に、その一人の父親が見物人の中から出て来て、如何にも、「ここのものだ」、という顔をして自分の鬚に使うブラッシで大事な息子の油で固めて綺麗に分けた髪の分け目をもう一度付け直した。そして最後の四人は生徒の中の年長者で、聖体拝領者の黒装束をしているせいで顔が蒼白く見え、そういう宗教向きのものを売っている店によくある型のピエタを載せた担架を担いでいた。又この一団を赤茶けた礼帽を冠って仰々しく手袋を嵌め、烈しい原色の懸章を着けた下士官のように拳を腰に当てた教会の合唱団の指揮者が四人で往ったり来たりしながら監督していた。

次に白い服に青い帯をして、餡玉で出来た天使のような女の子達が髪に鏝《こて》を当てた鈴蘭の冠を付け、剝き出しの腕に道に撒く為の花弁を入れた籠を下げて続き、その何人かに景気がよさそうな町人風の女が母親と見えて日傘を差し掛けて付き添っていた。

その次には女学校の生徒が思い思いのではあるが簡単な服装をして、讃美歌を余り自信がない声で歌いながら通った。

それから品行方正で表彰される底の、「マリアの子」修道会か何かに属する一団の娘達が白い服を着て、花の冠を付け、手袋を嵌めて非常に澄し込んで、旗を捧げたり、聖徒の像のようなものを載せた担架や、自分達の教区で大事にされている聖徒の遺品などを担いだりして練って来た。

その後から聖体拝領者の資格でやはり白い服装をして襞になった長い面紗《ヴェエル》を着けている娘が俯いて合掌し、何か暗記させられたことを一斉に呟きながら通った（本当にその気になってさえいればそれでいいのだ……）。

その次には楽隊が、というのは日に焼けた百姓達がモオニングに礼帽を冠っている楽隊が消防隊の後から一塊になって進み、真鍮の楽器は多くの結婚式の舞踏会から帰って来る途中の騒ぎで方々に窪みを生じ、クラリネットは見世物に出て来る道化役者が使うのと同じで、大太鼓の皮には継ぎが当ててあり、手垢で汚れた楽譜が楽器自体に挟んであって、楽隊はその時メンデルソオンの結婚行進曲を存分な目に会わせていた。

それから更に四人の、その為に特別に選出された女の子が道に撒く薔薇の花弁を一杯に入れた籠を下げて通り、その後に漸く金の総で飾られた桃色の天蓋の四隅に付いている柄を四人の屈強な男が支えて現れ、天蓋の下にはその日の式僧である司祭がきらびやかななりをしていながら自分自身は疲れ切って、道傍に集っている信者達に礼拝させる為に聖体を高く捧げていた。

そして天蓋はオテル・ド・フランスの祭壇の前に来て止った。

ああ、敬虔な感情に支配されて停止した行列よ、真昼の日光を浴びての沈黙よ、この時鈴は教会で司祭が聖体を捧げて立つ時と同様に鋭く、厳粛に鳴って、この聖体が行列の中心をなしていることは疑いの余地がないことなのだった。

これに応じて男達は脱帽し、多くの女は舗道の端に跪き、懐疑論者を気取る洒落者で何か言おうとしたのは一人もいなかった。

ああ、真昼の日光を浴びての沈黙よ、鈴は教会で司祭が聖体を捧げて立つ時と同様に鋭く厳粛に鳴っていて、香炉から上る煙は信者達の祈禱と一体になり、人々は天国を身近に感じたのだった。

併しこの物語の不幸な、そして完全にその役割に適っている女主人公であるルウスにとっては、叫び声を上げたくなるこの沈黙や、最後の審判の日に於るが如く鋭く、厳粛になっている鈴は、あの余りに愛した為の自殺者、多くを言う代りに死を選んで額に穴を開けて倒れた自殺者がこの世の彼方でさ迷っている、そのような刑罰を課せられるべきではない荒涼たる谷間の道具立てでなくて何だろうか。……ルウスは発作的な信心深さで組み合せていた手を解いて弟の腕に縋り、又しても襲われた幻覚の幽冥界の底にあって嘆き始める。

——あの血、あすこの芝生が血で染っている。……そしてアラビア中の香水を集めても、……せめて私にどうしてあんなことになったのかが解ったら！　どうして女の数の方が多いこの広い世界で私が選ばれなければならなかったのだろう。……

パトリックもこうなれば到頭怒って皆の前で、「又始った」と怒鳴り付けてもよかったのである。併し彼はそのようなことはしないで姉の手をさすり、麝香が入っている小さな瓶を姉に静かに渡して、彼女が卒倒したのを知っても騒ぎ立てたりしないで行列が動き出すのを待っている。

聖体を捧げている司祭は一瞬間この若い金持の病人の方を向いて、彼女の為に神を乞う意味で遠くから唇を動かす。

この時、一人の女の子がその辺に立っていた或る立派な、そしてその苦悩している有様が痛々しい青年に促されて見物人の群の中から抜け出し、恥しさで顔を赤くしながら、それでも背くことが出来ない峻厳な命令を受けてでもいるかのようにホテルの段を上って行って、彼女が持っている籠に入っていた桃色の薔薇の花の全部を哀れな病人が卒倒して横たわっている長椅子の廻りに撒き散らしたのだった（そしてその女の子は階段を下りて来る時にもう少しで転ぶ所だった）。

我々の生活には、社会の如何なる階級に属するものにとっても全く堪え難い種類の瞬間がある。そしてこの時はそういうことにはならなかったが、かかる例外があることは一般的な法則としての前述の事実を更に確実に立証することにしかならないのである。

行列は再び動き始めて、聖体は英国ホテルの階段に安置された、その余りの悪どさが人目を惹かずには置かない極彩色を施した聖徒テレザの像の前で香を焚きに向い、その後ではH公爵夫人の屋敷の正面に設けられた祭壇で同じことをする予定だった。そして先頭では又讃美歌を歌い出し、行列の後尾が見物人の前を通って行った。

この行列の後尾には先ず退位させられた女王の召使達が来た。それから二列になって、脳溢血で倒れそうに太っていて頭が禿げた肉屋から、蒼白い顔をしたパン屋に至るまで銘々の職業の烙印を押された市民の代表が帽子を手に持って通り、その後に腰が曲って、節くれ立ち、奇妙な恰好の頭をした百姓がやはり帽子を手にして続き、その中の二、三人は松葉杖を突いていて、又単独に祈禱の文句を唱えているものもあった。それから慈善尼団の尼達が広い袖を合せて、最早意味を失った儀式を未だに行っている宗教で無恰好に糊付けされた精霊ででもあるかのような角頭巾を冠って通り過ぎて行き、次に日傘を差した奥様連、その次は女中、それから使い古された肩掛けを掛けて喉の瘤が日に焼けた百姓女、そして所々に珠数を爪繰《つまぐ》って祈禱の文句を朗唱する男や女がいて、これに対して他のものが低い声で追唱していた。

そして聖体祭の行列はいつかは終る他ないので、臆病そうな様子をした何人かの女中を最後にして中途で切れたようになくなった。

又見物人の方も埃と踏みにじられた花弁の中を晩の食事を注文しに帰って行った。併しながら、人々が祭壇を取り壊しに掛っている間に、

さよなら、今年の葡萄はおしまいだ。……

ルウスは正気に返り、片手を彼女の痩せた胸に神秘的な錠前を下しているかに見える七宝細工の飾りに当てて、片手で自分の廻りを指差して嬉しそうに叫ぶ、

——パトリック、パトリック、見て頂戴、血の代りに薔薇の花が！　もう血はなくて、これからは宥しを得た過去の血の色をしている薔薇の花しかないことになった。ああ、私に一つ取っていじらせて下さい。……

——本当だ、とパトリックは考える暇もなく、姉の為を思う気持だけに動かされ答える、ああ、本当に血が薔薇に変った。……

——ではあの人は救われたのでしょうか、パトリック？

——確かに救われたのです。

ルウスは手を薔薇の花弁で一杯にして、その中に顔を埋めて歔欷《すすりな》く。

——可哀そうな人、私はもうあの人のことを気に掛けなくてもよくなった。

そしてその挙句烈しく咳き込んで、例によって安息香のシロップで喉を潤さなければならない。

又事実無名の女の子が撒いた桃色の薔薇の花が効を奏して、ルウスは幻覚に襲われなくなり、以後は肺病の経過の方に専心することが出来て、彼女はそれに関する日記を青い花の模様を描いたデルフト製のインク壺にペンを浸して再び付け始めた。

そしてこの聖体祭の晩に、奇蹟的な薔薇の花を籠に入れて持っていた女の子の兄が、彼の気持を知るものは天に在します神の他は誰もいない有様で或るホテルの一室でルウスの為に自殺したことは今更言っても仕方がないことである。

兎に角、薔薇の奇蹟が血と薔薇の花の全き美しさに於て成就されたのである！　ハレルヤ！

パルシファルの子、ロオヘングリン

愛する彼が眠っているその肉体の傍で、彼が何故かくまで現実から逃れたいのか考えながら、私は夜何と多くの時間を眠らずに過したことだろう。
——A・ランボオ

I

荘重な儀式が行われる晩は、それを単に想像して見るだけであっても、何と取り返しが付かない感じがするものだろう！……

巫女のエルサが、我が聖母の広場でその資格を褫奪《ちだつ》される行事には、勿論その月に入って最初の満月が上って来る時刻が選ばれたのであり、それはあの無慈悲で神々しい月であって、美しい夕暮に波打っている不変の海を前にして教会の凡ての鐘は一斉に「怒りの夜」の葬鐘を打ち出している。

白色の教議会の議員達と巫女の組合とは白い布で厳粛に身を固めて二箇の台の上に向き合って並んでいる。そしてこの二つの団体が占めている場所の間には群衆が互に囁き合っていて、何れも起立しているこれ等の人々全体が半月形を作り、青や、緑色や、灰色の眼が一様に期待の為に緊張した美しい夕暮の非情な海に向けられている。

まだ明るくて、蠟燭の短い焔をゆらめかせる微風さえも起らない静けさである。

一体何がこれから始ろうとしているのだろうか。

ああ、そこに湾をなしている厳粛な海を前にして、何と又この時刻にこれ等凡てのことは白くて野蛮な感じがするのだろう。それは又私が住んでいる村から何と遠い場所の出来事なのであろう。……

所でこの時、魅せられているかの如き水平線に我が月の聖母が現れる。

ああ、事実それは燻《いぶ》しを掛けた黄金色をしていて、呆れているような感じで又人の気を変にさせる底の、他のものと間違えることが出来ない、美しい、そして全く円いと言う他ない満月なのである。それは余りにも眼近にあるので、何か人間が作ったもの、例えば新しい時代が来て行われている軽気球の実験ではないかとさえ思われる（そうだ、それは事実空中に放たれた軽気球のような、素朴に巨大な月なのである）。

それはいつものように人々に何か寒気に似たものを覚えさせる。

そして露台には経帷子の感じがする布が張り廻されている、そこの広場を囲む白亜の建物や、「沈黙の教会堂」の何か墓場に咲いた花のような車輪窓は月光を浴びて同じくいつもの意味あり気に蒼白な相貌を呈し、この魅惑的な月光が出現して蠟燭の短い、黄金の焔はどこの家庭にもある、余り価値もないのに代々大切に伝えられて来た家宝も同様にみじめなものになる。

百合の女王に栄光あれ！

冥府を流れる川の聖体よ！　凡てのものを変貌させる鏡よ！

極地に於るが如き不妊症の聖蹟よ！

ああ、聖体盒たる大洋の上に現れた満身創痍の、そしてその傷がまだ癒合していない聖体よ！

その月が出た水平線ではそれまで全く凪いでいた波が如何にも月をあやそうとしているといった感じで起伏し始め、それは恰も月に向って、どんなに自分達が上手に、毎晩そうしているかのように月をあやすことが出来るか、今晩僅かの間でいいから降りて来て験して見て貰いたいと波が懇願しているかの如くに見えた。……

この時教会の鐘が鳴り止んだ。

そして群衆は一斉に（老若男女を問わず皆細いソプラノで）パレストリナの、併し極度に削除されて冷たい気分のものになった聖母哀悼歌を合唱し始める。

又それを合図に鳥籠を兼ねた「女神の塔台」から、月に属するものとして飼われている鷗が放たれる。

鷗は荒々しい鳴き声を上げながら、燈し火に向う蛾のように月の方に飛んで行き、月の前で旋廻し、その儀式をすませてから美しい夕暮に彼等がする漁に取り掛る。

　これ等のことが先ず行われて、人々は既に陶酔した気分になって腰掛けた。

　何という静寂さだろう！……

　月の祭司長が立って、満月に向って三度香炉を捧げた後に、極地に於るが如き沈黙の中にあって言う、

「我が姉妹達よ、何とこのような晩は貴方達の美しさによく似合うことだろう。

「我々には越え難い海を渡って、今や無垢受胎の月が現れた（これを措いて他に無垢受胎と言えるものはない）。夜の聖母よ、氷の平原よ、私は貴方を讃美する。そして女達の乳房に気品ある光沢を与え、必要な乳をそこに湧かせる貴方の名が凡ての女に祝福されることを。」

　これに続いて巫女達は立ち上り、最後の列の、まだ沈黙を守ることを命じられている最も若い巫女達を除いてこの月に対する祈禱を繰り返す。――そしてそれが終って皆一斉に（二つの動作で、併し少しも不思議ではない或る種の媚を伴った遅さである）先ず蒼白い色をした肩掛けを外し、次に亜麻布で作った頭巾を取り、それから健康の為にいい月光に彼女達の乳房を曝す。――それは恰もそれだけの数の聖体、或は若い月が並べられたかの如くに見える。――そして巫女達の中でも初心者は越え難い海の彼方から来た聖なる月光を浴びて乳房が収縮するのを覚えて微かに震えている。

所で他のものから離れて列の前に立たされている一人の巫女はそのようなことはしないで、蔽われたままにして置かなければならない自分の胸に首を垂れてさえいる。

　彼女を監視していた祭司長はそれを見届けてから又言う、

「扁桃の形をした乳房よ、母性の鍵よ、貴方達の宿舎を見廻りに来る為に海上に現れた聖体から発散する精気を吸収しなさい。何故なら貴方達は今もなお月の巫女であり、その密儀を行い、その媚薬や呪文に関する知識を保持し、結婚式のパンを祝福する資格があるからなのである。かくして聖母の燈台に又極地の監視哨に、そして近代社会の旗印に幸あれ！」

　彼は言い終って再び腰掛ける。

　これに続いてドリヤ式の柱のように見える装束をして、回教の教主の像を思わせる蒼白さで月の助祭が立ち上る。

「エルサ！　エルサ！　エルサ！」と彼は宗旨に対する信仰以外の感情を全然持たないものの声で三度呼ぶ。

　そうすると他のものの前に立たされていて、胸を恥しそうに隠していなければならなかった巫女が俯いたまま、如何にも自尊心を傷けられたという様子をして進み出る。

「巫女の宣誓を行ったエルサよ、密儀や、媚薬や、呪文や、結婚式のパンを作るのに用いられている小麦に関することを託されているものよ、お前はお前の身分の鍵をどうしたのだ。では言うが、お前の胸は遠方から差して来る月光以外の愛撫を受けて、お前の肉体は我々が信奉する教義とは別なことを知らされ、何者かの汚れた手がお前の帯を解き、お前の小さな孤独の封印を破ったのではないか。お前は何と答えるか。」

エルサは優しい声をして、「私は無罪の積りです。私にはどういうことなのか解りません、」と言う。(——そしてそこにいる人達に聞えないように、「何て煩いんだろう、」と呟く)。

白色の教議会の議員達は何れも同じ動作でこの発言を黙殺する。

そうすると今度は月の懺悔聴問者が立って起訴状を拡げる。

「何年何月何日の晩に、……」云々。

(要するに確証は何もないのだが、色々と露骨なことが言われていることも事実である。)

「……単に一般の疑惑の対象となるだけで巫女として奉仕する資格は失われる。——寡婦のエルサよ、お前が曾て巫女だったということを忘れなさい。又そのようなことが全然なかったのも同様に、密儀や、媚薬や、呪文や、パンの酵母のことを忘れなさい。そして寡婦のエルサよ、お前の生涯の見納めにもう一度月を眺めなさい。何故なら恒例によって、もし三度催告されてもまだお前の許嫁たるべきものがお前を引き取りに現れなければ、お前の美しい眼は充分に気を付けて「冒瀆の隕石」を当てることで焼かれることになるのであり、それはヘジラ紀年*の最初の月にここに落ちて来たのであって、お前もよく知っている通り、「沈黙の教会堂」の奥にある女神の地下室に、裲襠を重ねた上に安置されている。――ここに集った人々よ、これから三度の催告を行うことにする。」

併しエルサは群衆の方を振り向こうともしないのであって、その中から救いの騎士が現れるのを期待していないことは明かである。

スフィンクスのように顔の両側に布が下っている帽子を冠った女の監督達がエルサを台から降りさせ、その蒼白い色をした肩掛けや亜麻製の頭巾や儀式用の真珠をエルサから取り上げる。そして真珠は頭巾と肩掛けに包まれて、その凡てが鉛の箱に入れられて海に投げ込まれ、この一聯の行事の一つ一つが有する象徴的な性格を誰も看過することは出来ない。

かくしてエルサは花嫁の出で立ちで群衆の前に現れることになる。――即ちその長い、地の色が薄い、上から下まで孔雀の尾の目で飾られ（それが黒と空色と緑掛った金であることは誰でも知っているが、これはいつ思い出してみても美しい取り合せである）、肩も清らかな腕も露わにし、乳房の直ぐ下の所で胴を締めている、広い空色の帯からは他のりもっと見事な目の孔雀の羽が一本下っていて、哀れなエルサは長い、空色の手袋を嵌めたその小さな手をこの宝石のような目の上で慎しく組み合せている。そしてそれにも拘らずエルサの眼はそれが口であるかのように愛撫を誘い、併しこの時刻には又その半ば開かれた口が悲しげな眼差しを思わせることも事実である。

そこに集っている女達は明かにエルサの美しさに打たれて囁き合う。そして（自分の仲間を庇う本能が生憎女には強い為に）声を揃えて言う。

「あの娘を自分の家に連れて行く男はどんなに仕合せだろう。何という優しい体付きをしているのだろう。——そして聞き違いでなければ、まだ十八になっていないということではないか。」

エルサはそれが事実であることを認めようともしない。

この時伝令使が進み出て、エルサの愛撫を誘う美しい眼を腐蝕する為の「冒瀆の隕石」を祭礫に載せて、これを高く差し上げて群衆に示した後に、その象牙の喇叭を東西南北に向って吹く。それから彼は、……

——海の方に向ってもう少し真剣になって吹いたらどうなの、とエルサが伝令使に注意する。

——この女は我々を馬鹿にしている。

——我々をごまかそうとしているのだ。——ただでは置けない。——直ぐに盲にしろ！

——私は早まって後悔の種を残すようなことはしたくない、と祭司長が言う、伝令使、この女が言う通りに海の方に向ってもう少し真剣になって吹きなさい。

伝令使は海の方に向ってほんの申し訳の程度に喇叭を吹く。そして彼は叫ぶ。

「巫女の地位を失ったエルサを正式に妻とすることを欲するものは進み出て、それに間違いがないことを明瞭に聞き取れる声で証言せよ！」

エルサはどうなることかと辺りを見廻そうともしないで、それ等凡てのことに背を向けて実際何が起るか解らない水平線の方を眺めているようである。

そして誰も何も言おうとするものはいない。——多くの母親は今日は自分の息子を家の中に締め込んで出て来ているのである。——それにエルサは自尊心が強過ぎて、それはこういう場合決していいことではない。

後の二度の催告に対しても答えるものがない。

「誰もいないと認める。」

エルサは急いで向き直って言う。——誰か私に先に鏡を貸して下さいませんか。

そうすると一人の若い男が人を掻き分けて出て来て、処刑されることになったエルサに携帯用の鏡を渡す（そして声を低くして言う。「私を愛して下さいますか。私の後から眼を輝かせてどこにでも付いて来て下さいますか、もし、……」——「御親切は有難いのですが、お断り致します。」）

そしてエルサは鏡に顔を映して、丹念に眺めるのである。然も眼を失うことになったのに就て悲みに沈んだりする代りに髪を直したり、美しいので有名なその眉毛の毛並を揃えたり、又しても髪を直したりしている。

（何という道徳観念の欠如だろう！）

——では皆さん、私がこれから我々凡ての主である月の女神にお祈りするのを許して下さることと思います。

エルサは人々がそれに就て相談を始めるのを待たないで、海岸の砂の上に跪く。そして魅せられたように見える水平線の方に空色の手袋を嵌めたその小さな手を差し延べて単調な声で言う。

「あの宿命的な、忘れることが出来ない晩に、大きな見事な白鳥に乗って現れた私の騎士よ！

「貴方は貴方の召使をお見棄てになるお積りでしょうか。私にとって宿命的な騎士よ、貴方は美しいので有名な眉毛の下で愛撫を誘う私の眼や、私の悲しげな口を貴方が思う通りにすることがお出来になり、私が貴方の後から眼を輝かせてどこにでも付いて行くことをよく御存じです。

「ああ、私は貴方にお会いした為にまだ体が弱っています。そして（と言いながら胸に手を当てる）私の心臓は気持が悪くなる程烈しく鼓動していて、私はこの私の心臓に就て色々な貴重なことを発見致しました。何故なら以後貴方の如何にも崇高な気紛れが私にとっては羞恥の唯一の基準となる他ないからです。

「美しい騎士よ、私はまだ十八になっておりません。私を引き取りにお出で下さい。貴方がそれを後悔して指をお噛みになるようなことは決してないことをお約束します。——御告げの鐘よ！　御告げの鐘よ！　私は詩篇に歌われている恋人なのだ！　私には一輪の花が有する程度の慎しさしかない。……」

エルサは一瞬下を翳して前屈みになり、魅せられているように見える水平線を凝視してから、言葉を引き摺るようにして又言い続ける。

「そうです、魅惑的な王子よ、貴方は本当に私を思う通りにすることがお出来になるのです。そして私は貴方の為に着換えの鎧を編んで差し上げます。

「私は貴方に申し上げて置きますが、私の服の縁の味は貴方の舌に欲情から多くの小突起を生じさせることでしょう。——そして落ちて来る雲雀を眩しくさせる私の月のような光沢がある肱に就ては何と言ったらいいでしょう。……

「愛すべき私の騎士は私がこの俗物どもの社会で盲で、除けものにされて生きて行くことになるのを平気で見てお出でになれるでしょうか。私は美しいのです、本当に、恰も清らかな眼差しの体現であるかの如く美しいのです。

「ああ、私は貴方に就て凡てのことを前もって理解しています。私は貴方の後から眼を輝かせてどこにでも付いて行きます。そして私は貴方の明るい額に絶えず接触して暮している為に年を取るようなことがなく、貴方の後姿の見事さに余りにも沈潜しているので、遂に私は時間の経過によって害われることがない、小さな金剛石に変ることになるでしょう。

「ああ、いいえ、いいえ、そんなことはないのです。私は一人の哀れな女に過ぎません。私は毎朝私の涙で貴方の水晶で作られた鎧を洗うことしか出来ないのです。……」

エルサは胸に三重の胴当てを着けている非情な処刑係の役人の方を向いて言う。

「――あの人は必ず来るということが貴方にはお解りにならないんですか。あの人は私にそう約束したのです。私は本当に美しい男というものがどんなものか貴方にも見せて上げます。――ああ、来ました！　来ました！　御自分で見て御覧なさい。」

鷗はいつもとは勝手が違っているのを感じている様子で、塒《ねぐら》を兼ねている燈台の方に鳴きながら戻って来た。

事実、この美しい夕暮に、……

水平線の方角から、眼を見張っているかの如き満月の魅惑的な光を浴びて、諦めたように静かに起伏する波と擦れ擦れに、一羽の見事な、巨大な白鳥が頸を船の舳《へさき》の形に立てて飛んで来るのが見えたのであって、白鳥には一人の若者がきらびやかな鎧を着けて跨り、彼は未知のことに対する崇高な自信に満ちて、この現在裁判所となっている海岸の方に両手を拡げているのだった。……

そしてそれまではエルサの処刑を前にして死刑執行人のように厳めしくしていた人々は間が抜けた顔の見物人に変じ、エルサを取り巻いて浜辺に群をなし、エルサは気が気ではなくて、「そんなに押さないで下さい。私の着物が皺くちゃになるじゃありませんか、」と廻りのものに言うのにも骨が折れる。

そして死刑執行人だった見物人達は言う。

——この勇気があってそれが高らかに鳴り響いているようで、山の峰の如く清浄であり、額に信仰が翳されている立派な騎士は誰なのだろうか。何と喜ばしい出来事だろう。エルサよ、我々は何の底意もなくお前にお祝いを言う。少くともお前は美しい子供を生むことだろう。そしてあの雪崩がそのまま白鳥となったような見事な鳥を彼が乗りこなしている態は何と言えばいいのだろう。あれはどう見てもディアナに愛されたエンディミオンか何かでなければならない。そして彼の声は何と、……決定的な響を持って我々の耳に聞えることだろう。

彼は海面を滑るようにして近づいて来るのであって、その姿は次第に大きくなり、魅惑的で、彼は身じろぎもせず、完全に落ち着いていることが解る。

彼の家族は何と裕福で、皆どんなに洗練された人々であることだろう。彼等は今どこのどういう立派な庭で氷菓子を食べているのだろう。それはここからそんなに遠い場所にも思えない。……そして彼自身はいつ旅行に出掛けたのだろうか。……

彼は遂に到着した！　ああ、彼は何と彼であることだろうか。その相手が誰であっても、彼の如き人物と性が合わないというようなことがあり得るだろうか。

上品な騎士は海岸に着いてから白鳥から降りたのである。併し彼は何よりも先ずこの美しい、何も言わない、そして紋章の図案に似た白鳥の、恰も船の舳の如くに立てられた頸を愛撫して言う。

「さよなら、そして有難う、四頭立ての馬車にも劣らない私の美しい白鳥よ。お前は満月が輝いているあの水平線に向って再び飛び立ち、星の驟雨を冒して太陽の岬を迂回し、銀河の星雲が乳白色の岸をなしている間を遡って聖杯が安置されている我が国の比類ない湖に帰りなさい。では行きなさい。」

そうすると白鳥は羽を拡げ、厳めしく、又清新に身震いして真直ぐに空中に舞い上り、その巨大な羽で風を切って飛んで行き、やがて月の彼方に姿を消す。

これは又その退路の何と崇高な遮断の仕方だろう。このように立派な許嫁がいるだろうか。

白鳥が見えなくなると、気不味い、どこか田舎臭い沈黙が人々を捉える。併し騎士は別に臆している様子も見せずに近づいて来て言う。

「私はエンディミオンではありません。私は聖杯が安置されている国から真直ぐに来たので、私の父はパルシファルです。私の母は誰であるか、私は教えられたことがありません。私は諸国を遍歴する騎士のロオヘングリンで、女の解放の為に将来起さるべき十字軍の花形になることになっています。併しそれまでの間を父の事務所で過していることが私には堪え難かったのです（私は生れ付き気鬱症の傾向があるのです）。私は貴方達の所に住んでいる、白鳥のような頸をした美しいエルサと結婚しに来ました。それで私はエルサのお母さんに会って話をしたいのですが、その方はどこにおられるのでしょうか。」

――エルサは凡ての巫女達と同様に孤児です、と伝令使が告げる。

――そうなのですか。ああ、エルサがいる。エルサに違いない。何故貴方は隠れていたのです。何と綺麗な孔雀の羽なんだろう。誰から貰ったのですか。私は明け方に貴方に孔雀の羽のことを説明して上げます。併し貴方の眼は何と、……美しいのだろう。そして貴方の体は又何と、……いい恰好をしているのだろう。

彼等二人は同時に跪いた。尤もそれは確かに同時にではあったが、大体その場合そうする他なかったのである。

――私の騎士よ、私が現在そうである凡てのもの、又私が将来なり得る凡てのものを、私の過去とともに貴方は思う通りにすることがお出来になるのです。それを貴方は既に御存じですが、私はそれに間違いがないことをもう一度申し上げます。

――エルサ！　いいえ、貴方は余りにも貴重過ぎる（何という美しい人間の見本なのだろう！）。お立ち下さい。

――私は確かにそんなに出来が悪い方ではありません。併し私に就てもっとよく貴方に教えていただきたいと思っています。私は本当にものを覚えることが早いのです！　一つお聞きしたいのですが、貴方に対してはこれから愛称を用いた方がいいのでしょうか。

——ああ、私の小さな薔薇の木！

——貴方がそうおっしゃって下されば嬉しく存じます。

それからである！　結婚式の鐘が、町中の教会の鐘が鳴り出した。静かな田舎の晴れた日曜日に鳴る教会の鐘よ！　一週間の間益々汚れるのを着ていたことを忘れたかのような、洗い立ての下着に感じる喜びよ！　他所行きのなりをして寺院の正面の入り口を潜る学校の寄宿生達の慎しい愉悦よ！　教会の鐘よ！　教会の鐘よ！　その或るものは若く響き、或るものは不安そうで、或るものは厳粛な音を持っているが、何れも将来への同じ讃歌を交替で精一杯に奏しているのである。ああ、それ等は歌う、「食卓に純白な卓子掛けが掛けられた。パンも出ている。さあ私の肉と血とがここにあります、と言って下さい。」

三人の醜い司祭達は香を詰め過ぎて盛に煙を上げている香炉を、黄玉の色をして輝いていて、かかる不思議な物神崇拝に対して全く無表情な満月に向って三度捧げる。

そして人々は行列を作って、内陣の仕切りが結婚式の為に照明されていて、オルガンが既にCrescite et multiplicamini!（生めよ、殖えよ）の讃美歌を奏している教会堂の方に昇って行く。

——ラテン語を御存じですか、とエルサが聞く。

——ええ、少しは知っています。貴方は？

——私はそんな学者ではありません。私はただの若い女です。それにラテン語は風紀上よくない国語だということを古い年鑑か何かで読んだことがあります。

二人はオルガンの音に連れて絶えず揺れている緋色の天蓋の下で、布で蔽われて犯し難く見える祭壇の前に跪く。

式が始る。……そして凡ては厳粛な感情を多分に喚起しつつ進行する。……聖櫃《せいひつ》の黄金の弁が開いて、儀式用の布巾を敷き、月の祭碟の上に載せた、そして普通はそれを包んでいる袱襬を取り去った聖体盒が現れる。

二人は互に横目で見合ったりしないで、夢中で聖体を受領する。

——ああ、とロオヘングリンが言う、私は貴方を前にして息が詰りそうな感じがします。

彼は祭壇の布を涙で濡らす。

——私は貴方に本当に優しくして上げます、とエルサは低い声で言う。どうなさったのですか。震えていらっしゃるじゃありませんか。そんなに真面目にお考えになることはないのです。私はここで行われているようなことは何一つ信じていません。実際私は皆が崇めている月を邪慳な継母、或は髪の毛が脱けた古臭い偶像としか思っていないのです。

——いいえ、そうじゃないのです。私がこんなになっているのはオルガンのせいなのです。……

——そうだったのですか。私も本当に音楽は大好きです。

やがて壇上の歌手達はソプラノで次のように歌い出した。

「相愛する孤児達よ、青春の平野が貴方達の力を失った腿の到来を待っている。貴方達の心に他ならない夜の鶯の歌に連れて呻き、又よろめきながら、念入りに選んだ雄芯で貴方達の体に鞭打ち、種蒔きの季節を用意として月光に魂を奪われなさい。そして次に貴方達の夜の蝶が蛹の殻を破って飛び立つ為に、互に不思議な愛撫を交しなさい。何故ならその他のことは凡て欲情に属することだからなのである。」

そして遂にオルガンは、「遅くなった」という歌の誰でもが知っている主題に基いたフウガを奏し始めて、人々は教会堂に入って行った時程規則正しくなく、余りにも多くの相反する感情に疲れさせられて外に出て来た。

今夜は暖いようである。そして家の屋根や、砂浜や、町とその周囲の田舎全体が月光で凍らされているように眠っていて、海も月光を浴びて一面に煌めき、凡ての空間は魔法の粉を振り掛けられたかの如くに魅惑的に見える。

月の輝かしい聖体は天頂に掛っている！　そして鏡のような海にゴンドラを出して、そこに少しも動かずに、如何にも輝かしい聖体の姿をして映っている月を網で摑まえたいと誰でも思うのである。……

そして白色の教議会の議員達は一様の身振りで二人にこの光景を示し、かかる白色の氾濫を前にして伝統的な掛け言葉を大声で言う。「では行きなさい、子供達よ、食卓には卓子掛けが掛けられて、用意は出来た。」

ああ、愛餐の
卓子掛けよ、
結婚式に来た人達は帰りなさい、
銘々の家に帰りなさい、
亭主が欲しい娘達よ、
来年は神様が貴方達の望みを適えて下さるように。

歌を歌っていた人々は姿を消して、——可哀そうに、エルサと騎士の二人に二部合唱を試みさせる為に彼等を置き去りにした。

Ⅱ

蜜月荘はその辺一帯が人工庭園になっている湾の奥にあって、宗教省の管轄に属していた。そしてこれは新婚者に結婚後最初の一週間無料で貸与され、従ってこの施設に産婆は配属されていなかった。

その入り口に生えている一本の驚異的に美しい、銀色の葉で蔽われたポプラの木が余りにも近くに見えるので、全体が直ぐそこにあるように思われた。併しながら両側に花が咲いている小路が巧みに入り組んで作られているので、そのポプラの木が別荘の入り口で葉を打ち合せて囁いているのが聞えて来るまでには、十五分がたって又十五分という風に二人でかなりの間歩き続けなければならなかった。

十五分たって又十五分、言い換えれば単に腕を組み合せて、愛情が籠った動揺を感じながら恍惚として歩いているうちに時間がたって行くのである。

——愛する騎士よ、貴方の水晶で作られた不思議な鎧が月の明りで何と美しく見えるのでしょう。

——美しいでしょう。そして月の光は我々を何と気高い感じにすることでしょう。

——それで私の美しさは月の明りでどんなに見えるか言って下さい。

——貴方の黒い髪の毛は月光を浴びてもやはり温い感じで蜒《うね》っています。

——そして私達の心も温かです。でも何故私を呼ぶのにもう愛称を用いて下さらないのですか。

——それは貴方が一箇の人物たる性格を獲得し、然もそれが疎かには出来ない人物だからなのです。

——そうかも知れません。そして疎かにしないということはお互に仲よくすることです。

——このいつまでたっても終らない小路は何と幻想的に美しく見えるのでしょう。……

その晩は余りにも明るい月夜なので、小鳥が塒で鳴き出し、蟻が日々の仕事をしに這い廻り始めていた。

併しそのうちに二人は最早見間違えようもなく、遂に別荘の入り口に生えている驚異的に美しいポプラの木の前に来たのであり、その花車な銀色の葉は遠洋の冷やかな藍色をした空を背景にして、極地に於るが如く魅惑的な月光を浴びて囁き合っていた。

ロオヘングリンは突然妻の腕を離して跪く。

——ああ、私は今まで私が人間に変じた百合の花であるロオヘングリンだと思っていた。併し光栄あるポプラの木よ、お前は私よりも何と優れているのだろう！　お前は植物でありこの場所に芽生えたのであって、お前の枝はその最もささやかなものも含めて一様に天空を指し、お前の捉え難い銀色の葉はこの別荘の入り口で新婚の二人組が入って行っては又一週間の後に出て来て何もなかったような顔をして立ち去るのを見て、いつも同じ清純さで囁き合っている。

——入りましょう、入りましょう。これが私達の家なのです、とエルサは手を叩いて言う。

二人は中に足を踏み入れて、焦慮と沈黙に悩まされてまだ日中の温味が残っている砂利道を足に気持悪く感じながら、その辺に滝が落ちているように聞える方に躊躇せずに真直ぐに急いで行く。——併しそうするのにも先ず道の両側に水松《いちい》の生垣が壁の形に刈り込んであったり、奇妙に造型的な感じがする岩層が続いていたりする間を、或は大理石で作った円形の露台に囲まれている広場に黄玉の色をして芳香を放つ噴水の水が雨垂れに似た音をさせて落ちていて、白孔雀が月光を浴びて純白の尾を引いて歩き廻っている中を通らなければならない。

併し二人が聞いたのは確かに滝の音だったのであり、それは一尺位の深さの透明な水がその底の砂に混っている雲母の欠片を月光に煌めかせている泉水に、それを取り巻いている幾つかの滝が落ち込んでいるのだった。

ああ、二人はそこで水晶で作られた鎧も、美しい孔雀の尾の目で飾られた、裾が長い着物も脱ぎ棄てる。そしてエデンの庭に於ける如く裸になって、唐突な笑い声を立てながら水に入り、恰も理想的な掛け蒲団の下に潜り込むかのように泉水の中央に弱々しく体を横たえ、水の底に肱を突いて少し話をすることで落ち着きを取り戻そうとする。

二人は横眼を使って互に相手を盗み見る。

ロオヘングリンは青年らしく超然とした態度で、長椅子に腰掛けてでもいるかのように脚を余りにも密接に組み合せ過ぎている。

エルサは月光を浴びて伸びをし、その体は痩せていて凡て明確に屈折する線でなり立ち

(私は豊満さがそのまま腐敗を聯想させる底の、柔軟な曲線をなしている体が何よりも嫌いである)、少しも引け目を感じることはない腰付きに続く脚は小石が多い野原を駈け廻るのに相応しく、胸は真直ぐで乳房の膨みは紅茶茶碗の受け皿で隠される程度のものである。

エルサは水に頸まで浸って肱を突いたまま髪を解いて俯いている顔の廻りに漂わし、その為に海藻も同様になった髪の中で何かの茎に似た頸の先にエルサの顔が一瞬そこに咲いている非情な花のように見える。

この効果を得た後にエルサは頭を振って水を切る。

——ああ、私は本当にあの尼さんみたいな生活や、観念的な儀式には倦き倦きしていました。私の顔色が悪くなっているようにお思いになりませんか。ねえ、貴方、これから二人で芝生を馳け廻って見ましょうよ。

——いいですよ、そうしても。

——ああ、貴方は私を愛して下さらないのです。私はきっとそんなことになるだろうと思っていた。今までが余り美し過ぎたんだもの。

——愛しているとも、どんなにお前を愛していることか。……

彼は腕を伸ばして力強くエルサの手を握る。そしてその後でそれまでの調子を取り戻す為に言う。

——お前の生活に就て話してくれ、早く、早く。

——でも私は今まで、……今晩のことがあるまで生きているとは言えなかったのですもの（私がまだ十八になっていないことを御存じ？）。——私は色んなことを、要するに貴方のことを夢みていました、優しい騎士よ。

——そして勿論お前は何でも知っているのだ。お前はどうして返事をしてくれないのか。お前の眼の前を人間の運命の解剖図が過ぎて行ったことは曾てないのだろうか。

——ああ、貴方がそのようなことを私におっしゃったのを貴方は一生後悔なさるでしょう。

——でも何故？　私はただ極めて自然で、愛すべき種類の事柄に触れたのに過ぎなかったのだ。

「ああ、女はいつも最後には勝ちを占めるのだ、」とロオヘングリンは思って溜息をつき、空ろな眼付きで遠くの方を眺める。

彼は立ち上って、エルサも立ち上り、優しい、妻らしい身振りで彼の腕に自分の腕を組み合せる。

——お濡らししていけませんか、とエルサは言ってみる。

——ああ、そんなことを気に掛けないでもいい。

二人は泉水を一廻りして、滝の中でも殊に美しいのの前に来ると立ち止り、煌めく水の中に足の先を入れてみて、水は冷たくて足の指の間を烈しい勢で流れ去る。そしてエルサはそれを口実にしてロオヘングリンの体に擦り寄り、彼は平凡な接吻などではなしに、その場合に適切な言葉を用いてエルサの気持を鎮める。

　そのような付き合いに倦きて、二人は温かな芝生の上に腰を下す。

——今はどんな気持？　とロオヘングリンが聞く。

——気持って？

——ああ、どこかで夜の鳥が鳴いている。

——そして植物が芽生えるのを思わせる雑音がどこからも聞えて来ます。何という夜でしょう。……

「そうなのだ、」とこの風変りな騎士は考える。「絶対というものはなく、妥協があるばかりで、凡てはそれ以上のものではなく、どんなことでも許されている。」

　彼はエルサを相当奇妙な具合に愛撫する。そして自分が考えていることをそのまま言う。「この蜜月荘は共同墓地のことを思わせる。」

——我々は皆いつかは死ななければなりません、とエルサは彼の気持を迎えようとして言う。

　彼はやがて二人分の溜息をついて、「では帰ろうか、」と言う。

　この時満月は空の遠くに掛っていて、膨れぼったくて蛸のような色をしている。

夜は極めてあり触れた解決を至る所に提供していて、辺りに聞えるのは池で鳴いている蛙の声だけである。

――何だろう。あすこに何か建物が立っているのが見える。そうだ、そして石に色々な印や忠告が刻んであるようだ。……

――いらっしゃい、風邪をお引きになります。

二人は黙って戻って行く。ロオヘングリンは超自然的な責任感の重荷に拉《ひし》がれていて、エルサは自分の家にいる気で安心している。

彼は考える。

絶対というものはなく、
妥協があるばかりで、
凡てはそれ以上のものではなく、
どんなことでも許されている。

エルサは考える。

これは偶像を崇拝する男が

用意した塒で、
炉の傍で暮す幾月かの
風は耳に新しくなく、
凡てはいつもの通りであり、
喧嘩をする程のことも起らず、
用意さえよければ、
何と健康な生活が送れるだろう。

二人は蜜月荘の中に入る。この別荘の周囲には雑草が生い茂っていて、正面には適当に按排された石竹の樹墻が掛り、桃色の煉瓦の階段があり、露台には花模様の陶板が敷かれ、藁葺きの屋根で、風見は猫の形をしていて風が吹けば鳴く。そして廊下は足音を響き返し、曲って行く階段が多過ぎて、誰もいない部屋が続き、窓硝子に金剛石で名前や日附が彫り付けられている。この建物には何階かあって、それを上ったり降りたりして行くのである。ロオヘングリンが言ったことは間違っていなかったのであり、ここは確かに共同墓地のことを思わせる。

外の芝生が涼し過ぎるようになったというのは何と残念な、悲むべきことなのだろう。ロオヘングリンは冷え切っていて、建物の中に入る他はない。

二重勾配屋根の下の一室に黒い熊の皮や蒼白い枕が用意されていて、尖弓形の窓からは海が見下され、又月光が部屋の隅々まで差している。

これが生活なのだろうか。それとも或る幻想的な一夜に過ぎないのだろうか。

寝台に肱を突いているロオヘングリンにはエルサの睫毛が頰に影を落しているのが見える。そしてエルサは熊の皮の中に肩まで潜っている。

——何を見ていらっしゃるのですか、とエルサが聞く。

——私は人体の組織の精妙さに就て考えているのだ。

暫く沈黙が続く。エルサは体を起して肱を突く。

——私の気持を言ってみていいでしょうか、とエルサが聞く。

——言って御覧。

——だけれどそれが私に出来るでしょうか。ああ、私が兎に角前に夢で見たことがあって、本当に親切だし、それにどんなことでも上手に言える貴方、そして私をここに連れてお出でになった貴方に、凡てのものが私を現在の私のようにしたその誠実さに於て、私にそれが言えるでしょうか。

——例によっての永遠の女性だ！　お前達に自分達だけで育たせればこういうことになるのに決っている。そして私達が永遠の男性というようなものを組織することにしたらどうするのだ。

——それはどういうことか私には解りません。……

——そして天才はどうなのだ。何故お前達は天才をあんなに苦めるのだろう。例えば思索している人間を或る時間に当惑させるあの本能は何から生じるのだろうか。

——それは本能なのですから何とも言えません。

——では言うが、お前達が天才を殊の外苦めるのは彼等に汗を流して傑作を作らせる為なのだ。お前達はどの世代にもお前達の紋章を金箔で塗り直して、次の世代をお前達の娘達の方に引き寄せるのに最も適しているのは、そういう可哀そうな天才が錯乱して作った傑作であることを知っているのだ。

——でもそれで皆が得をするのならば、……

——ああ、神様、女はそういう単なる伝統的な、何の悪意もない奴隷に過ぎないのだろうか。それとも超自然的な間諜なのだろうか。ああ、もし男が死ねば土の中に埋められて何も後には残さずに腐敗するのに反して、女はどこか女の世界に行き、そこで自分が地上で理想の為に働かせた阿呆どもの質や数に従って褒賞されるのだとしたら！……

——ああ、何て暑いんでしょう。……

——お前は私の質問に答えてはくれないのか。

——私は何も私が知っていなくて、貴方が私を採用して下さる為に貴方のお気に入るようにすることしか考えずに貴方を愛していることを誓います。そして私にだって私なりの悲みがあるとはお思いにならないのですか、私自身の悲みが！

——ああ、泣かないでくれ、泣かないでくれ。私の為に笑顔をしておくれ。もっといい笑顔は出来ないの。そうだ、何か私の為に歌っておくれ。

——私は女の子が歌う歌しか知っていません。

——それで結構だ。さあ、始めてくれ。

エルサは少し咳をしてから、まだ幾らか涙声で歌う。

サムソンはダリラを信じていた。
ああ、輪を作って踊りましょう。
世界で最も美しい女の子も、
自分が持っているものしか与えられない。

——誰がそれをお前に教えたのか。何か他の、そんなに祝婚歌のようじゃないのを歌ってくれないか。

エルサは胸に手を当てて、寝室の天蓋の方を見上げて歌う。


お前は私達を置き去りにして向うに行く。

お前は向うに行って私達を置き去りにする。
髪を編んでは又解いて、
何枚刺繡をしたことだろう。

——いや、それは余りよくない。エルサ、お前は淫らな女なのだろうか。
——私にはその言葉の意味が解りません。
——それより今度は貴方が歌って下さい。
ロオヘングリンは模範的な口調で朗唱する。

昔テュウレに一人の王がいて、
死ぬ時が来るまでこの王は
湖に浮べた帆船のような
一羽の白鳥をしか愛さなかったのだ。

やがて死ぬ時が来て、……

死ぬということ、ああ、私は死にたくはない。私は世界中が見たいのだ。そして私は若い女に就て本当のことを知って置きたいのだ。

ロオヘングリンは枕に顔を押し当てて声を上げて泣く。エルサは彼の額に顔を寄せ、その発熱した額に向って悪魔的な誠実さで囁く。

――私の子供よ、貴方は逸楽の華麗さを知っているでしょうか。私の乳首が飴玉のようにおいしそうなのを御覧なさい。私の優しい、肉感的な色合いをした黒い髪に触りなさい。私の春を解する体を嗅ぎなさい。……ああ、倦怠から生じた怨恨よ！　神経を麻痺させるような経験よ、殉教が悦楽となる夜よ！　……私を小刻みに愛して下さい。私の財産目録を作って下さい。私に死ぬ思いをさせ、私を引き裂いて汚して下さい！

――お前は譫言を言っているのではないだろうか。お前が正気かどうかということが、……

――ああ、どうして貴方は私にそんなにつれなくなさるのでしょう！　私にだって自尊心がある訳です。

――私がつれなくするのは、それは、……

――本当にそれはどうしてなのでしょうか、私はただ貴方を愛することしか望んでいませんのに。

――それはお前の痩せた腰付きが大嫌いだからなのだ。私は大きな腰しか認めない。少くともそういう腰は、女が分娩ということに隷属させられている事実を明らさまに物語っていて、結局これ等凡てのことの後に来るのはそれなのだ。

——そんなことをおっしゃらないで下さい。私が貴方に対して何をしたと言うのでしょうか。

——悪かった、悪かった。そんなに泣かないでおくれ。私は意地悪だった。いや、私は実際はそういう細い、線が固い腰付きが大好きなのだ。

——本当に？

——ええ、本当に。他の腰は問題にならない。

——それならいいじゃありませんか。

——いや、それはね、お前のように瘦せた、というのは要するに母親になるのに不適当な腰付きをしていながら、それでいてお前が歩く時はやっと二、三日前に何キロという孕み子の重みから解放された小さな動物みたいな恰好をして（何が可笑しいのだ）、そうなのだ、そういう動物がまるで九カ月間の重労働の後で体が何とも軽くなったのが不思議でたまらないといった風に、そして又それが始る前に自分の現在の身軽さをせいぜい楽んで置こうとしている様子で腰を振りながら不自然に軽快な足取りで歩き廻って、然もそうすることでその次に又そういう重荷を負わせてくれるものを引き寄せようとしている真似をお前がするのが私には嫌なのだ。私にはそれが筋違いの、浮薄な行為に思えるのだ。解る？

——ええ、なる程ね。私はそういうことは少しも考えてみませんでした。でもこれからは自分がしていることにもっと注意します。本当に私は何でも貴方のお考えに従ってする積りでいます。

——いや、それは無駄なことだ、自分でどうすることも出来ないのだから。あれ、あれ、又泣き出した。泣かないでおくれ、泣かないでおくれ。私は泣かれるとたまらなくなるのだ。

ロオヘングリンはエルサを慰める為に、その頸に優しく手を掛ける。

——貴方の手は何て不思議な感じがするのでしょう、とエルサが言う。

エルサは眼を閉じて動かずにいる。それはこの奇妙な騎士が最初に褒めたのがエルサの白鳥のような頸だったことを思い出したからである。併し彼の手は一箇所から離れずにいる。……

——ここを何と言うのだろうか。

——何でしたっけ。確か、「アダムの林檎」（喉仏）と言うのだと思います。

——そしてそれでお前は何か思い出すことがないだろうか。

——いいえ、何も。

——何もか！　私には、それは人間の歴史で最も悲むべき時期を思い出させるのだ。

——ああ、泣かないでくれ、泣かないでくれ。もう意地悪なことを言ったりしない。もう決して言ったりしないから。

——本当に？

——そうだ、こうすることにしよう。私を暫くの間眠らせてくれ。そしてこの夜の静寂さで気持を落ち着かせてくれ。——その後で私はこの抗し難い誘惑に満ちた夜の名に於てお前を大袈裟に愛して上げることにする。

——貴方のお望み通りになさって下さいまし。

それでこの奇妙な騎士のロオヘングリンはエルサに背を向けて、狂気したように枕に取り付き、それを彼の胸の下に、又その頰に当ててぎごちなく、我を忘れて抱きながら、恰も子供の如くに、それも手の付けようもなく子供であるという感じで枕に向って泣きながら訴え始める。

「ああ、エルサのように白くて柔かな枕よ！　私の小さなエルサ、私の精神の複雑さに驚いている無意識な赤ん坊、嚙ってやりたい程若妻らしくてそのままでは置けない赤ん坊よ、お前はびっくり箱も同様で、幾多の甘美な器官に恵まれたお前の存在は私にとって何という発見であることだろう。ああ、私はお前を手探りで愛して、お前の魂への道を見付けたい。……

「お前は本当にどこにいるのだろう。私はお前の方々を崇拝したい。ああ、私の枕よ、お前には私の額を当てる為に間もなくほんの小さな冷たい場所もなくなりそうだ（然も今日は私はこんなに疲れているのに！）。全く白鳥のように白くて純潔な枕よ、お前は私が言っていることを聞いていてくれるのだ！　ああ、お前が私の蒼白くて決して歌うことがない白鳥だったならば！　お前は確かに私の白鳥なのだ！

「私の白鳥よ、お前は聞いていているのだろうか。

「私は船の舳の形をしたお前の、決して波に沈むことがない頸に縋り付く。私を汚れを知らない海の向うに連れて行ってくれ。そしてゼウスが鷲となって哀れな美童を天上に拉し去った如く、私を奪って螺旋状に上昇し、銀河の岸や、星の驟雨や、太陽の不実な岬を過ぎて、私の父のパルシファルが我々の人間的な、そして如何にも卑近な事実に縛られている妹を救う為の計画を進めている、聖杯が安置されている国に戻ってくれ。……

「お前はそういうことを皆知っている、私の優しい白鳥よ！　私はお前に乗ってお前が飛ぶのを待って息を凝す。さよなら、君！」

かくして結婚の部屋は現実を逸脱した月光の嵐に見舞われた。そして枕は白鳥に変じ、その巨大な羽を拡げてロオヘングリンを載せて飛び立ち、飛び立ち、瞑想の自由を目指して広大な螺旋を描きながら、海が荒涼として拡っているのを越えて、ああ、海を越えてである！　如何なる女の子もそこに指で自分の名前と日附を書く為に息を吹き掛けて曇らせたことがない、鏡のような氷河に囲まれた愛の形而上学の高地に向った。

そしてそれ以来詩人達はそのような夜には、彼の頭の中で冷やかに、如何なる邪魔者も寄せ付けずに、或るささやかな聖母昇天祭の儀式を挙行することになったのである。

サロメ

生れるということは出て行くことであり、死ぬというのは戻って来ることである。
（宣教師ジュウルダン神父によって蒐集された安南王国の諺より）

I

その日は最初の四分領太守《テトラルク》が宮廷の官人達によって起された極めて律動的な革命の結果として王位に即かされてから、丁度二千年目の土用に当っていた。それまでこの太守はロオマ帝国の一総督に過ぎなかったのだが、以後その位はこれ等の「白い、秘教的な島嶼《しまじま》」では優生学的な方法で淘汰された後継者の世襲となり、それ以来これ等の島嶼は世界史上から姿を消した。併し君主《モナルク》と同様に重々しく響くこの四分領太守《テトラルク》という特殊な称号は、モノスに対してテトラという接頭語が有する七つの国定の象徴的な意味とともにそのまま継承されて来たのである。

素気ない平面ばかりの、角張った塔門の形をした三つの隆起からなり、幾つかの中庭や、廻廊や、地下室や、それから大西洋の風を受けて密林の緑が一層鮮かな例の有名な空中庭園や、二百メエトルの高さで空の見張りの役目をしている天文台や、スフィンクスと犬頭人身像とが列をなしている百通りの階段もある太守の宮殿は、一箇の巨大な岩塊を削り、開鑿し、刳り抜き、整備して、最後に磨き立てた、白い脈が通っている黒い玄武岩の山に他ならず、更にこの岩山の延長は、歩くと足音が響き返る舗道の両側に暗紫色のポプラの木が箱に植えてある防波堤となって、絶えず動いている孤独な海のかなり遠方まで続き、その先にはいつ見てもそこにある、骨に変じた海綿のような岩礁の上に、夜出歩くジャンク船の為にオペラの書き割りにでもありそうな綺麗な燈台が立てられている。

蒼白い脈が通っている巨大な、陰鬱な建築よ！　その黒色の正面は七月の今日の太陽を何と神秘的に映していることだろう。そしてその為に空中庭園の、粉を振り掛けたかに見える杉の天辺に止っている梟達も、このようにして黒い表面に映された海上の太陽を楽に眺めることが出来るのである。……

防波堤の附近には前日或る北国の王の子と甥と称する二名の肩書付きの闖入者を乗せて来た軍艦が纜《ともづな》で繫がれて浮んでいて、それを何人かの、皆この国の住民らしく動作が端正な閑人が眺めている。

凡ての運動が鈍っているようなこの真昼の一時、殊に王子達の歓迎会は正式には三時からでなければ始らないのであり、宮殿はまだ昼寝から醒めないかのように、伸びを一つして起き上るのを遅らせているように見えた。

雨樋が皆そこに水を吐くようになっている宮殿の中庭では、北方の王子達の召使どもが宮殿の雇人達と大声で笑っているのが聞えた。彼等は石を投げて勝負を決める遊びに耽ったり、煙草を勧め合ったりしながら、お互に何を言っているのか解らずに笑っていた。宮殿のもの達はこれ等の外国人の同輩に、白い象をどんな風に掻いてやると喜ぶか、その掻き方を教えた。……

——併し私達の国には白い象などはいません、ということを北方のもの達は相手に解らせた。

そうするとこの馬丁達は、何か不信心な言葉を聞いた時にその災を免れる為にする呪いの動作のような身振りをした。それから北方のもの達は噴水の向うで銘々開いた尻尾に日光を受けながら輪になって散歩している孔雀に見惚れ、又岩で出来た宮殿の階床が奇妙な形に按排されている加減で、彼等の野蛮な叫び声が連続的に木霊して返って来るのに場所柄を弁えずに打ち興じた。

エムロオド・アルシュティパス太守が、天頂の普遍的な詩人、火天の蛍、などと呼ばれる太陽の光線を浴びて手袋を脱ぎながら中央の露台に現れ、下にいる召使達は急いで各自の仕事に戻った。

露台に現れた太守、王朝の像柱よ！

彼の後の方では町から既にお祭気分の騒音が聞えて来て、方々の噴水は一斉に水を吹き上げていた。更に遠方には、黄色い花があちこちに咲いている形ばかりの城壁の向うに、田園が何と長閑に横たわっていることだろう。そこには燧石《ひうちいし》を砕いて敷き詰めたでこぼこの、清潔な道が続き、色々な農産物の栽培が市松模様をなしていた。太守の前には海が、常に新しく、常に格式に適っていて、海と言う他に何とも言いようがない「海」があった。

そして今や辺りの沈黙を区切る唯一の音は、海岸の方から聞えて来る澄んだ、嬉しそうな犬の鳴き声で、雲母が混っている灼熱した砂の上に子供達が裸体を輝かせ、異国情緒に富む口笛を吹いてそれ等の犬を水際に巻き上る波に向ってけし掛けているのだった。又その子供達は今までやはり波に向ってあり合せの木の切れ端で作った矢を飛ばせて、何度も波の上で跳ね返らせて遊んでいたのである。

所で、眼に見えない所で流れている水の冷気に涼みながら、露台に咲いている仙人草の花に囲まれて欄干に肱を突いている太守は、お昼の水煙管の煙を幾条も切れぎれに、投げたように、そしてぎごちなく、又不満そうに吐き出していた。昨日は北方の王子達が来るということを告げる使者の不意の到来で、この余りに恵まれた島で余りにも恵まれた境遇にある太守は一瞬、身近に迫った危険に対する家庭人としての恐怖と、破滅を控えて一かばちかの勝負を期する全くの好事家趣味との何れかに態度を決し兼ねて動揺したのだった。

何故なら、或る日のこと眼鏡を掛け、未開人種らしい赤い鬚を生やして、この島に現れた厄介もののイアオカナンは今度来た北方の王子達と同じ国の人間だった。彼は島の住民に印刷物を無料で配布し、彼等の言葉でその註釈をするのだったが、その説教の仕方が余りに激しいので島のものは彼に石を投げ付けそうになり、現在では彼は太守の宮殿に附属している唯一の地下牢の中で瞑想に耽っているのだった。

歴史に記すべき事件を持たない秘教主義的な何世紀かが続いた後に、エムロオド・アルシュティパスが属する王朝はその二十度目の百年祭に、お祭の花火の代りに海の向うにあるような戦争に見舞われることになったのだろうか。イアオカナンが語った所によると、彼の国の住民は貧乏の為に始終不機嫌で、他人の財産を渇望し、戦争が一つの国営の事業として企画されるのだということだった。そしてこの男は兎に角一種の天才であり、二人の王子と同じ国籍の人間であって、王子達は彼の引渡しを要求しに来たのかも知れないし、この口実を更に面倒な問題に発展させて、西方の人間らしい権利の解釈を主張するということもあり得るのだった。

幸に、それも太守の娘サロメがどういう訳か命乞いをするからだったが、伝統的な名誉職となっている首切役人の職掌に仕事を与えて、この役人にその為の聖なる短剣を持たせてイアオカナンの所にやることはまだ行われていなかった。

併し何も心配する必要はなかった。二人の王子は漠然と人間が住んでいるとしか言えない土地を植民地にする目的で求めながら、単に世界周航を試みていたので、「白い島嶼」にはただ好奇心から通り掛りに寄って見たのに過ぎないのだった。そして来てみて驚いた！　例の有名なイアオカナンが恐らくは首を吊られて、その生涯を終る為に遂に辿り着いたのはこの世界の果てだったのである。このことを知った彼等は、自分の国で既に余りにも予言者でないこの可哀そうな野郎の苦難の数々に就て詳細な話を聞きたがるのだった。

そういう訳で太守はぼんやりした顔付きで、いつもこの時間にはそうであるように、極めて散漫な気分で水煙管を吸っていた。――今日は下から聞えて来る男声合唱や爆竹等の、それは又万国旗やサイダアを思わせる、国祭日に相応しい雑音の中で一層散漫な気分になっていた。……

明日の朝になれば、如何にも無限に遠いように見える水平線に、併しその向うには同じ太陽の下に自分達とは違った色々な人間が多勢住んでいるということだったが、その水平線にこれ等の人々を載せた軍艦は姿を消すのである。

エムロオド・アルシュティパスはやがて陶器製の欄干を伝って咲いている蜜を含んだ仙人草の花の上に屈んで、下の池の魚にパンをちぎって投げながら、既に全面的な活動を続けなくなった彼の精神の余力にさえも最早頼ることはないのだということを繰り返して考えた。彼の年取った肉体は芸術だとか、瞑想だとか相惹く魂だとか、工業だとかの刺戟に実際に適さなくなっていた。

然も彼が生れた日には黒い太守の宮殿が大変な嵐に見舞われて、信用するに足る何人かの人が空に稲妻が「アルファ」と「オメガ」という字を描くのを見たと言っているのはどういうことなのだろうか。彼は何と長い間こういう晩の時間をこの神秘的な畳句に就て頭を悩ますことで費したことだろう！　併しその後何も変ったことは起らなかったのである。それにアルファにオメガだけでは、何のことだか解ったものではない。

併しそういうことは別問題として、彼はこの二カ月間若いもの達を集めて遊ぶのを見合せ、彼が二十歳の頃に彼の禁欲主義を堅固にした虚無に対する諦念の情熱を幾分でも取り戻す為に自分で自分の体を叩きながら、先祖の墓地に日参することを再び励行し始めたのだった。それに夏の間この墓地は実際涼しかった。――そのうちに冬が来るのだった。そうすれば雪の祭の儀式や彼の孫の叙任式があり、それに彼にはまだサロメが残っていた。幸にこの彼の可愛い娘は結婚の喜びというようなことに耳を傾けようとしないのだった。

エムロオド・アルシュティパスが七月の珍味とされている種類の魚に供される特別のパンをもっと持って来るように言い付ける為に鈴に手を掛けた時に、彼の後で繁文縟礼官の青銅の杖が敷石の上で鳴った。北方の王子達が町の見物から帰って来て官人とともに太守の出現を待っていた。

Ⅱ

北方の王子達は革帯で体を締め、髪を油で固め、手袋を嵌め、勲章や金モオルを煌めかせ、鬚を平にし、後頭部まで筋目を付けて髪を分け（又メダルに表す時の横顔に風情を添える為に額に後れ毛を撫で付けて）、片手で兜を右の腿の所に支え、片手でサアベルの柄をいじりながら、それは丁度軍馬がどんなことがあっても、又どこに行っても硝煙の匂いを嗅ぐかの如く地面を踏み馴らしているのを思わせたが、そういう風体で太守を待っていた。彼等は大官人、図書館長、趣味判事、象徴保管官、婦人学講師兼淘汰法講師、雪祭主、賜死官等の大官達と立ち話をしていて、その両側には動作が敏捷な、痩せた書記達が葦のペンを腰に下げ、インク壺を胸に掛けて整列していた。

両殿下は太守の健在を慶賀し、このような晴天の日にこういう立派な島に到着することを得た自分達は幸福に思う旨を述べ、最後に太守の都の有様を色々と賞讃したが、彼等が挙げたものの中には先刻彼等が「七つの悲み」と称されるオルガンで「退屈よ、我等汝を讃う」（Tae lium laudamus）の讃美歌が演奏されるのを聞いて来た「白い伽藍」や、「動物及び物体の墓地」等があった。

それから食事が出た。そして王子達は菜食及び魚食を厳重に実行している人達に招かれているのに、自分達が肉を食うことは絶対に遠慮したいと申し入れたので、食卓には太った棘を付けた殻に入ったままの見事な朝鮮薊《あざみ》だとか、桃色の葦の簀子に載せたアスパラガスだとか、真珠色の鰻だとか、その他棗《なつめ》で作った菓子や、各種のジャムや、色々な果酒が硝子の食器等とともに並べられて、全く絵のような美しさだった。

それがすむと太守とその側近のもの達は繁文縟礼官を先に立てて、宮殿の中を、蒼白い脈が通っているこの巨大な、陰鬱な宮殿の中を王子達を案内して廻ることになった。

彼等は先ず天文台に登ってこの諸島の全景を眺め、次に一階毎に降って、空中庭園、動物園、水族館、という風に、宮殿の地下室まで見て廻る予定だった。

天文台まで圧搾空気の力で引き上げられた一行は、油を塗ったような青銅色の背中をした二、三人の黒奴の女が戸を開けて出て行く中を、忍び足でサロメの住居に宛てられた幾つかの部屋を急いで通り過ぎた。それでも途中でマヨルカ焼の（それが又何とも言えない黄色をした）瀬戸物で張り詰めた部屋の真中に大きな象牙の盥が片付けられずにいて、この他に決して少くない白い海綿と、何枚かの濡れた繻子の布と、桃色の（それが又何とも言えない桃色の）スリッパ一足とがそのままになっているのを彼等は見ない訳には行かなかった。それから図書館があり、その次の部屋は金属療法の研究に使う材料や器具で一杯で、もう少し先に螺旋階段があってそれを人々は昇ると露天に出た。――そしてその瞬間に、黄水仙と同じ色をした地に黒い斑がある、何か蜘蛛のような感じがする着物に柔く包まれた若い女が滑車を用いた装置で空中に、というのは宮殿のどこか下の部分の方に姿を消すのが見えた。……

王子達は自分達の闖入に就てくだくだしい詫言を言い始めていたが、「いいんです、いいんです、ここで何が起っても私達と関係ないことなんですから、」と言っているような皆の不意打ちを食った目付きを見て、途中で黙ってしまった。

それから二人は青空の下で、何とも大したことだといった様子で短かな嘆賞の言葉を発しながら、十八メエトルの大赤道儀が備えられているという天文台の円屋根の廻りを徘徊した。この防水剤を兼ねた顔料を用いて装飾された円屋根は廻転するようになっていて、十万キロの重量があるこの屋根は十四の鋼鉄製の桁に支えられて塩化マグネシウムを溜めた槽に浮び、サロメが一人で手で押すだけで二分間で任意の方向に向き変えられるということだった。

所でもしこの何とも言えない変りものの連中が我々をここから突き落す気になったら、と二人の王子は同じことを考えて一緒に身震いした。併し窮屈な軍服を着ている彼等はそれでも彼等二人だけで、これ等の蒼白い、顔から綺麗に鬚を抜いた、そして指には指輪を幾つも嵌めて目が醒めるような錦襴の衣服を纏っている十二、三人の僧侶風の人物よりも、十倍も力があった。それで王子達は向うの港に、磨き立てたブリキの鎧で体を包んだ甲虫か何かの感じがする彼等の軍艦を見付けて面白がる気持になることが出来た。

そして人々は彼等に島を一つ一つ指差してその名を教え、この群島が何れも天然の区劃を利用して別々の僧院の如くに孤立させられた島からなり、どの島に住んでいるものもそこだけの特殊な階級に属しているというようなことを説明した。

それから一同は香水の間と呼ばれる部屋に降りて行き、そこで趣味判事は両殿下に持ち帰っていただきたい土産品の中でサロメがその錬金術の知識に基いて作って見た、炭酸鉛が入っていない各種の白粉、白鉛も蒼鉛も入っていない色々な化粧品、莞菁《かんせい》が入っていない若返り薬、亜塩素水銀が入っていない美顔料、硫化砒素が入っていない脱毛剤、昇汞《しょうこう》も水酸化鉛も入っていない乳液、硝酸銀も次亜硫酸曹達も、硫酸銅も亜硫酸ナトリウムもシアン化加里も入っていない（そんなことがあるだろうかと思われるが）、純粋に植物性の染料、及び春と秋との香水を入れた二本の大きな瓶を指摘した。

それから今度は湿っぽくて、どこまで行ったら終るのか解らず、何だか待伏せでもありそうな廊下の終りで、宝石箱に入れても構わない程見事な光沢の苔や菌類で緑色になっている戸を繁文縟礼官が開けると、人々はいきなり例の有名な空中庭園が目の前に静かに横たわっているのに迎えられた。——そして丁度その時、黄水仙と同じ色をした地に黒い斑がある、何か蜘蛛のような感じがする着物で全身を堅固に包んだ若い女の姿が道の角を曲って消え去り、その周囲には猟犬が付き添っていて、犬達の嬉しそうな、懐しさで一杯になっている鳴き声が次第に遠くから木霊しては、微かになって行った。

落ち着いた緑の色調が幾キロにも亘って続いているこの森の静寂は知らない家の廊下に起るのに似た木霊で満され、日光が所々に斑に降り注ぎ、そこに生えているのは鮭色の肌が露出している真直ぐな幹をした松ばかりで、それは地上から非常に高い所で始めてその埃が掛っているような色をした松葉の被いを互に水平に交錯させていた。ここは上から洩れて来る日光が幾条にも分れて、窓に格子を嵌めたどこかの僧院の礼拝堂で柱の間に差し込むのと同じ柔さで松の間に静かに落ちていた。そしてこれらの大木の間を、夜遠くに聞える急行列車の奇異な轟音に似た音を立てて海からの風が通って行き、その後では、それ程にそこは高かった為に、いつもの高い山の上の沈黙がもと通り戻って来た。どこかすぐ傍で鶯が上品に囀っていて、遥かに遠くの方で別なのがそれに答え、何世紀も続いた王朝のこういう鳥籠の中で、彼等は自分の家にいるというので寛いでいるようだった。人々はこのような松の大木の根が楽に埋り、千年間の枯葉や松葉が層をなして敷き詰められているここの土の厚さがどの位あるのか計算したりしながら進んで行った。その次には芝生になった斜面が緩かに降下し、芝がよく繁っているこれ等の谷間は妖精が踊り廻る夢の場面でもありそうだった。又所々に澱んだ池があり、耳の辺りに花車な頸には実際重過ぎる羽の房を付けた白鳥が退屈と老齢とで少しも動かずにいた。そしてボッカチオの小説から抜け出て来たような、着色された彫刻が台を踏み外しそうな恰好で、何とも……気高い各種の姿勢を取って、方々に立っていた。

そのうち羚羊《かもしか》の囲いの所に来て、それが極めて無造作な具合に果樹園と、それから動物園と水族館との境をなしていた。

猛獣どもは瞼を閉じたままだった。象は荒壁のような皮膚を波打たせて動いていたが、眼前のこととは別なことを考えていた。麒麟はその薄い茶色の毛が与える柔和な感じにも拘らず、何か本当には思えない動物で、この絢爛な宮廷人の群よりももっと高い所を見詰め続けていた。猿は彼等の共同生活に於て演じられる内密の諸場面を誰かが来たからとて中止しなかった。鳥がいる所は美しい光沢が錯綜し、鳥の鳴き声が一つになって耳を圧した。蛇どもは一週間も前から皮を脱し始めていてまだそれがすまなかった。そして厩は丁度その日に市の主催でやる騎馬行列の為に牡馬、牝馬、縞馬などの最も立派なのを貸し出した後だった。

これからが水族館である。水族館なのである。暫くここで立ち止ろう。それは沈黙のうちに何と動きに富んでいることか。……

右へ、左へと走っている廊下は洞窟が連る迷路を形成していて、どの廊下も海底の国々の、明るい、硝子越しの幾つかの眺めで区切られている。

荒地に立つドルメンに粘性の宝石が腹這っている。玄武岩の階段を廻らした闘技場で、手探りでしか物が感じられない鈍重な蟹が、食事をした後のいい機嫌で、二匹ずつ、知らぬ振りをして絡り合っている。

果てしなく続く平原は細かな砂で蔽われ、余り細かな砂なので時々遠方から自由の旗といった恰好でひらひらしながら到着した平い魚の尻尾の煽りを食って砂煙が立ち、その魚は我々の前を通り過ぎて、我々を残して向うに泳ぎ去り、それを砂の外に僅かに現れている大きな眼が眺めていて、彼等にとってはそれが唯一の新聞なのである。

それから荒野に生えている唯一本の、落雷を蒙って黒焦げになり、骨と化した木に、龍の落し子が全身脈を打ちながら束になって生活している侘しい光景。……

自然の橋や苔が生えている峡谷、そこには鼠の尻尾を付けた兜蟹の群が、食った物をのうのうと反芻している。その或るものは引くり返しになって、踠いているが、それは背中を掻く為に、自分自身でやったことなのに相違ない。……

それから崩れ掛けの、出鱈目な恰好をした凱旋門の下を、人目を惹く為のリボンのような小魚が通り過ぎ、又長い航海に倦きて、周囲に束になって付いている睫毛で自分を扇いでいる子宮のような、何か毛むくじゃらの細胞が運に任せて大部の移動を行っている。

……

それから海綿の畑、腐れ掛けの肺のような海綿。そしてオレンジ色の、天鵞絨に包まれた蕈《きのこ》の群、真珠色の軟体動物の墓地、沈黙のアルコオル漬けになった腫れぼったいアスパラガス栽培場。……

又見渡す限りの平地。それを飾るのは白色の磯巾着や、丁度いい位に脂切った玉葱や、濃紫色の粘膜の球根や、どこから来たのか知れない内臓の切れ端、然もそれはここで新たに生活を営んでいる。それから触手で向うの珊瑚に合図をしている、何か解らぬ肉の塊、その他、目的が明かでない何千という疣《ゆう》状物。これ等の胎児的な、全く外界と交通を断たれた植物は絶えず痙攣しつつ、いつか、かかる現状に就てお互に祝詞を囁き合えるようになるのを永遠に夢みている。……

更に又、あすこの高原に吸い付いて辺り一帯の番をしている、太った禿頭の蛸の化物。

……

外に出る前に、雪祭主は後の方を向いて、その為に立ち止った一同に昔から繰り返されて来たことを暗誦するかの如く、次のように語る。

「皆さん、ここには日も夜もなく、冬も春も夏も秋も、そういう変化は何もない。そして完全に盲であることを代償として、ここにいるものは自分のい場所を変えることなしに恋愛し、夢想するのである。満足せるものの世界よ、貴方達は沈黙に閉された、盲目的な至福の状態にあり、我々は地上では満されない饑餓に萎れて行く。それにしても何故我々の感覚の触手は盲目と、不透明と、沈黙とによって閉されていないのだろう。何故それは我々の世界の外にあるものを予感するのだろう。そして何故我々も、我々の世界のささやかな一隅に納って、我々の小さな自我の泥酔を温めていることが出来ないのだろう。

「併し海底の世界に於る逗留よ、我々は地上では満されない饑餓の中で、海底にあるのと同じ二つの饗宴を知っている。その一つは、枕の上に横たえられ、編んだ髪は冷汗で粘着した恋人の顔、口は苦しげで、月光が水族館に於るが如くその蒼白い歯並びを照している（ああ、触らないように、触らないように！）。――それから月そのもの、かの、不可知論によって涸渇した平べったい日廻りの花（ああ、そこまで手が届かないだろうか！）。」

これが即ち水族館だった。併しこれ等の外国人の王子達にそういうことが解っただろうか。

それから人々は婦人学教室の、美的な教育を目的とする諸場面を描いた中央の廊下を急いで、そして辺りに気を配りながら通り過ぎた。何かそこには女の匂いに蝕まれた憂愁が漂っていた。そしてどこからか、――それは右の方からだったろうか？　或は左の方からだったろうか？――噴水の水が流れるのが聞えて来るだけで、その涼しい水の音の連続は屈従と不幸と不毛とを主題とする、忘れることが出来ない歌になっていた。

又正式な参拝の仕方が解らないので何か飛んでもない間違いをし出かすのを忘れ、王子達は同じように慎み深い足取りで太守家の墓地を通っていた。そこには全身を描いた肖像画の後に隠れている棚が両側に並び、中には容器や、その他遺族にだけしか意味がない多くの現実的な遺品がしまってあった。これはそういう場所として想像するに難くないことである。

併し王子達が絶対に適えられるのを望んでいたのは彼等の古馴染のイアオカナンとの再

会だった。

それで人々は背中に斜に鍵が刺繡してある服を着た一人の役人の後から付いて行き、硝石の匂いがする曲りくねった地下道の終りまで来ると、この役人はそこに嵌められた格子を指示し、その為の装置を動かしてこの格子を肱の高さまで下した。それで近寄ってみると、監房の中で今まで床に散らかった薄汚い紙片に鼻を突込み、腹這いになっていたこの不幸なヨオロッパ人が邪魔が入ったのに気が付いて起き上るのが認められた。

二人の人間が元気のいい声で彼に自分の故郷の言葉で挨拶するのを聞いて、イアオカナンは紐で括り付けた眼鏡を掛け直して立ち上ったのだった。

おお、神よ、あの王子達がここに来ているとは！——曾て彼は天気が悪い、靴が雪と泥で水浸しになった冬の晩に、他の、その日に日給を貰って帰って来る途中で乱暴な騎馬巡査に制せられながら、そこに何とはなしに集ったみじめな奴等の第一列に立って、この王子達が馬の毛で飾り立てた兜を冠って重そうな儀式用の馬車から降り、宮殿の正面の階段を、抜き身のサアベルを翳した二列の護衛兵の間を通って登って行くのを何度も見たことがあった。彼はそこを立ち去る時、宮殿の格子を嵌めた窓に向い拳固を振り上げ、「時」が近づきつつあるのだと呟いたのだった。——そして今やその「時」が来て、故郷では約束された革命が遂に実現を見てその哀れな年取った予見者イアオカナンは神に祭られたのである！　それにしても王家が親しくこの挙に出たこと、即ち王子達が彼を救出する為に、勇敢にもこの遠方の地まで航海して来たのは、世界の更生が起った確証として彼を正式に迎える為に、各国の民衆が要求した感激すべき手続きに違いないのだった！

彼は先ず無意識に、彼の国の風俗に従ってお辞儀を一つした。それからどんな忘れ難い、歴史的な、そして勿論情味はあるが、同時に威厳を失わない言葉で挨拶を述べようかと考えた。……

彼が言おうとしていたことは北方の王の甥によって忽ち遮られた。これは脳溢血で倒れそうな禿頭をした軍人型の人間で、誰にでも、そしてそういうこととは何の関係もない話をしている時でも、自分はナポレオン一世と同様に「思想家」が大嫌いだと出し抜けに言う癖があった。――「それ見たことか、思想家奴、三文文士、兵隊に行ったことがあるルソオのおけら奴。お前はここまで首を吊られに来たのか、老いぼれの新聞記者奴。いい気味だ。そしてお前の垢だらけの頭がギロチンの籠の中で早くバ・ボアのお前の同志達が落した頭と同じことになるように！　そうなんだよ、この間死刑になったばかりのバ・ボアの同志達だ。」

ああ、何という性懲りない獣なのだろう。そしてバ・ボアの陰謀は失敗に終ったのだった！　彼の兄弟達は虐殺されたのであって、その最後に就ての詳細を誰も彼に教えてくれるものはなかった。凡てはおしまいだった。最早残っていることは、彼の兄弟達と同様に、合法的な暴力の手で葬られることだけだった。かくしてこの可哀そうな著述家は沈黙を決意し、そこのきらびやかに着飾った人々が去った後、彼の部屋の隅でゆっくり死ぬことが出来るのを待った。彼の眼鏡の下からは二本の長い、白い涙が彼の瘦せこけた頰を伝って見窄しい鬚の方に流れて行った。――併しそのうちに彼は突然跣足《はだし》の足で伸び上って、何等かの出現に対して両手を差し出し、泣いていたのでまだ咽びながら、彼の故郷の言葉で一番優しい愛称を並べ始めた。それで人々は振り返ると、――丁度その時黄水仙と同じ色をした地に黒い斑がある、何か蜘蛛のような感じがする着物に確かに包まれた若い女の姿が、微かに触れ合う鍵の音に伴われて、この色褪せた祝福の言葉を後にして消え去ろうとしている所だった。……

イアオカナンは再び床の上に腹這いになった。そして彼が書きものの上にインキ壺を倒したのに気が付き、濡れたインキを子供のような丹念さで拭き取り始めた。

人々は別に評釈を加えずにもと来た方に戻って行った。北方の王の甥はその遵奉する主義というのを嚙み締めるので頻りに顎を動かせて、それと軍服の襟とを擦り合せていた。

Ⅲ

象牙の楽器を使用する管絃楽団が、快活な宿命論的な旋法に従って、ささやかな無名の序曲を即席に作曲して演奏した。

二百人の客が美しい寝台から起き上る音に迎えられて、太守を始め宮廷の人々が入って来た。この一行は太守に対するその日の献上品が幾つかのピラミッドをなして積まれている前で暫時立ち止り、二人の北方の王子達は互に肱で小突き合って、頸から鉄羊毛勲章の頸章を外して太守の頸に掛けるだけの元気を相手に出させようとした。この頸章が芸術品として無価値であることは、殊にここでは、余りにも明白だった。そしてそれを持っていることが一つの名誉であるということに就ては、そういう種類のものが彼等の周囲に見当らないので、その価値を説明しなければならないのでは興醒めであり、旨く行ったとしても或る限られた範囲内での成功しか収めることが出来ないように彼等には思われた。

人々は着席して、エムロオド・アルシュティパスは彼の息子と孫を王子達に紹介した。これは何れも立派な青年で（勿論彼等はこれ等の白い、秘教的な島嶼で考えられている意味で立派だったのである）、色々と象徴的な飾りを着けていた。

それで、黄水仙の色をした葦が床に撒かれていて小鳥の囀りが耳を圧する大きな鳥籠が幾つも周囲に置かれ、中央の噴水の水が束になって、天井に張られた白地に各種の彩色を施したゴム製の天幕を抜け、雨の形で冷たい、よく響く音を立ててその天幕の上に落ちて来るこの爽かな広間には、幾多の半円形の卓子を前にして客の学問の程度に応じて飾られた十列の寝台が並べられ、——正面にはスペイン風の王宮の内部と見える、驚異的に奥行きがある舞台が設けてあって、そこでこれ等の島嶼の軽業師、手品師、美人及び音楽家の粋がこれからその芸を見せるのだった。

　天幕は噴水から絶えず落ちて来る水で相当に重くなっているにも拘らず、その上を微風が通る毎に揺れていた。

　島嶼の小鳥は鮮かな色をした体で入り乱れて飛び廻り、食事の伴奏の音楽が始ったので、残念そうに沈黙した。

　可哀そうな太守！　この晴れの日に於るこういう音楽や、ここの土間一杯にい並ぶ豪奢な客達の取り澄し方は彼自身には堪え難いものだった。彼は巧に按排された順序に従って運び出される料理の数々に、ただ形ばかりに手を付けてみるだけで、雪を固めたような彼の白い歯で口の中のものを漫然と嚙んでいた。そして彼は全く子供の時の無邪気さに戻って、舞台に展開する常軌を逸した演技の連続に手もなく見入っていた。

　舞台では、スペイン風の王宮の内部を背景として、蛇に扮した嫋《たお》やかな少女が青と緑と黄色の鱗で蛇のぬらぬらした感じまで出して体を包み、胸と腹は柔かな桃色で、人体との接触を貪るように絶えず身悶えしながら、「ビブリスよ、私の妹のビブリス、お前は泉に形を変えたのか、……」という言葉で始る歌を歌って逍遥していた。

　次に、その一つ一つが人間の欲望のどれかを象徴している、奇抜であって然も厳粛な感じがする衣裳の行列があった。これは又何と凝った催しものだろう！

　それから電気仕掛けの花の旋風が起り、水平に渦巻く花束が乱舞した。……

それから胸に手廻しオルガンを掛けた道化役者達が登場し、如何なる外的な圧力にも屈しないでその伝道者としての使命を貫徹するメシアでもあるかの如くオルガンのハンドルを廻し続けた。

その後で三人の道化役者が観念と意志と無意識の役を演じた。観念は凡てのことに就て喋り散らし、意志は舞台の背景に頭をぶつけ、無意識はまだはっきり言葉で言い表せない程事情をよく知っているといった様子をして、大袈裟な、神秘的な身振りをしてみせていた。この三人は何れも同じ文句を繰り返すのだったが、それは、

ああ快げなる虚無の
カナアンの土地よ、
虚無それは図書館で想見する
メッカである、

というのだった。

彼等は観客を爆笑させて大成功を収めた。

それからぶらんこの名人達が殆ど天体運行の軌道に比すべき数々の楕円を描いてみせた。……

次に天然の氷の床が舞台に持ち出された。そして、両腕を白いアストラカンの胸飾りの上に組み合せた青年のスケエトの名人が現れ、我々に知られている凡ての種類の曲線を描いてから始めて停止した。それから彼はスケエトの切先で立ち上ってワルツを踊り、次に氷の上に硝酸で、円花窓の一つも、又如何なる瑣細な装飾も省かずに仰山なゴチック式の寺院を描き出し、それから三部からなるフウガを象って踊った。そして最後に、悪魔に憑かれた苦行者の目まぐるしい大乱舞となり、この男は両足を宙に浮かせて、指に嵌めた鋼鉄の爪で滑りながら退場した。……

そして余興は幾つかの活人画の実演で終ったが、それには植物のように羞恥に満ちた裸体の人物が出演し、美学上の苦難の諸段階を経て次第に律動的になって行く幾つかの象徴的な型を展示した。煙管が配られて、客達は話を始めた。自分の頭の上で進行している宴会の騒音を聞いて確かに愉快な思いはしていなかったイアオカナンがその晩は話題の中心となっていた。北方の王子達は最高の宗教としての、又安寧と食糧と国際間の競争の監視者としての武装された権力に就て語り、話の辻褄が合わなくなって、いい加減にして切り上げる為に、

兎に角教養あるものは
種族の完成を信じている、

という聯句を一種の詠嘆的な結語として引用した。

官人達は、我々は社会的な競争の諸要因を減少し、緩和して、互に仲よく暮す識者達の幾つかの集団に分れて長城の中に閉じ籠るべきだというような意見だった。

そして話が途切れてもまだ止まない音楽は、言葉で言い表すのには余りに摑み所がないことを代って言ってくれているようだった。

やがて大漁の日に放たれる蒼白い斑点がある隼のように、沈黙が四方に拡って行った。人々は立上った。それはサロメが現れたということだったからである。

サロメは鞘のような着物に身を固めて螺旋階段を降りて来た。そして片手で皆が再び寝台に就くように合図し、一方の手首には小さな黒い竪琴が下り、サロメは又指の先で父の方に接吻を送った。

彼女は幕が下された舞台の前にある壇に上って、客の方を向いて立ち止り、皆が心行くまで彼女を眺めるのがすむのを待ち、体裁上その蒼白の、指が開いた両足に交互に体の重みを移して身じろぎするのを楽んでいた。

彼女は誰にも目をくれなかった。――その髪には何か解らない花の花粉が振り掛けられ、髪の先は巻き上らずに両肩まで落ちて来て、前髪には黄色の花と、それから揉み合せた藁とが束ねてあった。その露出した肩は青貝で出来た留め具で小形の孔雀の尾が輪をなしているのを支え、これは空色、金色、緑、或はそれらの波紋という風に絶えず地の色が変り、この後光を背景として彼女の率直な頭が、稀有で、然もそれが無類であることを知っているのを少しも意に介していない彼女の頭が翳され、頸は弓形に伸び、眼は幾多の絢爛な贖罪の行で光を失い、唇は何とも苦しげな微笑を作って、薄い桃色の弧の下にもっと薄い桃色の歯茎に挟まれた歯並びを見せていた。

ああ、天女にも比すべき、美学に通暁した優しい存在、「白い、秘教的な島嶼」の洗練されたこの隠者よ！

その体は黄水仙と同じ色をした地に黒い斑がある、何か蜘蛛のような感じの着物に堅固に包まれ、その服は所どころで留め金で留められ、美しい腕は蔽わず、それは扁桃の恰好をした上に各々一輪の石竹の花を配したその未熟な乳房の間で十八歳である彼女の年齢を思わせて両側から合せられ、臍の愛すべき窪みよりもう少し上の所で、嫉妬心に燃えるような鮮明な黄色の、細かに襞を取った帯に変って胴に密着し、腰の所で痩せた腿を締めてそれが侵し得るものではないことを示し、踵まで降りて来て再び背後で二つの長い、別々に漂う尾となって上昇し、その先は青貝の留め具に結ばれ、この留め具が支えている小形の孔雀の尾は空色、或はその波紋状、或は緑、金色と絶えず地の色が変り、サロメの明らさまに稀有な頭に対する後光をなしていた。サロメは立っていて身じろぎし、その蒼白の指が開いた両足は踵の所に輪が嵌めてあるだけで、輪からは黄色の波紋状の目が醒めるような総が垂れていた。

　ああ、子宮を持ったメシアよ！　その頭は彼女にとって何という負担だったことだろう！　彼女はその手をどうしていいか解らず、肩さえも何か重たげに見えた。この小柄な無垢受胎の聖母に、誰があの苦しげな微笑を浮べさせたのだろう。そして誰がその青い眼を死なせたのだろう。――ああ、と人々は心のうちに思った、彼女はそのスカアトを何と造作ないものに感じていることだろう。――芸術は何と長く、人生は何と短いのだろう。ああ、どこかの片隅で、噴水の傍か何かで彼女と話をし、その「何故に」ではなくその「如何にして」を知ってから死ぬことが出来たら！　……死ぬこと、といっても、或はもしかしたら、……

　彼女は或はこれから何か話をしてくれようとしているのではないだろうか。……

　太守は絹のクッションを積んだ中で前屈みになり、皺は弛み、瞳孔を色褪せた瞼の下で溶けるように光らせ、頸に掛けた国璽《こくじ》を体裁上いじくりながら、彼が噛っていたバナナと彼の胸壁形の冠を小姓に今渡した所だった。

　――落ち着いてくれ、先ず落ち着いてくれ、観念でもあり、規範でもあるお前、我が歴史を持たない諸島の像柱よ！　と彼は懇願した。

　それから彼は、「この子は相当なものなんですから、」とでも言っているように、そういう仕合せな父として客達一同を笑顔で見廻し、王子達には非常に要領を得ない言い方で自分の娘に就て説明した。

　それによると、月はこの子に対して魔術を使う為に自分の四つの静脈から血を取り、一般には（この問題に就ては会議が開かれたことがあった）彼女が銀河の乳兄弟だということになっているということだった（彼女のことになると目がない、という訳である）。

　それで、右足で体を支えて右腰を高くし、左足はニオベの子供達*が彫刻で表されているように後の方に引いて、サロメは咳をしているのに似た笑い声を立ててから、そしてそれは、何よりも自分が真面目な気持でここにこうして立っていると思われては困るということを明かにする為だったかも知れないが、その黒い竪琴を掻き鳴らして張り裂けるような音を出させ、実際はそのようなものは我々も同様少しも必要としない薬を要求する時の病人と同じ単調な、何の特徴もない声で即席に次のように語った。

「虚無、というのは最も早くて明後日具体的な形態を取るべき、目下は潜在している生命は何と貴重であり、贖罪の効能を有し、無限にも比すべく永遠であって、凡てのものがそうである如く澄み渡っていることだろう。」彼女は冗談を言っているのだろうか。兎に角彼女は続けて言った。

「愛よ、完全に死に去るということを望まない総括的な狂気よ（それも又何というみじめな逃げ道であることか！）、贋物の兄弟よ、私はお前に今や色々なことに就て話し合う時が来たとは言わない。永遠の以前から物事は御承知の通りの物事なのである。併し無意識の名に於て、現実の五官の領域に於て互に譲歩すれば、それは何と正しいことだろう！

「ああ、緯度よ、高度よ、善意に満ちた星雲から淡水に棲息する小さな海月に至るまで、お前達は経験論の果樹園の草を食うことをやってくれ。無限を生み出そうとして、いつ終るとも解らない産褥に悩んでいる宇宙の生活に於て同じように孤独な、無数の他の世界と何等異らないこの地球の上を僅かな時間に通り過ぎる人間達よ！　能動的である原則的なものは自己を愛し（私が言っていることをよく聞いてくれ）、自己を動的に、どちらかと言えば気まま勝手に愛するのであって、それはいつまでも喇叭を吹き立てている美しい霊魂であり、そしてそういうことは我々が知ったことではない。お前達は持って生れた性質のままに受動的であるがいい。そして全体と同様に自働的にあの親切な調和の諸段階に入れ！　きっといいことがあるのに違いないから。

「そうだ、言わば民衆が飼っている温和な家禽のようなものだし、お前達の何れもが彼岸の政府の保証を持たない諸現象の何等かの結合である、頭でっかちの神智学者達よ、再び無関心の病に取り憑かれなさい。そして四季を通してその日その日をスフィンクスがいない、然もその内角の和はやはり二直角に等しいこれらの三角洲の草を食って暮しなさい。癒えることがない思春期にある世代よ、それが最も当を得た措置なのだ。そして何よりも今言った各種の実質の無責任な薄明の中に嵌り込み、動きが取れなくなっている様子を粧いなさい。無意識は適当に自分で何とかします。

「そしてお前達、宿命的ななり上りもの、洗礼を施すガンジス河、沈められることが決してなくて恒星間に流れているもの、お母さんの天地創造説よ、ここに入って来る前に多分に原罪の性質を有するあの組織的であるという癖を洗い去れ。それによって我々は草原や皮膚の裂け目を直してくれる、——何故ならそれは人を眠らせる力を持っているからだ、quia est in ea virtus dormitiva、——あの療治する大なる力（寧ろ、一時的に病苦を緩和する、と言おうか）に作用されるのに先立って、綿でもあるかの如く揉みくちゃにされるようになるだろう。——行け、……」

サロメはそこまで来ると言葉を切って、何か解らない花の花粉を振り掛けた髪を掻き上げた。そして激しい息使いで、その未練な乳房が余り動揺する為に、石竹の花が（後には扁桃の恰好だけを残して）床に落ちた。サロメは元気を恢復する為に、その黒い竪琴で別に意味がないフウガを奏でた。……

——続けてくれ、続けてくれ。お前が知っていることを皆言ってくれ、とエムロオド・アルシュテイパスが子供のような喜び方で手を叩きながら呻いた。「私の太守としての言葉に掛けて！　お前が欲しいものは何でもやる、ここの大学でも、国璽でも、雪の祭でも。我々にお前の無垢受胎の恩寵を授けてくれ。……私は退屈なので苦んでいるのだ。我々は皆退屈がどんなものか知っているのだ。そうでしょう、皆さん？」

観衆は実際に未だ曾て見舞われなかった感情に駆られてざわめいていた。方々で客の頭から冠が落ちそうだった。人々は互に極りが悪い思いをしていた。併し我々の心の弱さは、それが如何に行儀がいい国家であるにしても、……（隣の人よ、貴方は解ってくれるだろう）。

　それから各種の神譜学や神正学や各国の叡智の表現を一通り論駁した後で（それは丁度合唱団の指揮者が「ではほんの見本に」、といった具合にバトンを振っているような口調だった）、サロメは聊か熱に浮されたかの如く、やがて顔を全く仰けにして喉笛を恐い程突き出し、再び最前の神秘的な調子で口説き始めた。――そのうちに彼女は最早透明な流星の閃光を魂に持った、一片の何か蜘蛛のような感じがする織物でしかなくなったかに見えた。

　ああ、満潮時の海、月夜に聞くオオボエ、並木がある通り、花壇の夕暮、十一月の尾羽打ち枯した風、秣の取り入れ、ものにならなかった職業、動物の眼差し、境遇上の転変！――黄水仙と同じ色をした地に陰鬱な斑点がある着物、光を失った眼、苦しげな微笑、愛すべき臍、輪をなした孔雀の尾、床に落ちた石竹の花、意味がないフウガよ！　人々は自分達が未開の状態に戻って更生し、現世の限界を超越して若くなり、組織的だった彼等の魂が地球に幸福を齎す為に、そして誰からも完全に理解されるし、又用意がいいかを確めに来た普遍的な気流であるヴァルナの神*にさすられて、疑いもなく決定的に聞える叫喚を伴った夕立の中で渦を巻いて消滅して行くのを感じた。

サロメは気違い染みた調子で言い続けた。

「それが純粋と言われる状態なのだ！　良心的であることを固執する人達よ、何故お前達は自分を個人として、というのは分割出来ない個体として考えるのか。そういう知識の薊《あざみ》の綿毛を北風が狂う私の国の海辺で吹き散らしてしまいなさい。

「常に自分とそれからその他凡ての事柄に就てその現状を詳かにすることに執心し、どこまで行っても、『所で、ここでは誰が欺されているということになるのかしら？』と自問しているのが何で生活だと言えようか。

「範疇や、種族や、政治組織に用はない！　何物も失われることはなく、何物も加えられることもなく、凡ては凡てに帰し、凡てはあの放蕩息子に前もって、それも懺悔する順番の切符などは配らずに、手馴付けられているのだ（彼は一言耳打ちさえすればこっちが思う通りになる）。

「そして我々がそれからやることは償いや再度の堕落を伴う方便のようなものではなく、無限の葡萄畑に於ての収穫なのだ。それは実験ではなくて宿命的なことなのだ。何故なら、……

「貴方達は男であり、私達は貴方達の幼な友達だからです（尤も、遂に完全には自分のものにならないプシケであるということも事実ですが）。それ故に早速今晩から、既成の道徳律のなごやかな貧困さの中に飛び込みましょう。豊かな腹を空気に曝し、浪費や必要な犠牲の行為の香りに包まれて、自分の心臓の鼓動も、良心の囁きも聞えない彼方に向って波に運ばれるままに漂って行きましょう。

「それは章句を追って、弁が一斉に開口するうちに、破調を来さない淫逸は終るとも見えず、原始的な流れの傾斜の方向に放棄する蒼白い法衣の襞となって前進することなのです！――（といって、私がそうするかどうかは解らない。）」

陰鬱な斑点がある黄色い地の着物に包まれた小さな歌手は竪琴を膝の上で真二つに割って、もとの冷然とした態度に戻った。

我を忘れて聞き入っていた聴衆はそれでも体裁上額の汗を拭いた。何か言うに言われない周章に満ちた沈黙が暫く続いた。

北方の王子達は時計を出して見ていいのかどうか躊躇していた。まして、「あれは一体いつに寝かせるのだ、」と聞くだけの勇気はなかった。まだ六時にもなっていないらしかった。

太守はクッションに刺繍された模様を眺めていた。もうこれでおしまいなのだった。サロメのよく透る声がいきなり彼を現実に引き戻した。

――ではお父様、私はイアオカナンの首を皿に載せて私の部屋にお運ばせになることを御所望致します。私は部屋で待っております。

――だが娘や、お前はそんなことが出来ると思うのか。あの外国人を、……

併し広間にいる客達の全部が冠で合図し、サロメの望みはこの日適えてやらねばならないという熱烈な意志表示を行った。そして幾多の鳥籠の小鳥は鮮かな色をした体で入り乱れて飛び廻り、耳を圧する囀りを再開してこの意見を肯定した。

エムロオド・アルシュティパスは北方の王子達がどんな顔をしているか横目で見た。二人はこの案に賛成しているとも見えず、いないとも見えず、全く無表情な顔付きだった。恐らくそれは彼等が知ったことではないのだった。

決めた！

太守は賜死官に国璽を投げて渡した。

この時既に客達は別な話をしながら、夕方になったので風呂に入るべく帰り始めていた。

Ⅳ

天文台の胸壁に肱を突いて、お祭り騒ぎが嫌いなサロメは晴れた晩に誰でもが耳にする海の音を聞いていた。

それは星が空一杯に輝いている晩だった。それ等は何れも大昔から天頂に燃え続けている篝火だった。ああ、何とかして現在の状態から逃れて、宇宙のどこかに向けて出発する配流の急行列車に乗り込むことが出来たら、というようなことがここで考えられる。

銀河の乳兄弟であるサロメは、自分から会いに出て行くのは星位なものだった。

黄色とか、赤とか白とかの色をしていると言われる各種の十六等星の天然色写真に基き（これは分光器を用いて撮影したのである）、サロメは宝石を幾つも正確にその形に切らせ、彼女が露台に出て二千四百万の星と語る時にはその髪や、顔や、夜の服装（暗紫色の地に金色の斑点）をこれ等の宝石で飾った。それは丁度一国の君主が他の国々とか、或は又自分の属国とかの君主に会う時、相手の国の勲章を付けて出るようなものだった。

サロメは一等星、二等星などの下等な星を軽蔑し、十五等星までは彼女と付き合うことを許さなかった。然も彼女が絶大の関心を示したのは星の世界の子宮とも考えられる、まだ形をなさない星雲だけであり、それも既に形が出来ていて、やがては遊星の軌道となるべき円形をなした板状のものではなく、まだ無定形で、穴が開いていたり、触手を出したりしているのだった。――そして蒼ざめた光を放っているガスの塊であるオリオンの星雲は天空に瞬く星が彼女の冠であるとして、その中でも最も愛されている宝玉であることに今でも変りはなかった。

ああ、空に住む愛すべき仲間達よ！　サロメは最早今までの幼いサロメではなかった！

そして今晩からは相互の関係や交際上の礼式に於て新しい時代が始るのだった！

第一に、膜を対象として言う処女性から解放されて、サロメは星の世界の子宮とも考えられる、まだ形をなさない星雲を前にしてそれ等と同じように彼女のうちに何物かが生成する遊廻運動を感じていた。

次に、一つの行事としてかかる犠牲を払ったことは（それも、あのように極く内密に凡てがすんだということは非常に仕合せだったが）、その手引きをしたものを片付ける為に、サロメに殺人という行為を（それが如何に厄介なことを意味するものであるにせよ）余儀なくさせたのだった。

そして最後に、手引きをしたものの死による沈黙を得るには、彼女は今晩のように夜を百も費して苦悩に思索し続けた結果を、確かに水を割ってではあるが、関係者の御馳走に供さなければならなかった。

併し兎に角それがサロメの生活というものだった。彼女は特殊な存在で、それも全く特殊な存在だった。

所で、そこのクッションの上に、黒檀の竪琴の破片に取り巻かれてイアオカナンの首が（その昔オルフェウスの首もそういう風だったろうと思われる恰好で）燐を塗られ、洗われ、化粧され、髪や鬚を手入れされて、空の二千四百万の星に対して口を引き攣らせて光っていた。

それが届けられた時、サロメは科学者としての義務を果す為に、色々な人がそれに就て言っているあの有名な断頭後の諸実験を早速試みたのだった。併し彼女が予想していた通り、電流の作用はイアオカナンの顔に無意味な痙攣を起させただけだった。

この首をどうするかに就てサロメは既に或る考えを持っていた。

併し彼女がオリオンを前にして最早眼を伏せることがないとは！　サロメは全身に力を入れて、この神秘的な星雲を彼女の妙齢の生気で十分間も見詰めていた。これからは何と夜な夜なこの睨めっこの根比べを繰り返すことだろうか！……

その間も町からは男声合唱や花火の音が聞えて来た。

サロメは遂に人並の人間に戻って、落ち掛けた襟を直した。そして彼女の体からオリオンの形に切った、薄い金色の斑点がある半透明の黄玉を外して、それを聖体の如くにイアオカナンの口の中に入れ、その口に優しく、又固く接吻し、そして更にそれを彼女が使用する腐蝕性の蠟で封印した（これは即座に固まる性質を有している）。

サロメは何が起るか、一分間程待った。……何もその夜起る気配はなかった。……彼女は「さあ」と不満そうに、拗ねているように言って、その小さな女の手でこの天才の首を取り上げた。……

サロメは首が宮殿の土台となっている岩にぶつからずに直接に海の中に落ちるようにしたかったので、弾みを付ける為に後の方に幾らかの距離を取って下った。海に向って抛り出された首は燐光を放ちながら、充分に余裕がある抛物線を描いて行った。それは何と見事な抛物線だったろう！——併しこの小さな天文学者は不幸にも、首を投げる為に後退した距離の計算をひどく誤ったのだ。そして胸壁に躓いて転倒した瞬間に遂に人間らしい叫び声を上げて、岩から岩へと転げ落ちて行き、お祭り騒ぎの音もそこまでは聞えて来なくて、なかなか景色がいい、入り組んだ海岸線の波打ち際の一角で、皮膚は破れ、星を模した宝石は体に食い入り、頭蓋骨は砕かれ、眩いで体が動けなくなり、要するに非常に気分が悪い状態で一時間も掛って悶え死にした。

そして彼女にはイアオカナンの首が燐光を放って漂流しているのが目に入るという慰安さえも与えられなかった。……

又空の星はというと、それ等は遠方から見詰めているだけだった。……

かくしてサロメは、少くとも「白い、神秘的な島嶼」のサロメは死んだ。そして彼女は凡俗な運命の犠牲だったよりも、我々のように率直に生活する代りに、虚構の生活を送ろうとした為にこういう結果になったのである。

パンとシリンクス
——或は七つの管を有する笛の発明の話——

パンは朝の笛を吹いて自分の悲しさを訴えている。アルカディアの色々な花が咲き散る芝の谷間に木霊させて、パンは非常に個人的な嘆きに自在な表現を与えている。

聊か脱線した感じがする程美しい谷間で晴れた日の朝を過した経験は誰にでもあるのだから、誰でもが、「それがどんなものか私も知っている、」と言うだろう。

如何にも新鮮で快いその辺一帯には、温かそうにゆらめく靄を生じて、又太陽さえもその中に溶け込むかと見える三鞭酒《シャンパン》の泡の洪水となって春の日光が滝の勢で降り注ぎ、森の大木や丘の滑かな斜面や、その他谷間全体に輝き渡っている。ああ、楽観的な気分を起させる千万のプリズムよ！　ああ、青春に、美に、協和よ！　ああ、太陽よ！……若くて不死の身分であるパンは、まだ彼や私が考えている意味で恋愛というものをしたことがないのである。

彼は一晩中、忘れ難い程冴え返った月光に浴して、その不完全な、単調な音しか出ない、安物の笛を吹き、如何にも苦が苦がしい気持になっている自分を慰めようとしたのだった。それから彼はそのまま眠ってしまった。併し彼が次々に見た夢は彼の心を一層孤独にしただけで、夜が明けると彼は背伸びをし、露で毛が縮れたその山羊の足がこわばって動けなくなったのに感覚を取り戻させ（彼はもう体操をやっていないのでそのような結果を招くのだ）、今や麝香草の中で腹這いになり、肱を突いて、四つの音しか出ない彼の笛を吹いて再び彼の苦悶を歌い始めているのであり、この見事な朝に彼はそこに唯一人でいる。併し我々が恋愛している時、かくの如く外に出て、芸術によって自分の気持に表現を与えようとしながら何ものかを待っている他に、どうすることが出来るだろうか。……

それでパンは待っている間に次のように歌う。

異性よ！　異性よ！
ああ、自分の役に陶酔して、
祝婚歌の調べに
眼を輝かせて進んで来る
小さな体をしたイヴよ！
今出たばかりの太陽の清らかな光に

その髪は肩の所まで落ちて来ている！
ああ、それを私は言いたいのだ！
小さなイヴは山の峯を降りて、
その肉体は生贄に供せらるべく、
その魂は些細なことにも赤面する！……

その肉体と魂は
私の幼な友達！
生れながらの
私の妻！

そして胸は一杯で、
蜜の光沢を放つその桃色の歯茎と、
小兎のように怯えやすいその乳房は
彼女が生き生きして進むのに伴われて行く！……

微風は
その耳朶に付けられた桜んぼを揺さ振り、
彼女はその小さな鼻を持ち上げて、
太陽に、「まあ、見事な！」と叫んだ。

それから誇らし気に足を踏みしめて宣言して言うには、
「私は小さな孔雀ではなく、
小さな人形でもありません。
私は何もかもを置き去りにして、
偉大なパンの胸に寄り掛る為に来たのです！
私はチュウリップの花のように清らかで、
如何なる主義にも汚されていません！
春よ！　四月よ！
私の幸福は一本の糸で繋ぎ留められている！」

かくして動物と植物とは
朝から晩まで、

又晩から朝まで
我々がなすべきことを我々に教えてくれる！

私はその好ましい小さなイヴを
夢に見た！
出現よ！　出現よ！
併しそれは私の天才の仕業に過ぎなかった。

パンは歌うのをそれ位にして、如何にも新鮮で快いその日の朝であるそこの谷間全体をもう一度眺めた。——全く美しい朝で、太陽は輝き、その辺の凡てを包んでいる幸福な感じは如何にもはっきりと摑みようがなかった。そして凡てが兎に角そうして幸福であることを得ているということは、彼も又どうにかして幸福になるべく工夫しなければならないことを意味していた。

併しそういうことを口で言うのはやさしいのだ。パンはその不完全な、併し彼に忠実で、「相棒」と呼び掛けることが出来る彼の笛を吹くのに戻る。彼は例の、「森の野苺に私は倦き倦きした、」という文句で始る古い歌をやり出して、その歌自体に倦き倦きして直ぐに止める。

併しそれにしても麝香草は彼の四肢の間で微風に戦《おのの》き、熊蜂は軽く唸りながら飛び廻り、草花の茎は暖かな外気を快く感じているかに見え、蝿はその小さな叫び声を立て始めていて、見渡す限り幸福なのだと思えないものはない。

それでパンは自分にも生きている理由があることを言いたくなって、或る大なる恋愛を扱った彼の歌の一つを前よりももっと人間的な感じを出して歌い始める。

その美しい魂に私の肉体は焦がれている。
その肉体に私の美しい魂は焦がれている。
それを私は毎晩嘆いているのに
まだ誰も来てくれる様子はない。
その肉体が私にとって凡てなのではなく、
彼女にとって私は偉大なパンであるだけではないことだろう。
何も難しい話をしているのではないのだ！　ただ仲よく物語の主役として
羽目を外そうということだけなのだ！

それからパンは脇台詞を言っている態で、考えていることを口に出して思索する。
——女よ！　女よ！　人類の固定観念の対象は女なのだ！　私は女というものを愛して

いる、愛している！　併し、「私はお前を愛する」という、その「愛する」とはどういうことなのだろうか。
　この言葉はどこから来ていて、これ等の極めて平凡に響く音節からなるこの言葉はどういう意味を持っているのだろうか。私としてはこれを次のように解釈する。「愛する」（aimer）という言葉は、そしてこれは決して単に気紛れな思い付きではないのだが、私にとってはその音を英語の「目的」（aim）という言葉の音と結び付けることによってのみ何等かの意味を生じる。——目的、そうなのだ！　だから、「私はお前を愛する」というのは、「私はお前の方に向って進む。お前は私の目的である、」ということなのだ！　瞬く間に解決された訳だ。実に的確な見方だ、偉い！

お前はもう直ぐ来るだろうか？
私のか弱いプシケよ、
どこに行ったらお前はいるのか。
私の豊かな腕から遠い所で、
お前は刻々萎れるのだ。

ああ、お前は紛れもなくお前であることだろう！

私は森の一番奥の、
涼しい場所に
上手にお前を連れて行くだろう。
少女の時に過した数多《あまた》の午後の後に、
お前はそこの芝生の上で、
蟬が騒々しく鳴く中で
よき季節にお前を委ねるだろう。

私が恩知らずでないことを、
お前は知るだろう。
そして私の両腕は
大地に等しく豊かなのだ。
その肉体が私にとって、……

——ああ、何ということなのだろう。あすこにそれが来たのだ！　肌は白く、微笑を湛えて、この野原の草を踏んで向うから来るのだ！　あれを驚かさないように、一心に笛を吹いて歌を歌うことにしよう。ああ、どうかあれが傍に寄って来ますように。

森の野苺に私は倦き倦きした。
それは或る時夢で、
私の小さなイヴが
唇に指を当てて
私に微笑するのを見てからだ。

あの小さな、意地悪なイヴが
優しい微笑を口元に浮べて、
私に沈黙するように
合図してから、
私は一切の神秘的なことが嫌になったと言うことが出来る！……

微笑と神秘的なことと、
ああ、我が美しい船よ！

微笑と、それから次には沈黙することと、

ああ、鳴り止め、わが竪琴よ！

実際、その肉体が私にとって凡てなのではなく、である。……

その朝の清らかな光を浴びて幸福な野原の中を進んで来るのは、その時まで全く予想されていなかった、そしてこれは骨や肉を備えて疑いもなくこの地上に生きている（然も如何に若々しく生きているかはその大きな眼からも納得出来る）妖精のシリンクスである。彼女は恍惚とした目付きで、俯き加減になり、腕を垂れ、パンの悪気がない訴えに魅せられてそこの所に立ち止ったのであり、もっとよく聞く為に、彼と向き合ってその辺の奇麗な麝香草の中で少しずつ楽な姿勢を取るに至ったのであるが、それも二人の間に或る距離を置いてである（それも兎や角言われる余地が少しもない程度の距離を置いてである）。

ああ、それは完全に彼女なのであって、薄い桃色をしていて慎しく、何にせよこれから起ることを控えて丁度花で蔽われた扁桃の木のように美しいのである！

彼女は恥しがったりするようなことはなく、如何なる場合にも低下することを気遣う必要がない彼女自身の価値を知っている。併し極めて個性的な具合に冠の形に盛り上げられたその豊富な髪や、高度の気品を備えたその大きな眼や、桃色とも言えない程薄い色の、その引き締った口元から受ける印象では、彼女は自分というものが蟬が騒々しく鳴く中で、よき季節に体を委ねる為にこの世にいることを予期していないようである。

併しそれはそうであっても、高度の気品を備えたその大きな眼や、冠の形に盛り上げられたその髪や、その凜とした口元にも拘らず、彼女のようなのこそかかる経験を嘗める為に生れて来たのであり、又そのように彼女の体は作られているのである。

——そうだ、とパンは思う。……

——ああ、とパンは続いて考える。そしてその翌日も、翌々日もあの女はやはりあの人間のものとは思えない、そして少しの曇りもない大きな眼や、どこか別な世界の口元をしていることだろう。

併しそれがどうしたと言うのだ！　パンは思索している最中にこれと同じ位解決し難い二律背反に何度も逢着したことがある。そして大なる恋愛を求めて悩んでいる彼は、今日は女というものを文句なしに受け入れようとしている。

彼は最早あれこれと応待の工夫をするのを全く止める。彼は彼女を見詰めているのだ。彼は、やはり何と言ってもその相手たる資格が自分にあるとは思えぬこの出現の魅力を損うことを恐れて、まだ何か言おうとする気になれないでいる。それよりも彼は先ず彼女が確かにそこにいて、そしてこれが現実であることを自分に納得させ、自分をその認識に徹しさせようとしているのだ。

彼等は互に相手を眺めている。彼は歯を食い縛って如何にもみじめそうな目付きをしていて、彼女は少しの曇りもない大きな眼で甘やかされた子供の口付きをしている彼の方を見下し、ただそのままそうしている自分の存在に完全な幸福を感じている。

それ故に、その沈黙が魅惑的だったことは事実であるとして、それを破る役目を彼女の方で引き受けたのだった。そしてその声は確かに鼻に掛っていて郷愁に満ちた感じがするが、それが如何にも新鮮な響を持っていることも否定することは出来ない。

——貴方が今聞かせて下さったのは本当に綺麗でした。

——いや、この笛は安物です。もし私がもっと複雑な構造の笛を持っていたら！　そうしたら私は本当に大したことが出来るでしょう。そして私は何でもして見せます。

彼女は黙っている。そしてただ自分がその時の話題に関心を持つことが出来て、いい天気が自分をうっとりさせてくれることだけを願っているのだ。

——私は何でもしてみせます、とパンが繰り返して言った。例えば、……

——例えば何ですか。

——例えば貴方に私が大分前から悩んでいる恋愛の相手になって貰うことでも。

——まあ、本当に？

彼女はそれを人擦れがしている風にではなく、それまでの品を少しも失わずに言ったのである。そして眼を伏せもしないで、その短かな服の皺を伸し始めたのであるが、その服は白く、まだ発達していない乳房の下辺りで胴の廻りに軽く締めてあり、更に肩の所で留めてある。

——本当に？

——ええ、併し貴方のように眼が大きくて、それにそのような口元をしているのは、勿論それは美しいのですが、そういうのを相手にしようとして見るだけ無駄なことは解っています。とても駄目です。それに今朝は本当に頭痛がしてたまらないのです。併し来て下すって有難う。貴方がそこにいて下さると大変気分が休まります。

彼女は少しも曇りがない眼をして黙っている。今日は本当にいい天気なのだ！　パンは俯いて、その辺に咲いている花の花弁を捋ったり、草の端を引きちぎったりしている。

彼が眼を上げると、シリンクスはやはりそこの麝香草の中で楽な姿勢を取って、如何にも清純で聡明そうな目付きと口元をして前と同じように彼を眺めている。

かかる何とも無垢な表情をして人を眺めるというのは一体どういうことなのだろうか！

——いつになったらお止めになるのです。

——何を？

ああ、彼女はそれを前にもまして美しい眼と口付きをして言ったので、パンは身悶えし、辺り一面に日光が降り注ぐ静寂の中で暫く続く、そしてただそれだけが響く、というのは要するに恋愛に原因している、パンらしい咽び声を上げるのである。

併し彼女はその咽び声がどこから来てどこに行くかを承知しているに違いない。何故ならそれを聞いた為に彼女の何とも言えない風情は前と少しも変らないからである。

パンは彼女が驚いて飛び上るのを予想して、「大丈夫です、安心して下さい、」と言えばそれでこの急場を繕うのに足りたから、そう言おうとしていたが、今は次のように言うだけにして置く。

——私は苦しいのです。本当に苦んでいるのです。貴方が何を考えていらっしゃるかよく解ります。貴方は怒ってしまい、貴方がここをただ通っただけで、それは私にとっては一つの偶然に過ぎないと言おうとしていらっしゃるのです。併しどうしてそんなことがお解りになります？　それに第一貴方はどうしてここにいらしたのです？　貴方は黙っていらっしゃる。……私は恩知らずなことは致しません。ああ、併しそんなことはどうでもいいや。

パンは俯いて、みじめな精神病患者の態で又草の端を引きちぎったり、花の花弁を拗ったりし始める。彼が眼を上げると、彼女は彼を眺めていて、その美しさは確かに目的というものを持たないようである。——もしこの時彼が思い切って彼女の足下に体を投げ出して、その頭を混乱させるようにしたならば！——併し彼は何もしないでじっとしている。何が起ろうと、そう決められたことしか起らないのであり、凡ては凡てのうちに包摂《ほうせつ》されているのだ。彼は自分が芸術だけで満足していて、又毎日或る程度の練習をして置けばそれでいいのだといった様子で再び笛を取り上げる。

彼は余り自信がなさそうに次のように歌う。

祝婚歌の調べに
美しく輝くその眼！
その魂は瑣細なことで直ぐに赤面し、
その肉体は戸惑いする運動の場となっている。
そしてその肉体が私にとって凡てなのではなく、
彼女にとって私は偉大なパンであるだけではないことだろう。
何も難しい話をしているのではないのだ！　ただ仲よく物語の主役として
羽目を外そうということだけなのだ！

春よ！　四月よ！　（ここでパンは聞くものをして泣かせるような笛の伴奏を付ける。）
我々の幸福は一本の糸で繋ぎ留められている！

出現よ！　出現よ！
その時こそ私は自分の天才の凡てを発揮することだろう！

今日はこの位で沢山だという訳で、パンは顔を上げる。彼女はそこにいて、この大きな体をした子供に対して怒る気がなくなったように、又同時にそれが余りにも美しい朝であるせいもあって、彼に微笑する。

パンはこの微笑に対して自分も勇敢に微笑して返せばいいのである。併し彼はそれよりも肩を聳かせてみせて、鑑賞家を気取った方がいいと考える。

――貴方は誰だか知らないが、何という眼をしておられるのだろう。それに下の方がそんなに細くなっている貴方の顔は！　又全く規格に適った貴方の口元は！　貴方が泉の鏡に貴方の顔を映す時、それが別な外観を呈したら、ということを考えたことがありますか？

――いいえ。何故なら、私達の顔は私達の魂を反映するのであり、従って私の魂は私の顔と同じものとしてしか自分を想像することが出来ないからです。併しこれが一種の循環論法であることは私も認めます。

――貴方は女神でいらっしゃるからお仕合せです。そうでないと、いつか齢を取って貴方の魂が自分のとは別な顔を想像する時が来るでしょう。

――私はそういうことを今日まで考えたことがありませんでした。貴方は実際家です。

――私はパンです。

――どこのパンさんですか。

――私は、……今貴方の前にいる私はつまらないものですが、普通は私は凡てなのです。本当に私は凡てのものなのです。何と言ったらいいのでしょう。私は風の嘆き声でもあり、……

――ではエオロス*は何なのですか。

――いいえ、貴方はお解りにならないのです！　私は事物であり、生命であり、要するに古典的な、単一な意味に於て凡ての事物なのです。いや、そうではない。私は何でもないのだ。私は本当に不幸なのです！　せめて私にこの笛よりもう少し複雑な楽器があったら！　そうしたら私は貴方に私が何であるか、その私である何でもを歌って上げます。私は奇想天外な具合に歌って上げます。私には古典的な謹厳さが可笑しくてしようがないのです。私は弥撒や、頌栄歌や、それから私の故郷の優しい、そしてどこか生な所がある歌を歌って上げます。

――どうして男の人は女の前に出るとものをはっきり言うことが出来なくなるのでしょう。そういう時は正しいフランス語で、というのは荘厳であって軽快なイオニヤ地方のギリシヤ語で話さねばならないのです。所が皆直ぐに音楽をやるのです。あのいつも永遠の感じがするに決っている音楽を。

パンは憤然として立ち上る。

――そして貴方達はどうだと言うのですか。貴方達の声はあれは何ですか。あの音楽はどうしてくれるのですか。あれがより誠実だと言えるでしょうか。ああ、何という不幸だろう。これは実に両方にとって不幸なことなのだ！

彼は彼女の前で汚らしいカリバン*のように麝香草の中を転げ廻って呻き声を立てる。そしてその間彼女はその大きな、憐憫に満ちていても気品がある眼で彼を眺めている。

パンは平静を取り戻して、思い詰めた、凜とした声で言う。

――要するに、気高い処女よ、貴方が誰であるにせよ、そして貴方は兎に角我々が知っている形をしているのだが、この一日も段々過ぎて行き、私はまだ恋愛したことがないのです。貴方は凡てのものの名に於て、私に凡てを与えて下さいませんか。

沈黙（その間に時はたって行き、野原は引き続いて幸福な感じに浸っている）。

シリンクスは静かに、その美しさの全体を見せて立ち上る。そして落ち着いた調子で言う。

――私は森の精のシリンクスです。私には幾分水の精の血も混っています。何故なら私の父は美しい体をして豊かな髭を生やしたラドン河だからです。私はリケア山から帰って来る途中だったのです。

――そうですか、泉の精なのですか。解りました。貴方は私がひどく醜くて、カリバンで好色漢だと思っているに違いない。そうか、泉の精ですか。それならセフィゾス河の息子の美しいナルシスの従妹だという訳でしょう。何だい、畜生。ナルシスは綺麗な男だったろうな、そして品がよくて。

森の精のシリンクスは緊張した姿勢になり、一筋の後れ毛をその大きな額から払い除けて、荒々しい新鮮な声で言う。

――それは違います。私は純潔な九人の女神達に愛されているカスタリアの泉*の冷たい水に七度漬った美学的な魂の持主です。私はディアナの最も忠実なお供です。……

パンは後退りする。シリンクスは夕方になれば月が輝く澄み渡った空に向って両腕を上げ、この動作によってその薄い服の下の乳房は引き上げられて、それだけ目立たなくなり、恰も二つの清らかな月のような形を取る。

――ディアナよ、清浄な夜々の女王よ！　貴方の心臓の粘膜は猟犬の舌のように荒く、貴方は溝を飛び越えることに巧みで、無口である！　貴方の鋼のように冷たい眼光は若い女達の血の循環を止めて、彼女達を直ぐにも床に就きたくさせる。貴方の上衣の襞は純粋なドリア式の柱であって、貴方が催す狩りから帰って来ると我々は何かの塊のようにそのまま枯葉の上に倒れ、暁が喇叭の音の如く空に拡るまで夢も見ないで眠る。狩りだ！　狩りだ！

シリンクスはヴァルキリイ*の張り裂けるような叫び声を上げて、パンのことは忘れていきなり駈け出す。それはこの美しい朝の野原と谷間を過ぎて行く若さに満ちた跳躍の連続である。

そしてパンは巨大な原始的な悲みに胸を締め付けられて、彼女が振り返りもせずに去って行くのを眺めている。彼はそこに立っていて、我々の毎日の生活が如何に汚らしい、みじめなものであるかという事実の啓示を受けたかの如き苦痛に俄かに見舞われて、落胆する。そして前の方を見詰めて一目散に駈けて行く彼女の姿は何と清浄なのだろう！　可哀そうなのはパンである。この時彼の心に、或る朝母の為に野原の草花を摘みに出掛けたまま行方が解らなくなった娘のプロセルピナを求めて、セレスが羊飼い達に娘を見なかったか聞きながら、乞食のなりで埃にまみれて全世界をさ迷い廻ったその大きな、伝説的な悲みの正体が稲妻のように閃いてそれを理解させる。

恋愛よ！　恋愛よ！　お前は私が一言も語らず、一行の詩も書かないでこのまま枯渇して行くことを望むのか。

併しパンは永遠の生命を与えられているのだ。そして夕方再び彼の天才の悲みと向い合うことを思うと、いや、それよりも彼の天才と、ディアナさえも魅了しないでは置かない幾多の高遠な対談のことを思うと、パンは誰でもの共有物である大気を一息深く吸い込んで、彼にとって貴重な逃亡者の後を追って駈け出さざるを得ない。狩りだ！　狩りだ！

かくして今では伝説となっている、牧羊神パンによる森の精シリンクスの、アルカディアに於る追跡が始る。ああ、これは又何という奇談だろう！

彼は必ず彼女を摑まえてみせる！　彼がどこか森の片隅で彼女に跪かせ、少しは身の程を知らせてやり、彼女に自分が彼と同等の身分に過ぎないことを認めさせたら、その時こそ彼はその偉大な、善良な、そしてそれまで誤解されていた心を傾け尽して彼女を愛することが出来るだろう！

彼女は既に遠くなっている。そして振り返ってみて自分が追い掛けられているのを知る。彼女は一瞬立ち止って自分が逃げて来た方に向き直り、それから気が狂ったように又駈け出す。

——ああ、お前は逃げて行く、逃げて行く！　併し私はお前を摑まえてみせる！　私はお前の手首を捩じ曲げ、猫のみたいなお前の小さな骨を粉々に砕いてお前を懲らしてやろう！……

ああ、今では伝説となっている長い一日よ！　それは既に遠い昔のことで、もう帰っては来ない。……これは凡てペラスギ族*が入って来る前にアルカディアで起った出来事なのだ。

太陽は辺り一面に輝き、野原は見るものを茫然とさせる程美しく、小鳥が方々で鳴き、灌木が幾らでも目に留る。そして番《つが》いの鹿が水を飲んでいた場所から遠ざかり、嶮しい岩山の上で山羊が草を食べていたのを途中で止め、又道がその脇を通っている森の縁では栗鼠《リス》が枯葉の中で小さな音を立てて飛び廻り、それが止むと直ぐに深い静寂が戻って来る。

ああ、彼があの小さな超人的な野蛮人を降参させて手も足も出なくさせたなら、二人でこの辺に散歩に来て、彼は一枚の葉の陰翳がどうだということに就てまで彼女を苛めてやることだろう。彼はいつまでたっても復讐することに倦きないだろう！

併しそれはそうなってからのこととして、今日一日は狩りだ！　狩りだ！……

シリンクスはまだ暫くは追い付かれはしないだろう。彼女は不眠症や熱を出したりすることで体を弱らせていないし、今でも毎日体操をしていて、昨晩もよく寝たのであり、要するに規則正しい生活を送っているのである。それに野原を通っている間はまだいいが、森に差し掛ったりするとシリンクスは時々ふざけて手近な木の間に隠れ、パンはそうすると立ち止って、彼女が彼を撒こうとして本道を後にして森を横切って行くのではないかどうか確めなければならないのである。

——ああ、私は必ずお前を摑まえてみせる！　併し私は三日三晩の間膨れていてやろう。だが併し私はお前を愛している、愛している、お前は確かに私の目的なのだ！　お前が逃げて行く姿は何と美しいのだろう。そしてカリバンである私の心はお前の後を追って行く各瞬間によって何と明るくされ、それは今晩私がお前を許してやってから、お前の為に何と美しい涙を私に注がせることだろう！

やがて森や、野原や、その他の景色が終って、シリンクスは花を付けた茨で囲まれた絶壁をなしている小高い丘の前に来る。彼女はその脇に廻ってもっと楽な傾斜を攀じ登ってこの障碍物を越え、それからその頂に戻って来て、丘の正面を目掛けて駈け付けたパンに見える場所で立ち止る。パンは彼女のように脇に廻らずに、この峡しい丘の直ぐ下に現れて彼もそこで止る。そしてこれから暫く休戦状態に入り、その間彼はそうして立っている彼女を眺めていることが出来る（ああ、少くとも彼がその眼前にある彼女の現実の姿をよく見て置くように！）。彼等は恐らくこれから先刻の会話を続行するのであり、それは或は正午の太陽の下に、懸案に就ての友好的な話し合いの成立によって終ることになるかも知れない。

彼女は駈けて来たのでまだ小刻みに震えている体をして、何と気高く、圧倒的な魅力に満ちてそこに立っていることだろう。その新鮮な肉体は清純そのもので、髪は冠の形に固められ、その大きな、少しも曇りがない眼は泉の水が薔薇から取った香油を含まないのと同様にそれは不眠症というものを知らないのである。そして彼女はそこの高みに立っていて、その脚は何と清らかであっていい形をしているのだろう！

——何故貴方は私をお追いになるのです、と彼女はディアナの猟犬の群を駆り立てたり、制したりするのに馴れている声で叫ぶ。

——それは私が貴方を愛しているから、即ち貴方は私の目的であるからです、とパンはその最も汎神論的な声色で答える。

その最も汎神論的な声色で！　併しディアナのお供であるシリンクスは唯心論者であっ

て、生殖行為とか、その他そういう問題に就て彼女自身の意見を持っているに違いない。

——貴方は私が誰でもが知っている、小さな動物か何かだと思っていらっしゃるのですか。私がどんなに得難いものなのか御存じないのですか。

——私は芸術家で、そして実際驚くべき存在なのです。併し私は結局大なる羊飼いの魂を持っているのです。それはきっとそのうちに貴方にも解ります。

——貴方に申し上げて置きますが私が、今のままでいようとする矜持は少くとも私の奇蹟的な美しさに匹敵するのです。勿論私は時には子供のように振舞うこともありますけれども。……

——ああ、シリンクスよ、この大地と、この朝の美しさと、絶えず循環して止まない生命とに眼を転じてそれ等を理解しなさい。貴方はそこにいて、そして私はここにいるのです。ああ、貴方よ！　そして私よ！　凡ては凡てのもののうちにあるのです！

——凡ては凡てのもののうちに！　そうでしょうか。ああ、始終命題ばかり考えている人達はだから困るのです。では先ず私の美しさを歌って御覧なさい。

——そうだ、そうしましょう。

彼女は丘の上で何か気持よさそうにして立って待っている。パンはそこに生えている木に登り、彼女と向き合いになる位置に、併し手を握るのには遠過ぎる距離の所に枝の間に脚をぶらぶらさせて腰を下す。

彼は彼女の眼を見詰めることによってだけで気を落ち着けて、歌い始める。

——全く無垢な受胎よ！……いや、いや、とても駄目だ。後が続かないのです。

——私は待っているのです。さあ、私の美しさを今言って下さらなければいつそれがお出来になるでしょうか。ああ、私を分析して下さい、分析して下さい！　少しは役に立って下さいよ、例えば私の鏡となることによって。丁度人間の意識が、無限定の理想を映そうと努めるように。……

——いや、こんなに間隔を置いてではなく、私の可愛いい理想よ。それは、貴方に把握し難い性格を与え過ぎることになるのです（衒学的なことを言う女には更に衒学的に言ってやれ！）。

——でもそれは幸福が、理想を追跡していることに存するのを認めることではないでしょうか。

——それにお答えするのには、敢て失礼なことを言う他ありません。

——構わないから言って下さい。

——つまり貴方は問題を転換しているのです。貴方は私が追跡している目的ではありません。その目的によって意味付けられている貴方は、実は我々の間に横たわっているその目的への一段階に過ぎないのです。併しそれは結局同じことなのです。何故なら、私が貴方を知らない間は、貴方は私の目的、即ち理想なのですから。ああ、それにしても、絶対である段階よ、私が貴方を通過したら、その先を見ることが出来るでしょう！（本当に学問がある女には、事実の全部を言ってしまえ！）

——それで解りました。私は貴方に、私に属している領域が与える幻覚の前で立ちん坊をさせることも、それを飛び越えさせることも出来る訳です。併し私は貴方のようにお互に抱き合う幻覚の犠牲になるのは嫌なのです。それでも先ず、そして少くとも私が与える幻覚がどんな色をしているか言って下さい。

——では、……全く無垢な受胎よ、……私は眼を閉じる。併し貴方の大きな眼は永遠に注意を怠らない二つの魂となって既に私の眼のうちにあるのだ。ディアナの秘蔵の弓も貴方の口が引く弧程力強い曲線を描かない。ああ、その口の線を弛めないで下さい！　貴方の大きな眼は私がキリスト教と呼ぶことにする或るものを予告し、貴方はパンの羊の群を越えてその向うにメシアがまだ現れないかどうか見張っているもののように、首を高く持ち上げている！……

シリンクスは丘の上で脚を茨の中にぶら付かせて腰を下していて、それはいい形をした、優しい脚であって、足に履いている白いサンダルが見える。彼女は右腕で肱を突き、手で頭を支えて、その大きな、郷愁に満ちていてまだ誰も探ったことがない眼をパンに提供する。

彼はまだ何か言っている。

――凡ては凡てのもののうちにあるのだ！　そして小さなシリンクスは大地から生じたのである。いや、そうじゃない。私は貴方を愛していて、それでどうして貴方の美しさを分析することが出来るでしょうか。待っていて下さい、私はそこに行きます。……いや、いや、そこにいて下さい。貴方は美しい、貴方は実際少しも手を加える必要がなく完璧だ！

貴方の体の器官は生れながらの資格たる永遠に生きていることの代償を知って呼吸している！　我々は結婚していつまでも山の茨の中を駈け廻っていよう。ああ、貴方が狩りに行く時は何と美しいことだろう！

――狩りだ！　狩りだ！　とこの言葉を聞いて再び女神となったシリンクスは叫んで飛び起き、ヴァルキリイのような大声を上げながら、この一日をそうして終る積りであるとみえて駈け出す。

Hoyotoho!
Heiaha!
Hahei! Heiaho! Hoyohei!

又しても追い掛けなければならないのである。パンはその見窄しい木から降りる前に、先ず女がどの方向に行ったかを見定めなければならない。それから後戻りして、もっと楽な傾向の方から丘を攀じ登ることを強いられるのであるが、怒りが彼を原始的な情熱で満している。彼のうちにカリバンが目醒めたのである。彼は誰にも理解されなくて、熊使に芸当を余りさせられ過ぎた可哀そうな熊のような唸り声を上げる。そして美しく跳躍しながら駈けて行く少女はまだ先の方にいるが、それに追い付くのは最早時間の問題である。

かくして今では伝説となっている、牧羊神パンによる森の精シリンクスの追跡は炎天下の午後を通して続行され、午後はやがて夕方に変じるのである。……

彼女が一箇の女であることは今や確実となったのである。彼は必ず彼女を摑まえてみせる。それはどんなに遅くてもあの青く霞んで見える丘の上か、でなければその向う側にある谷の底でだろう。そして彼は彼が知っている、湿っていて足が滑る洞穴の奥で彼女を威かしてやるのである。凡ては凡てであって、彼は必ず彼女に、アディティ*！　と言わせてみせる！　そして結局は彼の方が謝ることになるだろうが、それはどうだっていい。ああ、今晩ディアナがその蒼白い円盤を持って現れたならば、彼女は大変なものを見ることだろう！　凡てが凡てのもののうちにあるのは伊達にではないのだ！

今や二人は僧院のような静寂のうちに幾キロも続いている松の大森林の中を通って行く。そこは世界の初めに神が、「光あれ、」と言った時から暗かったのであり、壮大な廊下をなしているこれ等の木の間を、女神である女は跳躍しながら荒々しい叫び声で満して行く。

Hoyotoho!
Heiaha!
Haheil Heiaho! Hoyohei!

ああ、栄光と幸福を呼ぶ声よ！　彼女は何とよく私を理解してくれたのだろう。狩りだ！　狩りだ！　ああ、今や私はお前を理解する。お前は追い詰められて、足を血塗れにしてでなければ幸福であることを望まないのだ。ああ、私はお前の英雄的な足から流れる血を止め、お前の完璧な形をした、清らかな肢体を洗い、一晩中アディティ！　と歌ってお前をあやしてやろう。あの青く霞んでいる丘の上で我々は焚火をしよう。そしていつまでも、それに又毎日そうすることにしよう。そしてオリムポスの神々は皆パンの天才と、彼の全く斬新な、実に近代的な性格を有する恋愛に就て語るだろう。ああ、これから来る秋と、まだ誰もその意味を理解しない落葉の季節に於て彼女は何と貴く思われることだろう。ああ、私はこの季節に備えて私の笛を完成し、初雪が降る頃に実際に何が何であるかを遂に歌うことが出来るようにしなければならない。Hoyotoho!　逃げろ、逃げろ！　逃げ続けろ！　まだ夕方ではない。

そして新たな野原を見下している或る丘の上に来たパンは彼の許婚に少し息をつかせる為にそこで立ち止る。許婚は振り返ってみて驚く。彼はもう倦きたのだろうか。そしてもう止める積りなのだろうか。彼女は併し安心が出来なくて、又駈け出す。Hoyotoho! まだ夕方ではない。

その野原の或る地点に白い大理石で出来た一箇の墓石が眩しく輝いている。シリンクスはそこで僅かな間立ち止り、そこに花が咲いていてその匂いを嗅いでいるかの如く墓石の上に屈み、それから嘲るように Heiaha! と叫んで、又美しく跳躍しながら駈けて行く。それなら、Heiaha! である。パンは丘を駈け降りて、やはり美しく跳躍しながら追跡を続ける。

彼も白い大理石の墓石がある所に来て一瞬立ち止る。そして彼もその追跡の相手と同じく墓石の上に屈むが、そこには嗅ぐべき花はなく、ただ墓石に次のような、研究に価する言葉が記してある。

ET IN ARCADIA EGO

（私もアルカディアに住んでいた！）

——死ななければならない可哀そうな人間達よ、彼等には互に愛し合う理由が何と沢山あることだろう！

併しパンとシリンクスは永遠に生きているのであって、何も急ぐことはない。野原は向うに青く霞んで見える丘まで続き、やがては夕方に変じる一日の午後に等しく広大である。Hoyotoho! や Heiaha! の叫び声は段々稀薄になって来る。何という広い野原だろう！……

何という広い野原だろう！……

何という広い野原だろう！……

そして少しずつ、何故なら凡ては絶えず前進しているのであるから、太陽は落ちて行く。今や哀れな森の精は目に見えない網を張り廻らす黄昏が次第に近寄って来るのを感じる。シリンクスは段々相手に追い付かれて来て、青く霞んで見える丘の前にやがて着いてみたならばそれを攀じ登らなければならず、それは何ともひどい茨で囲まれているに違いない。ああ、彼女は力が続く限り茨の中を這って行って、血塗れになって彼に憐みの心を起させることにしよう！

――あれは弱って来た！　そしてまだ負けたくはないのだ！　あれは私を助平なカリバンだと思っているのだ。ああ、私は跪いてお前の足から流れる血を止めてやろう。――ああ、私は彼女の髪に触り、その柔かな腕を何度も指の先で撫で、彼女が私に関心を持たずにはいられないようにしてやろう。私は彼女を優しさとそれから幾つかの運命的な考察できっと手馴付けることが出来るに違いない。私は晩の食事のことも考えなければならない。ああ、私は互に矛盾する多くの小さな親切で彼女にどうしていいか解らなくさせてやろう。……彼女がその為に涙を流して、そして咽び泣きをしながら私を許してくれることをいつまでも言っているように仕向けなければならない。

夕方が来て、それは羊飼いが家に帰る時刻である。……

太陽は落ちて行き、それも悪どい色で空を塗り立てたりしないで（その頃はまだ五風《ごふう》十雨《じゅうう》のよき時代だったのである）、今日と訣別するというよりも、明日までいなくなる挨拶をする。辺りの景色に或る戦慄が伝わり、遅蒔きの愛撫のような気分がその辺一帯の事物に未練を感じさせる。

気品があって、何事もそれに適った時間にする木であるポプラの木がその葉を震えさせる。そして柳は今まで自分が映っていた水の鏡が訳もなく曇ったのを嘆く。丘やその他遠方の景色は不安げな孤独感で暗い面持になる。蛙が鳴き始めて、星もやがて輝き出すのであり、星には遅れるということがない。この夕方の有様に欠けているのは晩の祈禱の時刻を告げる鐘だけだ（時代が変れば風俗も変る）。併し、ああ、黄昏時よ！　ああ、憩いの一時よ！　という訳ではないだろうか。未知のものはまだ未知のままでいて、地上に於て善き意志の二人連れに平和あれ！

ああ、或る過去の芽生え、我々の故郷ということになっている国、見立て違いの快癒期よ！　やがて夜が来て蛍が光り、梟が鳴き始めるだろう。

併し有難いことに、まだ幾らか明るくて、若い女は健気にも兎に角彼女の生涯が二つに裂かれるのをそれだけ延すことが出来る意味で何とかして次の丘を攀じ登ることを自分に誓う。

彼女はHeiaha! の叫びを喉の中で締め付けるこの黄昏時を知っている。そして夕方がその網を投げ掛けた時はディアナ・アルテミスの月光が溢れるまでは夕方に蠢く色々なものを一掃することが出来ないことを承知している。彼女は駈けて行く、駈けて行く！　そして丘に到着する。

——ああ、黄昏よ！　お前は私に触れることが出来ない。お前は決して私に触れることはないだろう！　実証的な逸楽は決して私の存在の盃に注がれることはないだろう！——併しそこで今囁いているのは何なのだろう。……

ああ、何度溜息をついても仕方がないことである。そこで囁いているのはシリンクスを裏切った河であって、それは葦が繁っている蔭に漠然と、そして深そうに流れていて、丘はその向うなのである。夕方に水が漠然と流れている。……

シリンクスは葦を掻き分けて、河が広々と、そして沈黙のうちに死を蔵して流れているのを見る。然もパンが近づいて来るのであり、この男は夜の気分に酔っている！

彼はもうそこまで来ている。シリンクスは振り返って彼の方に向って手を上げる。彼は自分がいる場所に立ち止る。

そこにそうして立っている彼女は何と美しいのだろう！　そして彼女は何を望んでいるのだろうか。……

——貴方は私のことを忘れて下さいませんか。

——ああ、御免なさい、御免なさい。これが私のせいではないことは貴方もお解りだろうと思います。併し貴方のことを忘れるとは！　私は貴方を愛しています。貴方は私の目的であり、私は私であって、そして今や夕方です！　お聞き下さい、私は貴方が納得なさるように何でも説明致します。ああ、私のどこがそんなに貴方のお気に入らないのでしょうか。ああ、そこにどういう家庭問題があるのでしょうか。貴方はこの夏の夜を貴方の拘束された器官の全部で呼吸しているのではないのですか。ああ、正体が解らない病気である夏の夜よ、お前は何と我々を苦めることだろう！　私としては最早我々二人の感覚しかないのだ。ああ、豊かな夏の夜よ、私は今やバッカスが私にしてくれた、彼がインドを征服した時の人を酔わせるような幾多の話を思い出す。私はそれ等を思い出して、デルフォイの託宣所から離れられなくなる。ああ、葡萄の収穫がすんでから空に夕方現れた黒雲を引き裂いて清浄な嵐を呼ぶが如き細々とした笛の音の狂乱よ！　松毬《まつぼくり》を先に付けた酒神杖《ティジスス》と女の髪の混合よ！　セレス[*]の密儀、密儀と祭礼、そして共同墓地！　アスタルテ、アスタロト、デルセト、アドナイ！　舞踏で既に生暖くなった野原で、美しい少女達が女学校から総出で遠足に来ているとともに、一斉に吹き立てる笛の音に合せての乱調子！　凡ては凡てのもののうちにあるのだ！

――近寄らないで下さい！　私が今感じているのは通り過ぎて行く女に、即ち一人で、そして何ものにも損われることなく行過ぎて山の上の月明りに向って進み、その恋愛には翌日というものがなくて常にその前夜ばかりである、そういう女に対して幸福である人々や事物が密かに抱く郷愁に満ちた嘆美の念なのです。

――確かに貴方はそのままで完璧であって、貴方の考えは手に手袋を嵌めるように貴方によく似合います。併し私が愛する人よ、秋が来たらどうなさいます。貴方の心は辺りの景色にも見える死を感じて、その為に貴方は胸の奥底から咳き込みはしないでしょうか。

――秋になったら私はヒルカニアに私達が持っている洞穴の中に潜み、Hoyotoho! 雪が降り始めてそれを蹴散らして行くことに堪能することが出来るまで、Hoyohei! 私はそこから外に出て来ないでしょう。

――そう言えば、秋が来るのはまだ遠い先のことです。そのうちに又秋になるということさえ疑っていいような感じがします。併しこの夏の夜は何という気分で我々を満していることでしょう！　ああ、シリンクスよ、私はこのまま行ってしまうことは出来ません。余りにも凡てである私の天才を慰めてくれた人よ、私に今日の後で貴方を忘れることが出来るでしょうか。然も凡ては凡てのもののうちにあるのです。そして貴方は御自分がそれ以上のものであるということを私に信じさせようとはなさらないと思います。……それに御覧なさい、暑さが向うの方に既に稲妻を閃かせています。……アスタルテ、アドナイ！神がこのことを望むのです。

——Hoyotoho! 近寄ってはいけません！ Heiaha! Heiaha! 誰か来て下さい！……貴方はまだ子供で、快楽が欲望のうちにあり、幸福とは幸福に馴れた二人連れの前を通って、彼等に羨しいと思わせることであるということが解らないのだろうか。

——それならいいです。私は死にます。私は貴方を本当によく世話することが出来たのですが！ 私の狂気は確かに崇高なものです。併し貴方自身の意向というもの程ではありません。許して下さい、私は極く穏かに死にます。私は貴方の幻影が訪れてくれた地上での流離の生涯を歌いながら、私の安物の、粗雑で原始的な笛を吹いて死ぬことにします。

——そういう貴方はやはり解っていらっしゃるのです。芸術以外には何もないので、芸術は欲望が不滅の形を取ったものなのです。……

ああ、今度だけは彼女が余りにも色々な種類の解釈を許す、情が籠った調子でそれを言ったので、パンは最早躊躇せず、又躊躇していることが出来なくなる！ 彼は頭を低くして両手を拡げ、決心して彼女の方に近づいて行く。そして彼女はか弱い女であって、その辺には他にそういうか弱い女もいないのであり、美しい夕暮にあり勝ちな辺り一面の無関心のうちに彼女はかくの如く追い詰められて今は全く逃げ場を失ったのである。

シリンクスは非常な心構えと不滅の清純さに眼を輝かせて更に一瞬間パンを制止し、Hoyotoho! と最後に叫んで葦が水面に繁っている中に躍り込み、体を河に沈める！

そしてその時飛び上って駈け寄った天才的な恋人であるパンはその誠実な腕に乾いた葦の穂しか抱えることが出来ない。そして彼がそれを掻き分けて覗くと、水の精達が静かに列を作って、彼女達によって救われた美しい女の余りにも白い体を彼女達の白い手で支えて行くのが見える。

この一分間も掛らなかった騒ぎは美しい夕暮の空の下を緩かに、死を蔵して流れて行く河の表面に浮ぶ波紋を僅かに乱したに過ぎない。

それは誰も一言も言わないでいるうちに行われたのであって、凡ては最早終ったのである。

そして夕方であって、夕方は何の助言もしてくれない。

ああ、あすこに、向うの水の表面に見えるのはまだこちらの方を眺めて動かないでいる愛する人の顔だろうか。それともそうして浮んでいることを自分なりに楽んでいる一束の水蓮の花に過ぎないのだろうか。

凡ては終ったのであって、河は眠っている。

彼女は正直正銘の処女だったのであり、確かに彼女は来るべき新しい時代の先駆者と見做すべきである。

この時パンは、その矛盾した夢が葬られた場所を見守ったまま、或は彼の天才さえも不充分になるかも知れないこの新しい時代の啓示を受けて、如何にも可憐に若々しい憂鬱が籠っている溜息を一つついた。それはこの一日の後であるにも拘らず完全に自分というものを没却した、どうにも慰めようがなく、又他人に説明のしようもない、全く無類に純潔な溜息だった。ああ、それは仕合せなことに、新しい時代が何を齎そうとも、もう絶対に聞けない種類の溜息だったので、ここに何者かの優しい声が向うに見える一束の水蓮の花から起り、そこを離れて、死を蔵する河の上を伝わって行き、「風よ、あの人に私の魂を渡してやって下さい、」と言う。

そして風は吹いて来て、丈が高くて空ろな茎に、長い絹のような艶の葉を着けて兜の羽飾りに似た穂を翳している葦の中で、一定の方向になされる衣擦れとでも言う他はない音を立てる。

魂の使に立った風が葦の中でものを言っている！　パンはその尖った耳を欹《そばだ》てる。ああ、一定の方向になされる衣擦れの音、羽と羽の接吻、騒音の起伏、アルミダの庭園*の奥で一斉に噴水の水を散らせている扇、揉み合される妖精のハンケチ、夢みながら何か口走っている沈黙、布巾で拭い去られる一切の詩！……

そしてそれは親しげに、「友よ、早く、早く。貴方が持っている葦に彼女の魂が移っているのです、」と囁く。

パンはその前にもまして超人的な胸を両手で押え、一滴の涙を拭い、彼の古い笛を河の中に投げ込み、或は普遍的な霊感によって少しも躊躇したり、耳を掻いたり、その劣った顎鬚を引張ったりしないで、彼はそれ等の魅せられた葦を抱き締め、その中から三本の茎を切り取って更にそれで七本の段々に短くなって行く管を作り、中を刳り抜いて芯を出し、それに幾つかの穴を開けて、二本の藺で結える。

かくして出来上ったのは紛れもなく一箇の笛であって、然もそれは最も新しい型のものである。

パンは接吻の期待で乾いた唇をそれに当てるのであって、彼がこの時笛に出させた音は新しい時代の全く不思議な音階であり、それは笛が感じている幸福、即ち笛がこの牧畜時代の美しい夕暮に地上に出現することを得た幸福を語る素朴な歌なのである。

パンは涙を浮べたまま笑いながら、その太いカリバンの指でこの新しい、七つの管を有する笛、この見事なシリンクスを何度もひっくり返してみる。

――ああ、有難う、七つの管が付いている！

併し日は既にすっかり暮れている。向うの水蓮の花はいつの間にか見えなくなっている。

パンは葦の中に腰を下して、何度か前奏曲の形で笛を吹き、この玩具を抱き締めてみたり、それに彼の厚い唇で触ってみたりする。それから彼は気を落ち着けて思案する。

夜が来て、周囲にあるのは漠然として孤独な田舎であり、辺りからは河が涼しい音を立てて流れているのが聞えて来るだけである。何か記念すべきことを期待して耳を敧てているような夜である。

パンは先ず言う、「私の歌よ、先走りすることを避けてお前自身に基いて発展せよ、丁度大地の意識がそれに作用する魅力の働きを絶って地神マイアの美しい眼を永遠に閉じさせることを望まないならば、やはりそうしなければならないように！」

そして最初に奏するのは綱渡りでもしているような、痛切な響を伴って間歇的に起る、ふしだらな顫音《せんおん》であって、それが一通り吠え尽した後に病気が直ったものの敬虔な祈禱の珠数の音に変って終る。

それから一つの音が孤立して、愚かな群衆の上に浮んだ軽気球のように高く昇って行く。

そしてそれからが幾キロも幾キロも続いて行く歌であって、それはお産があった後のお祝いの歌のように蒼白く、その途中で、余り急いで組み合せた足台を離れて落ちて来る鐘の響で別な重苦しい音階が入り、次に歌は紐が解けたかの如く、幸にいつまでたっても到着することがない彫刻を待っている台の廻りに編まれた花輪の形を取って展開する。

それが終ると後はもう順序などはなくて、洪水になって溢れ出す入祭禱、水が切れた隊商に似ている弥撒の一節、不景気なことになった奉献歌、寒さで紫色になって自制心を失った祈禱の文句、能弁過ぎる連禱、言わないでいいことまで喋っている聖母歌、口から泡を吹いている懺悔歌、それから揺籃の廻りで、というよりも、月神ディアナが自分の姿を映して見ている井戸の廻りで起る聖母哀悼歌などが交錯する。

パンは手の甲で唇を拭い、笛を置いて独り言を言う。

——私はたった一人で、私の歌は単調である。それは私が愛することしか出来なくて、私の許婚が行ってしまったので私は新しい命令に接するまでただ嘆いている他ないからだ。ああ、今日の一日は何という具合に過ぎたことだろう。シリンクスよ、私はお前を夢で見たのだろうか。私は彼女と過した各瞬間を、又その言葉の一つ一つを、それから彼女の目付きや、俯いた時の頸と肩との角度や、彼女の声色や、そういうことを皆覚えているのだが、又同時に私は彼女を見たことも、何か言うのを聞いたこともないようなのだ。私は又しても事物の現実の相貌に徹することが出来なかったのだ。私はいつまでたってもそれで足りるだけ彼女を眺めることも、二度する必要がないように彼女が言うことを聞くことも、又彼女の生きているままの本質を捉えることも出来たのだった。所が私はそういうことをする代りに何をしたかというと、凡てのものに就て考えていたのだ。そしてその間に事件は終ったのだ。ああ、私は何と性懲りもなく凡てのもののうちにあるのだろう！　私はどうしてこんなに呑気なのだろう！　ああ、誰か私と現在との間に橋を渡してくれないだろうか！　もし彼女が髪の毛を少し残してくれて、それを私がその実在に就て納得が行くまで唇の間に挟んでいることが出来たなら。

彼はその七つの管を有する笛、彼のお守りであり、シリンクスの魂が籠っている笛を再び唇に当てる。そして牧畜時代はこのように美しい夕暮には同じものを二度やることが許されているから、彼が吹くのは又しても聖母哀悼歌、月神ディアナが自分の姿を映して見ている井戸の廻りで起る聖母哀悼歌である。

彼が眼を上げると月が出ている。それは見事な月で、触れるかと思う程大きく、眩しい位明るくて、黒い丘が続いている。清純であってもの悲しげな地平線から昇って来るのである。

パンは聖母哀悼歌を止めにして、ディアナに向って呪いの文句を怒鳴り立てる。

Hoyotoho! そこの月よ、お前は硝子の楯であり樟脳のような色をしている!

「ディアナよ、お前の神々しさは私に何の感動も与えないのであり、私にとってお前の絶えない変形は全く意味をなさないのだ。

「それにお前には何故性というものがあるのだ。もう役に立たなくなったそういう不純な器官をまだ持っているというのは何と恥しいことだろう。又それはそれとして、雄が気違いのようになって醜い実演をやって見せる全く忌むべき、然もそれがこちらの自信を強める材料となるような光景をやはり女である魅力によって生じさせ、それで漸く保たれているというのは何と又女神らしくない純潔さだろう。

「そしてお前が女神である所以はどこから来ているのだろうか。それは今では過去となった、或は到底適えられる望みがない大なる恋愛に由来するのだろうか。いや、いや、決して！　お前は曾て我々男というもの、即ち男という少しも変則ではないものに就て夢を持ったことがないのだ。お前は森の中の生活や、一年を通してのものものしい狩りや、猪の荒い毛や、血や、追い詰められた動物の最後や、森の奥で泉の水の冷水浴をすることで育てられたのだ。お前は男なのだ。蒼白い顔色をした毅然たる男なのだ。お前は哀れな白人の奴隷を酷使する植民地の農園の地主であり、又お前はお前の供のものを狩りで疲れ切らせ、そして僧院のような森の奥で、言うに堪えないような呪文を唱えて彼女達の哀れな女の肉体を不具にするのだ。私はそれを皆知っているのだ！　私はお前の光で気が変になるような精神病患者ではないのだから。凡ては凡てのもののうちにあるのだ！　そして私はこの事実の為に戦う勇敢な、実際的な監視兵なのだ！」

併し月は依然としてそこにあり、眩しい位明るくて、空には月の他に何もない。

そして発熱で震えているパンはその光の為に夢心地になり、陋劣な気分に陥ってそれに適した千一夜の妄想に耽り、彼がいる辺りを夕方の風はうろつき廻って方々の隅に残っている匂いや牧場の羊の鳴き声や、風見が廻転して軋る音や、病人の湿布の臭気や、又街道の茨に引っ掛っている凡ての肩掛けがはためく音をあっちに持って行ったり、こっちに持って行ったりしている。

ああ、月光の魅力よ！　陶酔の風土よ！　これは確かにこれだけのことなのだろうか。これは聖母への御告げではないだろうか。これは或る夏の夕暮の物語に過ぎないのだろうか。

そしてパンは気が狂ったように跳躍しながら、暗くなった河に別れを告げもせず、その新しい笛を胸に抱き締めて、方角は月が案内するのに任せてその光を浴びて自分の谷間の方に駈け足で帰って行く。

幸に、以後彼が憂鬱な気分に陥った時は、七つの管を有するそのシリンクスの笛で郷愁に満ちた音階の一つも吹けば彼はそれで再び頭を高くして、大きな、少しも曇りのない眼を我々凡ての主である理想に向って上げることが出来たのである。

ペルセウスとアンドロメダ

——或は三人の中で誰が一番幸福だったかという話——

I

ああ、如何にも単調で、自分がそこにいる謂れがない国よ！……

それは渡り鳥が群をなして過ぎて行く空の下に黄色と灰色の砂丘が続いている孤島で、その他はどの方角にも海が横たわっていて視界や、叫喚や、希望や、憂鬱を凡て遮っている。

海に違いない。それはどの地点から、或は何時間眺めていても、又如何なる瞬間に突然眼に入ることがあっても常に海なのであって、決して海という観念に於て欠けることがなく、いつも孤独で人を寄せ付けず、何かの形で徐々に作られつつある偉大な歴史、又終了し損った大変動なのであり、——恰もそれが現在置かれている液体の状態は海自体にとっては一つの失意の境地であるかの如き印象を我々に与える。そしてこの（液体の）状態を脱しようとして海が已に鞭打つ時の騒擾は何ということだろう。又鏡になった自分が映すに足る顔がなく、自分がこの世界でただ一人なのを嘆いているような色合いを呈する時の痛々しさはなお堪え難い感じがする。即ち海、そして以下のものには一瞬もなることがない海であって、要するに友達になれるような性質の存在ではないのである（ああ、海とどんなに長い間二人だけでいたにしても、遂にそういう考え、或は互に打ち明け話をした後で海とその忿懣を分つ希望さえもを棄てなければならないとは！）。

ああ、如何にも単調で、自分がそこにいる謂れがない国よ！……こういうことは一体いつになったら終るのだろうか。――そして無限ということを問題にすれば、空間は単に際限なく横たわっているだけの海に独占され、時間は季節々々に空をただそれだけのこととして過ぎて行く灰色の、けたたましい声で鳴く、決して人に馴付かない渡り鳥によってのみ測られるのである。――ああ、こういうことを我々はどう解釈したらいいのだろうか。又このように面倒でどうにも言語に絶した敵意を我々はどうすればいいのだろうか。こうなれば生れ付き優しい、感傷的な心の持主である我々は即刻死んだ方がよさそうである。

海は今日は別に変ったこともなく、ただ緑色を帯びた灰色をしてどこまでも拡っている。そして如何にも白い波頭が現れたり、消えたり、又現れたりしてやはりどこまでも続いていて、それは子羊の群が溺れたり、又頭を出したりして泳いではいても決して目的地に到着せず、恐らく夜になってもまだそうしていることを聯想させる。又その上では四方から吹いて来る風が格闘し、それは単にその技術的な興味の為であり、又波頭を打擲して虹色に尖るしぶきを立てさせることでその午後を過そうという趣向でもある。事実日光が差すと一瞬海面に姿を現して又無智な警戒心から水中に沈んで行く美しい色をした鯛のような虹が波の背に掛る。

そしてそれが凡てである。ああ、如何にも単調で、自分がそこにいる謂れがない国よ！……

広大で単調な海は毛綿鴨《けわたがも》の羽と蒼白い海藻を敷いた二つの洞穴がある小さな湾の中まで波を騒々しく寄せたり引いたりさせている。併しこの波の音は、そこに水平線の方を向いて腹這いになって肱を突き、どこまでも現れたり消えたりしている波の構造を自分がそうしていることも知らずに見詰めているアンドロメダの小さな、鋭い呻き声を聞えなくする程ではない。アンドロメダは自分の境遇を嘆いてそのような声を立てているのである。併し彼女はそれが、彼女のことを少しも気に掛けない二箇の強力な、無愛想な存在である海と風の音と合唱する結果になっていることに気付いて、早速止める。そして何か当り散らすことが出来るものを求めてその辺を見廻す。アンドロメダは、

――怪物！……と呼ぶ。

――嬢や、何？……

――怪物ったら！……

――嬢や？……

――そこで何してるの？

怪物は自分の洞穴の入り口に尾を半分水の中に漬けていて、海底の幾多の燦然たる宝石で飾られている背中を煌めかせてアンドロメダの方を振り向き、軟骨性の多彩な繊維状の突起物で縁が蔽われている瞼を気遣わし気に上げて、二つの大きな水色の、潤んだ瞳をしてアンドロメダに（災難に会って昔程の身分ではなくなった上流階級の男というような感じがする声で）言う。

――私は嬢やが石投げに入れて投げる為に小石を砕いて磨いているのです。まだ日が暮れる前に渡り鳥が通る筈だ。

――止して頂戴。その音を聞いていると頭が痛くなる。そして私はもう渡り鳥を殺すのが嫌になった。ああ、渡り鳥はここを無事に通って自分の国に戻って行くがいい。――ああ、私を見ることなしに通って行く渡り鳥の群よ、際限なくここまで砕けに来て私に何も持って来ない波よ、私は何と退屈しているのだろう！　ああ、私は今度こそ本当に病気になった。……怪物！……

――嬢や？

――何故貴方はこの頃宝石を持って来て下さらないの。私が貴方に対して何をしたと言うんでしょう。

それで怪物はその豪奢な肩を聳かして自分の右側の砂地を掘り返し、小石を一つ除けて、彼がアンドロメダのそういう気紛れに備えて埋めて置いた一摑みの桃色の真珠や、結晶した磯巾着を取り出してアンドロメダの可愛らしい鼻の下に並べる。併しアンドロメダはそれまでの腹這いになって肱を突いている姿勢を少しも変えないで、溜息して言う。

——そしてもし私が受け取ろうとしなかったら、何故か解らないつれなさでどうしても受け取ろうとしなかったら？

怪物は宝石を又搔き集めて海の中に抛り込み、それ等の宝石はそれ等が元来横たわっていた海底に向って沈んで行く。

そうするとアンドロメダは砂の上をのたうち廻り、髪を滅茶苦茶にして見るも哀れな具合にそれを顔に散らして嘆く。

——ああ、私の桃色の真珠、私の結晶した磯巾着！　私は生きていられません。そしてそれは皆貴方のせいなのです。貴方には取り返しが付かないということがどういうことなのか解らないのです。

併しアンドロメダは直ぐに大人しくなって怪物の方に這って行き、いつもの甘え方で怪物の顎の下に体を横たえて、怪物の紫掛った、粘り気がある首を彼女の小さな白い腕で取り巻く。そして怪物はその豪奢な肩を聳かして、相変らず慈愛深く、自分の体でアンドロメダの小さな腕が触れているのが感じられる凡ての点から麝香を分泌し、やがてアンドロメダは又溜息をついて言う。

——ああ、怪物よ、龍よ、貴方は私を愛していると言うけれど、私の為に何もしてくれはしないじゃないの。貴方には私が退屈で病気になり掛けているのが解っていて、それでいて何も出来ないじゃないの。もし貴方が私の退屈を何とかして下さったら、もし貴方に何かお出来になれたら私は貴方が本当に好きになるのに！……

——エチオピア王の娘である高貴なアンドロメダよ、己の意に反して龍である哀れな怪物の私は次の循環論法で貴方に答える他ない。——即ち貴方が私を愛する時が来なければ私は貴方の退屈を如何ともなし得ないのであり、それは貴方に愛されることによってのみ私は恢復することが出来るからなのである。

——貴方はいつも同じ謎を繰り返してばかりいる！　私は貴方を本当に愛していると言っているのに！

——貴方自身が抱いていない愛情を私が感じることは出来ない。併しそういう話をするのは無駄なことだ、私はまだ哀れな龍の怪物で、頭に角が生えた化物に過ぎないのだから。

——もし貴方がせめて私を貴方の背中に載せてどこか人間がいる国に連れて行って下さったら（ああ、私は本当に世間に出てみたい！）、そこに着いてから私はお駄賃に貴方に小さな接吻を上げるのだけれど。

——それは前にも言ったように出来ないことなのだ。私達の運命はここで決定されなければならない。

——ああ、言って頂戴、それに就て貴方は何か御存じなの？

——赤褐色の髪をしたアンドロメダよ、私はそれに就て貴方以上に何も知ってはいないのだ。

——私達の運命！　そんなことを言っても私は毎日齢取って行くのです。こんなことがこれ以上続いたら私はどうしよう。

——これから海を一廻りして来ようか。

——もう海の一廻りには倦き倦きした。何かもう少し他のことをお考え付きになれないの？

アンドロメダは砂の上に体を投げ出してもとの腹這いの姿勢になり、正当に餓えている自分の体の両脇にある砂を引掻き廻し、それから又小さな、鋭い呻き声を立て始める。

怪物は声が変りつつあるこの可愛い子供の浪漫的な悲嘆をたしなめる為に、それと同じ調子の声で知らない振りをして昔の物語をして聞かせることにする。

——「ピラムスとシスベ」。昔或る所に、……

——いや、いや。昔話なんかお始めになったら私は自殺します。

——嬢や、一体どうしたと言うのだ。そんなことではいけません。釣りに行って来なさい、或は狩りに。押韻する詩を作りなさい。或は四方点に向って法螺貝を吹くとか、貝殻の採集に出掛けなさい。或は、そうだ。固い石に象徴的な印を彫り付けて御覧なさい（時を過すのにはこれが一番いい方法だ！）。……

——いやです、いやです。私はもう何もしたくないんだと言ったら！

——嬢や、ほら、上を御覧なさい。石投げを上げましょうか？

それはその日三度目の渡り鳥の群が秋の空を飛んで行く所だった。それは三角形をなして、どの鳥も同じ具合に羽を動かしていて落伍者はなかった。そのようにして渡り鳥は島の上空を過ぎて行って晩までには島を遠く離れている筈だった。……

——ああ、あの鳥達が行く所に私にも行くことが出来たら！　愛するということ、愛するということを！　と哀れなアンドロメダは叫ぶ。

そして小さなアンドロメダは何かに憑かれたように飛び起き、風の中を叫び声を上げながら、跳躍の連続である駈け方で島の灰色の砂丘が続いている向うに姿を消す。

怪物は優しく微笑して又小石を磨き始める。——例えばスピノザにしても同じような具合に眼鏡のレンズを磨いていたに違いない。

II

恰も負傷した小さな動物の如く、アンドロメダは沼地が多い国に於る渉禽類のか弱そうな駈け方で駈けて行くのであって、風が絶えず彼女の長い、赤褐色の髪を眼や口に吹き付けるのを払い除けなければならないことがなお彼女の気持を狂おしくする。ああ、思春期よ、思春期よ、アンドロメダは風と砂丘の中を、負傷した小さな動物のような叫び声を上げながらどこに行く積りなのだろう。

アンドロメダよ、アンドロメダよ！

その完璧な足に地衣類で作った靴を履き、磨いてない珊瑚に海藻を通したのを首に掛けて、他は難癖の付けようがない裸体であり、堅固であって、アンドロメダは駈け廻ったり、風や日光に曝されたり、海で泳いだり、露天で寝たりすることでそういう体付きに鍛えられたのである。

彼女は顔や手の色が体の部分と違っているということがなく、膝まで届く赤褐色の髪をした彼女の体全体が洗い立ての煉瓦色を呈している（ああ、あの跳躍振りを何と言ったらいいだろう！）。この思春期に達した野生の少女は体が凡て骨組と弾力装置であって日に焼けていて、脚は不思議に長くて花車であり、見事な、簡潔な線をした腰付きは乳房の直ぐ下まで次第に細くなっている胴に続き、胸はまだ子供臭くて未熟な乳房は駈けている最中の息遣いにも殆ど目に付かない位で（それにそのように潮風や烈しく襲い掛る冷たい波に絶えず逆って運動している生活に於てどうしてこれ等の乳房が発育することが出来ただろうか）、首は長く、小さな、幼い顔は赤褐色の髪に包まれて痩せこけていて、眼は時には海鳥のように鋭く尖り、時には我々が日頃見掛ける水溜りも同様に曇っている。要するに、申し分なく美しい女の子である。ああ、あの跳躍振りを何と言ったらいいのだろう！　それからあの、危険に曝されて生存するのに馴れている、負傷した小さな動物のような叫び声を！　兎に角前にも言った通り、彼女は赤褐色の髪をしていて裸体で堅固で日に焼けていて、駈け廻ったり、風や日光に曝されたり、海で泳いだり、露天で寝たりすることでそういう体付きに鍛えられたのである。

併し、ああ、思春期よ、思春期よ、アンドロメダはそのようにしてどこに行く積りなのだろう。

島の端に岬になって奇妙な恰好をした断崖があり、アンドロメダは馴れたものでなければ解り難い天然の足場を伝ってその正面を登って行く、この断崖の頂上をなしている狭い平地から彼女は島全体と島を取り巻いている荒涼たる海を見下すことが出来る。そしてその平地の中央に雨が小さな窪みを穿ち、アンドロメダはその底を真黒な小石で敷き詰めてこの窪みには常に清らかな水が湛えられているようにし、それが或る春以来アンドロメダの鏡であって、同時に又彼女の唯一の秘密なのである。

アンドロメダがそこに自分の顔を映しに来たのはこれでその日は三度目である。彼女は微笑しないで不機嫌な顔をして、自分の眼の真剣な眼差しの意味を探究しようとするが、彼女の眼は意味あり気に彼女を見返しているだけで、そこから何も得られない。併しこの口！　アンドロメダは自分の幼い口付きをいつまで眺めていても倦きない。ああ、彼女の口を誰か理解してくれるものがいるだろうか。

——併し兎に角私は何と魅惑的に不可解な表情をしているのだろう、とアンドロメダは思う。

そして次に彼女は色々な具合に気取った顔付きをしてみる。

——それにこれが確かに私というものなので、人にどう思われても私としてはこれである他はない。

それから彼女は自分が結局平凡であるように思う。

併し彼女は又自分の眼を眺める。ああ、彼女の眼は美しくて、優しくて如何にも彼女自身の眼だという感じがする。彼女はそれ等の眼の性質を知ろうとしていつまで鏡を見詰めていても倦きなくて、日が暮れるまでそこにそうしていられるのである。ああ、何故自分の眼はそのように無限に意味がある表情を帯びているのだろうか。ああ、もし自分が誰か自分以外のものであって、それ等の眼を盗み見て、黙ってその秘密に就て夢想することで一生を過すことが出来たら！……

併し幾ら眺めても無駄なことである！　彼女の顔は彼女自身と同様に、いつまでたっても真剣な、遠くを見ているような表情をして何ものかを待っている。

それでアンドロメダは今度はその赤褐色の髪に集中することにして凡そ色々な髪の結い

方をしてみるが、どのような結い方をしてもそれがその小さな頭には重過ぎる感じを与える結果になることを免れない。

そして今や雨雲が生じて、やがて降って来て雨がアンドロメダの鏡の面を乱すに相違ない。アンドロメダは傍にある石の下に魚の乾した皮を置いていて、それが彼女の爪を磨く鑢《やすり》の代りになっている。彼女は地面に腰を下して爪の手入れを始める。そのうちに雨雲が彼女の上に来て、雨が洪水のような騒音を立てて降って来る。アンドロメダは断崖を駈け降りて海の方に向い、その途中雨に打たれて歌う。

ああ、何かアンドロメダの病気を
直す方法はないか！
Hitsaó!
アンドロメダの病気を！

この歌の節は余りにも悲しげな響を持っているので、アンドロメダの幼い胸に涙が落ちて来る。そして雨雲は既に遠くに去り、風がアンドロメダの髪を吹き散らして、再びそういう風だけの世界になる。……

Hitsaô!
誰も私を助けに来てくれないから、
私は水の中に飛び込もう。
Hitsaô!

併し彼女は自殺しようというのではなくて、単に海水浴をするだけのことである。それに初め海に勢よく頭を突き入れようとして、途中で考え直して止めにする。又しても、そしてこれからも続けてそのように海水浴をするとは！　アンドロメダは彼女の下品に柔い肉付きをした姉妹である波と遊ぶのがもう本当に嫌になっているのであって、彼女はそういう波の触感や習癖を知悉しているのである。それで彼女は寄せて来る波の方に顔を向けて、両手を拡げて砂の上に俯けに横たわる。こうしていて、少し大きな波が来て体を浸すのを待っていればいいのである。そして暫く威嚇的に波が寄せたり引いたりした後に、大きく逆巻いているのが事実砂の上で砕けてアンドロメダに襲い掛る。アンドロメダは眼を閉じて怯まずに、喉を切られたかのような叫び声とともに波にこの直ぐに流れ去って彼女の腕の中に何も残さない、冷たい、一瞬も静止していない波を受け止めようとして体中で踠く。……

アンドロメダは砂の上に起き直って、海水が落ちて来る自分のみじめにずぶ濡れにされた体を呆然として眺め、波を被っている間に髪に付いた海藻の切れ端を取って棄てる。

次にアンドロメダは本格的に海に飛び込み、腕を水車のように廻して波を掻き分け、水中に潜り、再び浮き上って息をし、仰けになって海面に漂う。そのうちに又一聯の波が寄せて来て、アンドロメダは初めは小突き廻されるが、直ぐに鯉のように体を狂おしく跳ね返らせてこれ等の波に乗ってみようとする。そしてその一つに向って行って荒々しい叫び声とともに一瞬それに跨り、別なのに後から突き落され、又別なのに乗り移る。併し波は待つことを知らないので、何れも彼女の下から余りにも早く崩れ去って行く。そしてそのうちに今度は海の方で本気になって挑戦して来てアンドロメダの手には負えなくなり、そうすると彼女は波がなすままに任せて砂の上に髪を滅茶苦茶にされて打ち上げられ、それから波が届かない所まで這って行って、流砂の中に体を少し沈み込ませて腹這いの姿勢で息を入れる。

そして又しても驟雨が島の上を通って行く。アンドロメダは動こうとせず、その洪水と変らない騒音の中で全身呻きながら雨に打たれていて、雨は吠えているようにも聞え、アンドロメダの背中の窪みに水溜りを作ってそこに泡を立てる。彼女は水気がました砂の中に体が少しずつ入って行くのを感じて、もっと深く体を沈めようとして踠く（ああ、私が砂に呑まれて生き埋めにされれば丁度いい！）。

併し雨雲は来たのと同じ具合に去って行って、雨の騒音も遠ざかり、大西洋の孤島を包む寂寥が戻って来る。

アンドロメダは起き直って、別に変ったこともなく晴れて行く水平線を眺める。これから何をしよう。アンドロメダは体が風に吹かれて完全に乾くと、少し疲れてはいるが、再び先刻の岬になった断崖を攀じ登りに駈けて行く。そこには鏡があって、少くともそれは彼女を理解してくれる。

併し悲しいことに、鏡の水は雨で濁っている。

アンドロメダは鏡に背を向けて泣き出そうとしていると、この時大きな海鳥が羽を拡げて恰も真直ぐに島を、又そこの断崖を目指してであるかのように、そして或は彼女を目標にしているのかも知れない具合に風を切って飛んで来るのが眼に入る。アンドロメダは鳥を呼ぶ為の叫び声を上げて、両手を横に突き出して岩の上に倒れ掛り、眼を閉じる。ああ、かくの如き神々の意志によってプロメテウスも同様にそこに曝されている彼女の体を海鳥が襲いに来て、その膝に止って嘴で無慈悲に手術を施し、彼女の病状の熱気を帯びた根源を取り去り始めてくれるように。

併しアンドロメダは海鳥が通り過ぎるのを感じて眼を開き、その時鳥は既に遠くになっていて、もっと別な意味で興味がある肉塊を求めているようである。

可哀そうに、アンドロメダがどうすれば自分の存在の悩みを解消することが出来るのか解らずにいることは明白である。

何をしたらいいのだろう。如何にも限られていて、然もそれに希望を嘱する他はない海を又しても眺めること以外に何をすることが出来るだろうか。……それにこのどこまでも続いている孤独な海を前にして、アンドロメダの悩みは余りにも単に一箇の娘の悲みに過ぎないのであり、海は一波で彼女を死ぬかと思う程にまで満足させることが出来るが、小さな、か弱い彼女の肉体にどうして海を慰め、又海を温められようか。ああ、それは幾ら両手を拡げて見ても無駄なことである！　……然も彼女は何と疲れているのだろう。昔はアンドロメダは一日中自分の領地を駈け廻っていたのだが、今では動悸がして、……又も一羽の大きな海鳥が通り過ぎる。アンドロメダは本当にそういう鳥の一羽を自分のものにしてあやしてみたいのである。併しどの鳥も島には降りて来ないで、近くで見る為には石を投げて石を投げて殺す他ない。

あやすこと、あやされること、併し海のあやし方は気がなさ過ぎる。

風が落ちて海は凪ぎ、水平線は入り日の儀式に備えてもの悲しい平板さを帯びる。

あやすこと、あやされること、……アンドロメダの疲れた、小さな頭は子守歌の節で一杯になり、彼女が曾て聞いたことがある唯一の人間的な歌、というのは彼女の後見人である龍が彼女の幼年時代に彼女をあやす為に歌っていた、「凡てのものが置かれている状態に関する真実」と題する短い聖詩が記憶に戻って来る。

「初めに愛があって、それは或る普遍的に、無意識に、又確実に組織する作用を支配している法則であり、それは又諸現象の互に聯関がある存在の渦に内在している、常に理想を志向する尽きない衝動である。

「太陽はその地球にとっての証しであり、その貯蔵庫、又根源である。

「それ故に朝と春は幸福を意味し、夕暮と秋は死を表象するのである（併し高級な生物にとっては、自分が死ぬ危険は少しもないことを知っていながら死を身近に感じること程刺戟的なことはないから、それ故に夕暮と秋、即ち太陽と死の劇は特に美の諸法則に適っているとされている）。

「理想への衝動は無限に以前から宇宙に於て無数の世界の形を取って次第に具体化されつつあるのであり、これ等の世界はその各自を構成する諸要素が許す限りに於て最高度の有機的な進化を実現しそれから又新しい実験が試みられる為に分解する。

「初めからあった無意識は常により高い段階を目指して進むことにしか関心を持たず、無意識にはそれ自身の仕事があり、この仕事の進行を幾つかの、我々の地球よりももっともっと活気があって真剣な世界に於て監督して、如何なる事情もその明日への夢を中断することは出来ない。

「そして無意識にとっては既知事実である進化を完了して、更に明日の存在に実験の材料を提供する能力がない種類の遊星に至っては、無意識にそれ等を顧みず、それ等は最初に与えられた衝動に従って宿命的に各自の範囲内に於て進化するが、その進化は既に熟知されていてしまい込まれた鉛板で印刷した、幾枚あっても同じ校正刷のようなものである。「それ故に、丁度母親の胎内に於る人間の宿命的な進化が凡て地上に於て行われる進化の反射的に得られた縮図であるのと同様に、地上に於て行われる進化は時間の枠内に於て行われている無意識の大規模な進化の反射的に得られた縮図に過ぎない。

「どこか、ああ、どこか宇宙の別な場所では無意識はもっと進化した段階にあり、そこでは何という祝祭が続けられていることだろう！……

「地球はこれから人間よりも更に高級な存在を生ずるにしても、結局見習い仕事に作られた鉛板で印刷した、そういう幾枚も同じのがある校正刷の一枚に過ぎない。

「併しながら太陽の後裔である我がよき地球は我々にとっては凡てなのであって、それは我々には五つの感官があり、地球はそれ等を完全に満足させるからである。ああ、諸々の滋味よ、完璧な造型物よ、匂いよ、音響よ、尽きることがない歓喜よ、愛よ！　自分自身の生活よ！

「人間は空の下を這っている虫のような存在に過ぎない。併し彼が自尊心に於て欠けていなければ彼は神にもなれる。何故なら被造物が一度でも覚える興奮は自然全体に価するからである。」

アンドロメダは再び近づいて来た夕暮を前にして不機嫌そうにそのように歌う。そしてそれは暗記したことを繰り返す苦みでしかない。アンドロメダは伸びをして呻き声を上げる。

ああ、彼女はいつまで伸びをしては呻いていなければならないのだろうか。……アンドロメダは明確に聞き取れる声で、大西洋の孤島を包む寂寥のうちにあって言う。

——そうだ、色々と説明を付けた所で、何か未知の第六感がこれから出現しようとしていてそれを満足させるものが何もないならばどうしようもないのだ。——要するにこういうことは凡て私がただ一人で、然も他の人間から遠く離れているということなのであり、これがどういう風に終るかは私にも解らないのだ。

アンドロメダは自分の腕を撫でて、次にたまらなくなって歯軋りし、自分の体を引掻いて、そこに落ちていた燧石《ひうちいし》の欠片で申し訳に切り傷を作る。

——併しそれにしても死んだらどうなるかを知ろうとして自殺することは出来ない。

アンドロメダは泣き出す。

——何と言っても私は一人で放って置かれ過ぎている。私はこれから誰かが私を探しに来て私を連れて行っても、一生このことは忘れられない。私はこのことを幾らかは怨みに思い続けるに違いない。

Ⅲ

再び夕暮が近づいて来て、入り日が派手な所を見せようとしているのであり、これは如何にも古典的な日程で、余りにも古典的であり過ぎる！……

アンドロメダは首を振ってその赤褐色の髪を顔から払い除け、家に帰って行く。

怪物が迎えに出て来ない。これは一体何を意味するのだろうか。怪物がいないのである！　アンドロメダは、

——怪物！　怪物！……と呼ぶ。

返事がない。それで今度は法螺貝を吹くが、これに対しても何も答えない。アンドロメダは島を見下している断崖に戻って法螺貝を吹き、そして怪物の名を呼ぶが、……彼女の他には島には誰もいないようである。アンドロメダは又家に帰って来る。

——怪物！　怪物！……ああ、どうしたらいいのだろう。もし怪物が海の中から二度と出て来なくて、私があれを苛め過ぎて到底一緒に暮して行くことを出来なくしたということを口実にして私をここに置き去りにして一人でどこかに行ってしまったのだったらばどうしよう。……

ああ、夕暮が近づいて来た島は彼女に何と特異に、どうしようもなく孤独に見えること

だろう。アンドロメダは彼女が占めている洞穴の前の砂地に体を投げ出して長い間呻いていて、自分は死ぬ積りだとか、きっとこんなことになるだろうと思っていたとか泣き言を言う。……

所がアンドロメダが起き上ると怪物は彼がいつも体を漬けている泥の中にいて、アンドロメダにオカリナを一つ作ってやる為に法螺貝に穴を開けている。

——ああ、怪物、どうしたの、と彼女は言う。私は貴方がどこかに行ってしまったのだと思った。

——そんな心配は決してない。私が生きている間は私は貴方の番人を一点の非の打ち所もない具合に勤めるのだから。

——何ておっしゃったの?

——私は私が生きている間は、……

——ああ、もういい、もういい、解りました。

沈黙が続いて、向うには水平線が拡り、その水平線は入り日に備えて綺麗に掃除されたようになっている。

——碁をやりましょうか、とアンドロメダが明かに焦燥し切って溜息をついて言う。

——やりましょう。

洞穴の入り口には白と黒のモザイクで碁盤が岩に嵌め込んである。併し勝負が始るや否や明かに焦燥し切っているアンドロメダは碁石を滅茶滅茶にする。
――駄目。私はきっと負けます。ちっとも集中出来ないのですもの。でも私が悪いのじゃありません。私は明かに焦燥し切っているのです。
沈黙が続き、向うには水平線が拡っている！　今日の午後はあんなに荒れ廻っていた風が凪いで、凡ては太陽の古典的な退場を前にして静粛に控えているようである。
太陽！……
向うの方に、海の魔女達も息を呑んでいるかと思われて、静かに輝いている水平線に、入り日の為の仮建築が色々と出来上り、
燃え上る焔を反射して芝居の背景となるべき石の壁が層をなして、出現し、
職人達は仕上げを終って、
恰も一隊の伝令使がこれからそれを吹き立てようと待ち構えている喇叭の口のような、黄金色の月が幾つか現れる！
仕置場の用意が整えられて、幕が引かれる。
そして王冠を積み重ねたのや、装飾用の提燈を無数に並べたのや、光の塊や束に支えられ、
又既に掠奪が始っている人造金の工事に堰き止められて、
太陽の総督閣下、又

赤色の猊下が
幾多の破滅を長衣にして纏い、
宮殿の正門から何分間にも亘って
死相を呈して、然も勝ち誇って降りて来る。……

そして黝んだ傷痕に蔽われて遂に横になる。

誰か早くこの潰れた南瓜を蹴落してくれ！　それで……

さよなら、今年の葡萄はおしまいだ！……

一列に持ち上げられていた喇叭は下され、虹色の光を放つ水差しのような焰もろともに石の壁は崩れ、シンバルが幾つも投げ飛ばされ、宮廷人が軍旗に躓いてよろめき、天幕は畳まれ、軍隊は陣地を引き払って狼狽して欧風の教会堂や、葡萄の圧搾器や、偶像や、荷物や、巫女や、仕事机や、野戦病院や、演台や、楽隊や、その他凡て公式の附属品を一緒に持って行く。

そしてそれ等は金粉を振り掛けた桃色の空に消える。

ああ、要するに、凡ては申し分ない出来栄えだった！……

——見事だ、見事だ！　と普通は黙っている怪物が夢中になって口から泡を吹いて言う。そしてその大きな潤んだ瞳は西の方に残っている光をまだ反射している。

——さよなら、今年の葡萄はおしまいだ、とアンドロメダは夕暮に相応しい沈んだ声で言って、あれだけの大火事の後では彼女の赤褐色の髪は如何にもみじめに見える。

——後は明りを付けて、晩の食事をすませ、月を眺めてから寝るだけで、そして又明日起きて同じような一日を過すのだ。

沈黙が続き、水平線には死を思わせる月がやがて上って来るのである。——その時、ああ、丁度いい時に第三の人物を登場させる神々に幸あれ！

金剛石のように煌めく英雄は夕焼けの空の色をした羽を羽搏いている純白の天馬に跨って流星の如く現れ、その姿は美しい夕暮の大西洋の広大な、もの悲しげな鏡に明確に映されている！……

それは疑いもなくペルセウスである！

アンドロメダは娘らしい感情に息を弾ませて、怪物の方に駈け寄ってその顎の下に隠れる。

この時露台の欄干に噴水の水が落ちて来るように、怪物の睫毛が大粒の涙で濡れる。そしてそれまでの彼とは全然違った声で言う。

——アンドロメダよ、高貴なアンドロメダよ、安心なさい。あれはアルゴスの王女ダナエとダナエに会う為に己を黄金の雨に変じたゼウスとの子のペルセウスです。あれはこれから私を殺して貴方を連れ去るのです。

——貴方を殺したりする筈はありません。

——いいえ、殺します。

——あの方が私を愛していれば貴方を殺したりはしません。

——私を殺さなければ貴方を連れ去ることは出来ません。

——いいえ、そんなことはありません。何とか話し合いが付くと思います、こういうことはいつでもそうなのですから。私が交渉してみます。

アンドロメダはいつも自分がいる場所に立って、向うを眺める。

——アンドロメダよ、アンドロメダよ、貴方の一つしかない体、貴方の清新な魂のことを考えて下さい。結婚する前に相手をよく見極めて置くことが大切です。

併しそのような忠告がアンドロメダの耳に入る筈はない。彼女は前方を見詰めて、肱を後に突き出して両手を腰に付け、まだ独立を失わない女として健気に海岸に立っている。

輝くような男振りで粋な出で立ちをしているペルセウスは次第に近づいて来て、天馬の羽搏きも前よりは緩かになっている。——そしてペルセウスが近づけば近づく程アンドロメダは自分が田舎ものの感じがして、その花車な手をどこに持って行っていいか解らない。

アンドロメダから数メエトルの距離に来ると、よく馴らされている天馬はその桃色の羽を羽搏いて体を支えながら、波と擦れ擦れに止って前脚を屈し、ペルセウスは頭を下げて会釈する。アンドロメダもお辞儀をする。これが彼女の許嫁なのである。彼はどんな声で話し掛け、最初に何と言うだろうか。

併しペルセウスは黙って再び天馬を進ませ、広く場所を取って駈け足に移り、清澄な鏡と化した海面と擦れ擦れに楕円を描きながらアンドロメダの前を何度も通り過ぎて、この小娘によく自分を見せて置いて自分に夢中にさせようとしているかの如く、彼女の方に次第に輪を縮めて行く。確かにこれは不思議な光景である。……

今度は彼は微笑しながらアンドロメダの直ぐ前を通って行き、手を伸べれば触れる程だった！

ペルセウスは横座鞍《かた》を使っていて、貴重な貽貝の足糸で織った靴を履いた足を洒落た具合に組み、鞍の前脚には鏡が下っている。彼は髭を生やしていなくて、その微笑している桃色の口は石榴《ざくろ》のように美しいと言ってもよさそうであり、胸の窪みには薔薇の花が漆で塗ってあって、両腕には矢に貫かれた心臓が刺青され、ふくらはぎに一輪ずつ百合の花が染め付けてあり、彼は緑玉の眼鏡を掛けていて、幾つかの指輪や腕輪を嵌め、金箔を押した剣帯に真珠貝の柄が付いている小さな剣を吊している。

ペルセウスはそれを冠っているものの姿を見えなくするハアデスの兜を戴き、ヘルメスの羽と踵の為の小さな羽を着け、パラスの魔法の楯を下に持ち、巨人アトラスを周知の如く一目で山に変えたメドゥウザ・ゴルゴンの首を帯に下げている。そして彼が跨っている天馬はベレロフォンが怪獣キメラを殺した時に乗っていたペガススであり、この若い英雄は如何にも自信満々たる様子で振舞っている。

そしてこの若い英雄はアンドロメダの前で天馬を止めて、やはりその石榴のように美しい口で微笑しながら彼の名剣を抜いて型の練習を始める。

アンドロメダは動かずにいて、どうしたものか思案に余ってもう少しで泣き出しそうになっているのであり、運命に身を任せる前にペルセウスがただ一言何か言ってくれるのを待っているかに見える。

怪物は二人から離れて黙っている。

ペルセウスは優雅な身振りで天馬の頭を廻らし、天馬は鏡のような海面を乱すことなしに、アンドロメダの前に横向きに跪いて、この若い騎士は両手を鐙の形に組んで若い俘虜たるアンドロメダの方に下し、何ともしようがなく気取った口調で言う。

――では、クテレアの愛の島*へ。……

ああ、兎に角するだけのことはしなければならない。アンドロメダはその粗末な足をこの洒落た鐙に入れる前に、怪物に別れの合図をしようとして振り向く。

――所がこの時怪物は海に飛び込んで天馬の下を潜って再び海上に現れ、前脚を構えて、その紫掛った口を開けて焔を吐き、天馬が驚いて跳ね、ペルセウスは足場を作る為に天馬を後退りさせて威嚇的な叫び声を上げる。そして怪物がそれを聞いたことを示すと、怪物の方に突進して行くが、直ぐに天馬を止めて大声で言う。

——私はお前を彼女の前で殺してお前を喜ばせようとは思わない。私には正義を愛する神々が他にも武器を与えて下さった。私はこれからお前を、……石化してやる！

そしてこの神々の寵児は帯からゴルゴンの首を外す。

この有名な首は喉の辺りから切断されてまだ生きているが、それは毒された、遅緩した生命が通っているだけなのであり、脳溢血で燻んでいて、眼は充血した白眼を剝き出していて動かず、その引き攣った口も同様で、蝮の髪の毛が絶えず這い廻っているのだけが例外である。

ペルセウスはその髪の毛を摑んで首を持ち上げ、金色の条が入って空色の蝮の群はペルセウスの腕に巻き付いてそれだけ多くの腕輪となり、彼はその首を怪物の方に向けて、アンドロメダに、眼を伏せなさい！　と大声で注意する。

所が不思議なことに、首はその魔力を発揮しない。

というのは、ゴルゴンは非常な努力をして眼を閉じたのである。

親切なゴルゴンは怪物を覚えていたのだった。彼女は二人の姉妹や、当時そこの番人をしていた怪物とともに、大西洋の中にある驚異的に美しいヘスペリデスの庭園で涼しい風に吹かれて過した豊かな日々を思い出していた。彼女にどうしてそのような旧友を石化することが出来るだろうか。

併しペルセウスはそれを知らないでいつまでもゴルゴンの首を翳して待っている。そしてそういう勇しい態度と、実際に起った出来事との対照が余りにも奇異な感じを与えるので、野育ちの女の子であるアンドロメダは或る種の微笑を禁じ得ず、それがペルセウスの眼に留る。彼はメドゥウザの首が何故作用しないのか不思議に思う。そして何と言っても彼の兜が彼の姿を見えなくしていることは知っていても、やはり或る程度の恐怖心をもってゴルゴンの首がどんなことになっているのか調べる為にその顔を見る。それで石化する力が発揮されなかったのは、ゴルゴンが眼を閉じたという簡単な理由によることが明かになる。

ペルセウスは怒って首をもとのように帯に吊し、勝ち誇った冷笑を浮べて剣を振り上げ、パラスの魔法の楯を胸に引き寄せて天馬を駆って（ああ、丁度その時満月が清澄な鏡と化した大西洋の上に現れたのである！）、羽を持たない哀れな肉の塊である怪物に向って行く。そしてペルセウスは眩しく輝く羽を拡げた天馬を怪物の廻りに飛翔させて、怪物の左から、又右から突き掛り、遂に岩の蔭に追い込んで剣でその額を見事に貫き、怪物はその場に倒れて、死ぬ前に喘ぎながら、

――さらば、高貴なアンドロメダよ、私は貴方を愛していたのであり、もし貴方がそれを望んだならば私の気持を結実させることも出来たのだ。さらば、貴方はこのことをきっと何度も思い出すに違いない、と言う暇しかない。

怪物は死んだのである。併しペルセウスは確実に勝ったことは知っていてもまだ興奮し

ていてそのままでは納らず、手当り次第に屍体に切り付け、眼に剣を突き刺し、アンドロメダが止めるまでそのようなことを続ける。

——もういいのです、もういいのです、死んだことに間違いないのですから。

ペルセウスは剣を剣帯に納め、金髪の巻き毛を搔き上げ、錠剤を一つ呑んで、天馬から降りてその首を撫でながらアンドロメダに、

——私の美しい人、

と甘ったるい声で言う。

アンドロメダは裸体であり、その難癖の付けようがない、堅固な姿で鷗に似た黒い眼をしてまだそこに立っていて、

——貴方は本当に私を愛して下さいますか、と彼に聞く。

——愛するばかりでなく、私は貴方に夢中なのです！　私には貴方がいない生活というものが暗い堪えられないものに思われます。貴方を私が愛するかとおっしゃる！　まあ、この鏡に貴方のお顔を映して御覧なさい。

そして彼はアンドロメダに自分の鏡を渡すが、アンドロメダは驚いてそれを静かに押し返す。併しペルセウスはそれには気付かないで、

——さあ、貴方を飾って上げなければ、と急いで付け加える。

彼は自分がしている首飾りの中で金貨を繫ぎ合せたのを一つ取って（それは彼の母が結

婚した時の記念品である)、アンドロメダの首に掛けようとするが、アンドロメダはこれも同じような静かな動作で押し返す。併しペルセウスはそれを利用して彼女の肩に両手を置く。それは彼女のうちに眠っていた負傷した小さな動物を目醒めさせて、アンドロメダは叫び声を上げ、その声は鷗が最も険悪な感情に駆られている時の鳴き声であって、既に全く暗くなった島に響き渡る。

――私に触らないで下さい。……ああ、御免なさい、併し凡てが余り急に運ばれたのです。お願いですから私にもう少しこの辺を歩き廻って島に別れを告げることをお許し下さい。

アンドロメダは島全体を、又懐しい浜辺を抱き締める恰好をして後を向き、その浜辺には夜が来ていて、それは一生記憶に残る静謐な夜であり、余りにも静謐で捉え難いのでアンドロメダは彼女をその過去から奪い去りに来た、今は彼女の最後の頼みである人間の方に直ぐに向き直る。そして彼は欠伸をしている所を見付けられる。尤もそれは上品な欠伸で、ペルセウスはそれをその石榴のように美しい口に浮べた微笑で終らせる。

ああ、今は過去である島に来た夜よ！　卑怯な手段で殺された怪物、墓もなくてそこに横たわっている怪物よ！　明日からの余りにも上品な世界よ、……アンドロメダにはただ一つのことしか考えられない。

――帰って下さい、帰って下さい、と彼女は叫ぶ、私には貴方がたまりません。私はここで一人で死んだ方がましです。貴方は何の間違いでここにいらしたのです。

——大変な御剣幕だ。我々はね、そういうことを言われて愚図々々していることが出来る身分のものではないのです。第一貴方のように荒れた皮膚をしているんじゃね。

彼はその名剣を抜いて一振り振って再び天馬に跨り、月光を浴びて振り向きもしないで飛び立つ。彼がチロル地方の俗歌を口吟んでいるのが聞えて来る。そして彼は流星のように空を横切って、もっと上品な、安楽な世界の方向に姿を消す。……

ああ、哀れな、日常的な島に来た夜！……それは又何と夢のような感じがするのだろう！……

アンドロメダは俯いて、水平線の方を向いてまだ呆然として立っている。そしてそれは魅惑的な水平線であり、彼女にはその彼方にある世界を選ぶことが出来なかったのであって、彼女にかかる見上げた性分を与えた神々よ、これはどういうことなのだろうか。

アンドロメダはいつもの場所に屍体となって、今は紫色をした柔軟な肉塊に過ぎない怪物が横たわっている方に行く。可哀そうに、そんな目に会わす必要がどこにあったのだろうか。……

アンドロメダはよくそうしていたように怪物の、最早生命が通っていなくて持ち上げなければならない顎の下に体を横たえ、首をその小さな手で取り巻く。それでも怪物の体はまだ暖い。アンドロメダは不思議な気がして、人差指で怪物の片方の瞼を開けて見ると、その下から潰れた眼球が現れて瞼は再び閉じる。アンドロメダは今度は鬣《たてがみ》掻き分けてペルセウスの名剣が与えた、血が滴っている切り傷を数える。そして過去と将来に対する無言の涙が彼女の眼から流れ出す。彼女が怪物とこの島で過した生活は何と言っても実に美しかった！　そして怪物の睫毛を機械的にいじりながら、アンドロメダは色々なことを思い出す。即ち怪物が如何によき友達であって、嗜みがある紳士であり、勤勉な学者で、又豊富な詩人だったかが彼女の記憶に戻って来て彼女は喉が詰り、一生その真価を認められずに死んだ怪物の顎の下で身悶えしてその首を抱き締め、既に遅いことを知っていながら怪物に呼び掛ける。

――ああ、可哀そうな、可哀そうな怪物！　何故貴方は前に私に凡てを言って聞かせて下さらなかったのです、そうすれば貴方はあの嫌らしい喜歌劇に出て来るような英雄に殺されずにすんだのに！　私達はまだ私達の幸福な生活を続けることが出来たのです。私の退屈と致命的な好奇心が一時的な発作に過ぎないことを貴方はお解りになっていた筈です。ああ、ああ、私の好奇心は何という恐るべき結果を招いたのだろう！　私はその為に私のただ一人の友達を殺し、それは私の育ての親でもあり、先生でもあったのだ。今となって私はこの無表情な浜辺でどんな嘆き方をしたらいいのだろうか。高貴な怪物よ、彼の最後の言葉は私に宛てられたものだったのだ。――さらば、アンドロメダよ、私は貴方を愛していたのであり、もし貴方がそれを望んだならば私の気持を結実させることも出来たのだ。

——ああ、今や私には貴方の偉大な魂の静謐さが何とよく解ることか！　それから貴方の沈黙や、一日の午後の過し方や、その他凡てのことが！　そしてそれはもう甲斐ないことで、これも神々によって定められたことなのに違いない。ああ、正義を愛する神々よ、私の、アンドロメダの生命を半分取り上げて、私に彼を愛していつまでも優しく、忠実に彼に仕えることが出来るように彼を生き返らせて下さい！　私の心の奥底まで見抜いて、私が発育盛りの娘の気紛れに迷わされはしても、本当は如何に彼を愛していたか、又私が彼しか愛したことがなく、いつまでも彼を愛することを知ってお出でになる神々よ、私のこの願いを適えて下さい！

そして高貴なアンドロメダはその魅惑的に幼い口を怪物の閉じられた瞼に当てているが、急に驚いて後退りする。……

何故ならアンドロメダの宿命的な言葉と償いの接吻に応じて怪物は身震いし、眼を開けて無言で涙を流してアンドロメダを見詰めるからである。……それから彼は言う。

——高貴なアンドロメダよ、有難う。最早試練の時代は終ったのです。私は再生し、貴方を的確に愛して貴方の幸福には名を与えることも出来ず、又その時間もないようにして上げます。併し先ず私が誰であるか、又私がどんな運命を負わされていたかをお聞きなさい。私は何れもが復讐の三女神の怒りに委ねられているカドムスの子孫の一人なのです。私はアルカディアの森で存在というものに対する侮蔑と虚無の神聖を説いていました。それで生の神々は罰として私を龍に変じて、一人の処女が私をそのような怪物の姿のままで愛してくれるまでそういう形をして地下の宝物の番をすることを命じたのです。私は頭が三つある龍として、長い間ヘスペリデスの庭園にある黄金の林檎の番をしていました。次に私は金羊毛が渡来すべきコルキスの国に行きました。そして金羊毛の牡羊に乗ってテエベのフリクスとその妹のヘレが着くことになっていたのです。或る神託によれば、ヘレが私を救うべき処女だと言うことでした。併しヘレは途中で海に落ちて、この出来事に因んでヘレスポントの海峡が命名されました（私が後になってから彼女が綺麗ではなかったことを知ったのも事実です）。次に、地上に又とあのような人々を見ることは出来ない、不思議なアルゴナウタエの連中が来ました。……あれは華かな時代でした。ヤソンが彼等の頭で、ヘルクレスや、彼の友達のテゼウスや、私を竪琴を弾いて魅了しようとしたオルフエウスが（彼は後にあるように悲惨な最後を遂げましたが）、これ等の人々がヤソンに従い、その他にも双子の兄弟、馬を馴らすのが上手なカストルと優れた拳闘家であるポルックスがいました。凡ては過ぎ去った時代のことです。……ああ、彼等の露営地、又彼等が夕方になると焚いた焚火よ！――そして遂に私は壮麗なヤソンに心を奪われていたメデアの媚薬によって、アルゴナウタエの目的だった金羊毛の前で喉を切られることになったのです。それから又私の転生が始り、私はオイディプス王の息子達であるエテオクレスとポリニケスや、信心深いアンティゴネにも会いましたし、又火器の完成が英雄的な時代の終焉を来したのも知っています。そして最後に私が行ったのは炎天下の不思議な国であるエチオピアで、高貴なアンドロメダよ、そこで私は貴方の御両親や、貴方と近づきになったのです。というのは誰よりも美しく、貴方を余りにも大切にして貴方の幸福には名を与えることも出来ず、又その時間もないようにして上げることを私が感謝しなければならない貴方に会ったのです。

怪物はこれ等の全く驚くべき言葉を言い終ると、何の予告もなしに一人の立派な体付きをした青年に変る。そして彼は洞穴の入り口に肱を突いて、その人間の皮膚に魅惑的な月光を受けて将来のことに就て語る。

アンドロメダはそれがもとの怪物であることを認めるだけの勇気がなくて、顔を少し横に向けて何に対してと言う訳でもなく微笑しているのであり、その表情は彼女が時々全く説明の付けようがない気紛れを起した際に見られるどこか悲しげな陰翳を帯びている（彼女の魂は何事にも忽ち堪え難い重荷を感じる質なのである）。

併し兎に角生きることを止める訳には行かず、その場所はこの地上に於てしかないのであって、それは生活が道の曲り角に来る毎に我々の眼を驚愕の為に大きく見張らせるにしてもである。

その晩を凡ての意味に於て二人は新婚の夫婦として過して、翌日彼等は一本の木の幹を抉って丸木舟を作り、これに乗って海に出た。

彼等はカシノが立っているような海岸を避けて舟を漕いで行った。ああ、日光を浴びても星の下でも、新婚の航海は何と楽しいものだろう！

そして三日目に、アンドロメダを失ったことをまだ諦められずにいる彼女の父がそこの王であるエチオピアに着いた（アンドロメダを迎えた彼の喜びは想像するに難くない）。

——偽の古典学者さん、まあ貴方は私達を何と旨くお騙しになったのでしょう、とU・E公爵夫人が（見事な星夜だったその晩はかなり涼しかったので、肩掛けを体に引き寄せながら）叫んだ。私は貴方のペルセウスとアンドロメダの話をそんなことになるとは思わずに聞いていたのです。私は貴方がペルセウスを可哀そうな具合に戯化なさったことに就て何も言わないことにします（それは貴方が勿論時代の相違は考慮に入れるとして、私をアンドロメダの形で大変上手に讃美して下さったからです）。併し貴方の物語の結果に就ては何と申したらいいでしょうか。今までに誰かその怪物に対して興味を感じたものがいるでしょうか。それに偽の古典学者さん、空の星を見て御覧なさい。あすこに、カシオペイアの傍にある二つの星雲はペルセウスとアンドロメダと呼ばれているではありませんか。所がずっと向うの、同じ下品な様子をした大熊と小熊の間で、如何にも除けものにされている感じで空に掛っている曲りくねった星の列が龍の星座なのです。……

——Uさん、そういうことは何でもないのです。つまり空は美しくて形式的で、そのように外観に捉われるのは貴方の眼がただの茶色だと言うのも同じことなのです（そして貴方はそれをお望みにならないと思います）。例えばです、あの琴座は私の星座なのですが、その傍にある白鳥はロオヘングリンの星座で、彼の父の記念に十字架の形をしています。所が私と私の星座である琴座がロオヘングリンやパルシファルと何の関係もないことは貴方だって認めて下さることと思うのです。

——それは本当です、その比喩に間違いありません。併し貴方と議論したり、知識を交換したりしようとしてもいつも何にもならないようです。もう家の中に入ってお茶を飲むことにしましょう。ああ、それから貴方が今して下さったお話の寓意は？　私はいつも話の寓意を聞くことを忘れるのです。……

——それはこういうのです。

娘さん達よ、哀れな出来損いを軽蔑なさる前に、
どうぞ一度よく考えて御覧下さい。
この話で貴方達もお解りになるように、
三人のうちで最も幸福になる資格は怪物が持っていたのです。

附録

ハムレットに就て

パリや、フランス語や（私はその現状に非常な関心を持っている）、親戚や、文学や、美術から遠く離れて、私は今年の元日にエルシノアに、というのは打ち寄せて来る波の単調な音があの、

言葉、言葉、言葉、

という人類の歴史を要約した箴言をハムレットに思い付かせたに相違ないそこの海岸に一人で立っていた。

その日は元日でも雨が土砂降りに降っていたのであって、その前の日もそのように降り、翌日も同様の具合に降ることが予想された。私はその日の朝はまだコオペンハアゲン

にいて、街が公式の祝賀の気分を反映し、重そうな儀式の馬車が擦り減らされた舗石の上を揺れて行くのや、近衛兵の仰山な毛皮帽に見惚れていた。そしてこの儀礼的な往来が頻繁である中で、誰も自分が明日の時代に自分の祖先として仰ぐべき、不幸なハムレット王子に就ては考えていないようだった。

そういう言い方で、私がシェイクスピアの芝居で有名なハムレットに会ってからでなければ、エルシノアを去らない決心だったことが解ると思う。

雨が降っている海岸には誰もいなくて、海はその最も不景気な状態に置かれている時の憂鬱な相貌を呈し、鷗はその日々の勤めに従事していた。――私は風の中でワグナアの「ジイクフリイド」でお馴染みの勝利の楽想を口笛で（併し悲しそうに）吹き続けた甲斐があって、午後の五時頃になって漸く我々凡ての主人であるこの不幸な王子を出現させることに成功した。

彼がその性格に心理的に相応しい三十歳の年齢であることにその時も変りはなかった。彼は顔を剃っていて、それは肝臓が悪くて丁度いい具合に蒼白い顔をしている俳優のような感じを彼に与え、黒い着物を着て、鍔なしの帽子を冠り、鞣し革の手袋を嵌めていた。彼は勿論私を知っていた。

私は真面目に彼の健康状態を尋ねた。我々はそういう小さな、日常的な厄介とか、その他あれこれの話題に就て語り合った。そして次に一時間余り、二人で黙って海を眺めて夢想に耽っていてから彼が言った。

——お前は私の役に扮したアァヴィングの像を見たか。*

——はい、殿下、ベルリンで見ました。私の意見と致しましては、このアァヴィングは自分の劇的な表情に気を入れ過ぎて、自分というものに就てひどく真剣な考え方をしているようでございますが、それは殿下程気品がある方なら決してなさらないことだと思います。そうじゃないでしょうか。

——ベルリンにその像が立っているのか。ああ、ドイツよ、私が留学したウィッテンベルグよ！　ああ、私を動かさずにはおかなかったファウストの国よ！

——殿下、今日では事情が大分違っております。私が「ファウスト的」と見做す状態は非常な貧困か、或は過度の豊富さに原因しているのでございますが、現在のドイツは最早貧乏ではなく、又まだ充分に裕福でもございません。今ドイツはなり上りものの段階にあるのでございます。それで殿下がもしベルリンにお出になったら、きっと不愉快な感じがなさることと思います。

——ではパリは。

——パリでは御存じの通り、殿下に関する伝説は専門家としてポオル・ブウルジェがおりまして、ブウルジェはその伝説を開拓し、拡張し、それでも（まさかそんなことはないといった態度で）虚無思想に行き着くことはしないだけの慎みを失わずにおります。又ランボオはこの伝説の為に死に、彼がその前に何度か陥った瀕死の状態に於て口走った一聯の驚嘆すべき譫言が残っております。その他に私がおりまして、私はあの「非常に陽気で、優れた想像力の持主」であるヨリックと同様に、殿下のことを諧謔の見地から考えております。私がそう致しますのは、凡てが私にとってはどうしようもないことだからでございます。

――オフェリヤはどういうことになっているのか。

――オフェリヤの方が我々をどうかしてしまったのでございます。オフェリヤは工業の発達と、芸術が頽廃的な傾向を示し始めたのとの結果として、以前にもまして魅惑的な存在になっております。彼女は最早敬虔なキリスト教徒ではございません。そして死と星が輝いている空とに対する我々の恐怖を一種の我々を恍惚とさせる売店に変じて、彼女は先ずその美しい眼を我々と取り引きし、そのうちにこっちは何をしているのか解らなくなって、聞くものを喜びで満すオルガンの音とともに、彼女に仕送りと忠実を誓う証文を書かされるのでございます。それに彼女は最早以前のように無邪気ではなく、その為に彼女の顔色は少しも読みやすくされた訳ではございませんが、決して愉快な感じは致しません。我々が一言口を利けば直ぐに伏せられる彼女の眼は、最も窮迫していて最も信用するに足る芸術家達の製作に関わる人間の存在の解剖図をここでも、あすこでも至る所で、毎日ゆっくりと眺めていたのでございます。それがオフェリヤの紫色をした瞳の裏に一つの博物館を作り上げております。時代が彼女をそのような女にしているのでございます。ああ、併しそれでも彼女は我々に、我々が夢みている理想というものを充分に思わせます。そして確かに我々は女に対して無力であるようでございます。どうも自然は、まだ無意識の状態を脱してはいないながらも、何かその点で勝負の結果をごまかしているのでございましょうか。尤も私はもうそういうこととは縁がございません。私として最も明確に言えることは、次のようなことではないかと思います。即ち、

年増女にしても、娘でも、
私は凡ての種類に当って見た。
脆い女も、気難しいのも、
その標識に変りはない。
様子の善し悪しは別として何れも肉体の花、
時によっては冷たくて、又時には寂しく見え、
我々の叫びは彼女を動かさず、
我々に愛されて、然も女は女でいる。
女を捉えたり、怒らせたりするものは何もなく、
彼女等は自分が美しいということを

我々が絶叫し、繰り返し、
そして彼女等を彼女等として使い減らすことを望む。
誓約だの、既婚だのということに頓着なく、
彼女等の僅かな汁を吸おうではないか。
我々の尊敬は曖昧なものでよく、
彼女等の眼は気高く単調である。
希望もなく、劇もなく、彼女等の花を摘もうではないか。
薔薇の花の次には肉体が萎れる。
ああ、なるべく多くのことを経験をしよう、
ただそれだけのことなのだから。

ハムレットは暫く動かないで立っていた。
——年取るまでに、なるべく多くのことを、……
彼は身悶えして、引き攣ったような微笑を浮べ、
——武器を取れ、市民よ、最早論理というものはない。
と叫んだ。
そしてどうしようもない絶望の呻き声を上げ始めた。

彼の狂気は私にも伝染して、私はパリを遠く離れたこの海岸に降っている雨に打たれて彼とともに、「何が確実であるかを人間が知る為の規準」の踊りを踊り始めた。これは直角三角形の弦の平方という、確実さの一つの拠点で不朽の図形を足で描くことに存する。併し真実であってどういう訳か誰も知らないが不朽の図形ではあるが、その最後の一線を描こうとすると、必ず躓いて転んで、鼻を地面に打ち付けることになるのである。

私もそれをやって、それはこの会見にとって最も相応しい終り方だった。そして我々はいつか出会う約束をして、型通りにお辞儀をして別れた。

所がこの「何が確実であるかを人間が知る為の規準」の踊りというのは、何よりも象徴的な性質のものなので、……。

水族館

――ギュスタヴ・カアンに――

沈黙の花咲く国を諸君は知っているだろうか。入場料は一フランで、オペラよりも安いし、又オペラ程人もいない。入場料の他に、持ちものを預けるので十サンチイムいる。それは外では雨が降っているが、中は神妙に親切に、暖かだからだ。

洞窟の連る迷路の天井にガス燈が燈されていて、右へ、左へと走る廊下は洞窟が連る迷路を形成していて、どの廊下も海底の国々の、明るい、硝子越しの幾つかの眺めで区切られている。それが水族館で、その奥まった日常は、時々、給水機のピストンの音によって調子付けられるだけである。――それが水族館で、そこでは最も人目から遠ざかった内幕が覗かれ、病室に於るが如き沈黙に伴われて、既知の世界から最も離れた別様の舞台を眺めることが出来る。そういう意味で、水族館の公益に資することの甚大であるのは、もっと世間によって認められるべきである。

荒地に立つドルメンに粘性の宝石が腹這っている。玄武岩の階段を廻らした闘技場で(それが彼等の家の中でもあるのだ)、手探りでしかものが感じられない頓馬な蟹が、食事をした後のいい機嫌で、二匹ずつ、知らぬ振りをして絡り合っている。それから、あすこの高原に吸い付いて辺り一帯の番をしている、太った禿頭の蛸の化物。……果てしなく続く平原は細かな砂で蔽われ、余り細かなので時々遠方から自由の旗といった恰好でひらひらしながら到着した平い魚の尻尾の煽りを食って砂煙が立ち、その魚が通り過ぎるのを所々砂の外に僅かに現れている大きな眼が眺めていて、彼等にとってはそれが唯一の新聞なのである。……

自然の橋や峡谷、そこには鼠の尻尾を付けた大兜蟹の群が、食ったものをのうのうと反芻している。その或るものは引くり返しになって、踠いているが、それが背中を掻く為に、自分自身でやったことではないのを誰が保証出来よう。真相は永遠に知られまい(彼等の仲間入りをして、引くり返って跪いているのは、私には似合わないだろうか?)。

それから海綿の畑、腐り掛けの肺のような海綿。そしてオレンジ色の天鵞絨に包まれた蕈の群、真珠の軟体動物の墓場、沈黙のアルコオル漬けになった腫れぼったいアスパラガスの培養場。……

それから荒野に生えているただ一本の、落雷を蒙って黒焦げになり、そのまま骨と化した木を安価な共同生活の寮舎として龍の落し子が何の飾り気もなく、束になって生活している佇しい光景。……

それから荒れた出鱈目な恰好をした凱旋門の下を、人目を惹く為のリボンのような小魚が通り過ぎて行く。……

その他海底の諸地帯が凡てここに集められていることを私は注意したい。

何か解らないものの卵が隠元豆の莢《さや》のような恰好をして、いつまでということも不明のままに螺旋状の糸の端から下っている。……

それから長い航海に倦きて、子宮の周囲に束になって付いている睫毛がそれを扇いでいるような、何か毛むくじゃらの細胞が運に任せて大部の移動を行っている。……

これは全く隔離された井戸の底、閉された婦人室、一層深奥な作用の実験場。ああ、あの泡は、孕んでいるかも知れないあの泡は破れそうではないか! 青味掛ったジェラチンの泡は、始終、透いて見える発作を起して引き攣っている。……

まだ面白いのがあるが割愛する。

そして最後に、見渡す限りの平地。それを飾るのは白色の磯巾着や、丁度いい位に脂切った玉葱や、濃紫色の粘膜の泡や、どこから来たのか知れない内臓の切れ端、然もそれはここで新たに生活を営んでいる。それから触手で向うの珊瑚に合図をしている、何か解らない肉の塊、その他、目的が明かでない何千という疣状物。――それ等の胎児的な、全く外界と交通を断たれた植物は絶えず痙攣しつつ、いつか、かかる状態に就てお互に祝詞を囁き合えるようになるのを、消化作用的に夢みている。……

硝子にもの欲しげな鼻を擦り付けている人々よ、私は諸君が言おうとしていることを知っている。そうだ、我々は全く、硝子越しの彼等になってみたい。彼等には日も夜もなく、冬も春も夏も秋も、そういう変化は何もない。生れ落ちたまさにその場所の汚物の中で夢み、そこから動かずに恋愛し、それに対して彼等が払う代償は、完全に盲であるということだ。代償として、盲なのだ！

閉館時間だ。これから、泥塗れの、ひやりと寒い、辻馬車だらけで、鼻汁の出そうな、如何わしい、喧嘩好きの、風邪を引く一八八六年の昼間に、戻って行かなければならない。

ああ、閉館する前に私に言わせてくれ。御身等は海底に住んでいる。そして我々は地上では満されない饑餓に萎れて行く。それが私が言いたかった違いなのだ。何故、我々の感覚の触手は、沈黙と、不透明と、盲目とによって閉されていないのだろう。何故それは、我々の世界に於て許されていること以外のものを予感するのだろう。そしてもっと知ろうと喘ぐのだろう、何故我々も我々の世界のささやかな一隅に腹這って、我々の自我の泥酔を温めていることが出来ないのだろうか。

それが、この満足させるものの世界を去るに際して、私が言って置きたいことなのである。

所で、海底の世界に於る逗留よ、私は地上の、地上では満されない饑餓の中で、或は海底の美点に匹敵する二つのものを知っている。その一つは、蒼白い枕に横たえられ疲れ果てて、編んだ髪は冷汗で粘着した恋人の寝顔、口は苦しげで、月光が水族館に於るが如く歯並びを照している。――もう一つは月そのもの、彼の、不可知論によって涸渇した平べったい日廻りの花。……

併し、いとおし過ぎる恋人は余りにも近く月は余りにも遠い、――少くとも、或る時間に於ては。要するに、何故或る時間しかないのだろう。何故常にその時間ではないのだ。――対話。今いつでしょう、通り掛った貴方?――今は例の時間です（それは、いや、何もお急ぎになる必要はありません、ということを意味している）。

解題と註

凡　例

一、ここに収めた解題及び註解は、固有名詞その他に関する若干の訳者註を除いては、主として Mercure de France 版ラフォルグ全集によった（全六巻 G. Jean-Aubry 編）。
一、異文（variantes）に関する註解は飜訳して意味をなすものに止めた。
一、訳者註は文章を理解する上でなくてはならないと考えられる場合にのみ附することにし、例えば単にそういう場所として受け取って差し支えない地名とか、同様の人名とかに就ては一切省くことにした。

伝説的な道徳劇　Moralités Légendaires

この短篇集に収められている諸作品は大体一八八三年の秋から一八八七年の春に掛けて、というのはラフォルグがオォガスタ皇后の仏語教師としてドイツに滞在していた頃から、パリで死ぬ数カ月前までの期間に執筆されたものである。彼は一八八五年三月に彼の友達シャルル・アンリイに宛てた手紙で初めて、「私は現在短篇集を一冊計画している、」と報じている。当時彼はこの短篇集が如何なる性質のものになるかに就ては、まだ明確な考えを持っていなかったようであるが、彼が少くともその材料だけは既に集めていた「薔薇の奇蹟」はこれに収められることが決定していた。この短篇に次いで同じく一八八五年に、「サロメ」が完成され、この年から翌年に掛けて「ハムレット」「ロオヘングリン」及び「ペルセウスとアンドロメダ」が書かれた。「パンとシリンクス」は彼がパリに移って過した一八八六年—一八八七年の冬に書き上げられたようである。

ラフォルグは死ぬ直前にこの短篇集の原稿に手を入れて本屋に渡し、一八八七年七月三十日附で Edouard Dujardin に宛てて、この原稿は決定稿であること、題は Moralités Légendaires とすべきこと、及び彼がこの他に書いた唯一の短篇「二羽の鳩」(Les Deux Pigeons) を収録する意志はないことを、デュジャルダンが彼に送った手紙の欄外に書き込んだ答の形で明かにしている。

この初版はラフォルグの死後、同年十一月に刊行された。

表紙。Jules Laforgue ／ Moralités Légendaires ／ Prix : 6 francs.

扉。Jules Laforgue ／ Moralités Légendaires ／ avec un Portrait de l'auteur ／ gravé à l'eauforte par Emile Laforgue. ／ Paris. ／ Librairie de la Revue Indépendante ／ Chaussée d'Antin, 11 ／ 1887.

併しラフォルグはまだベルリンにいる時から Gustave Kahn の依頼に応じて、これ等の短篇のうち五篇をカアンが編輯していた週刊誌 Vogue に次のような順序で発表している。

「サロメ」

「ヴォオグ」誌第一巻第九号、一八八六年六月二十一日—二十八日号、二九五頁—三〇六頁。同第十号、六月二十八日—七月五日号、三二九頁—三三四頁。同第十一号、七月五日—十二日号、三八〇頁—三八七頁。

「ロオヘングリン」

同第二巻第一号、一八八六年七月十九日—二十六日号、一頁—一二頁。同第二号、七月二十六日—八月二日号、四六頁—五四頁。

「ペルセウスとアンドロメダ」

同第二巻第九号、一八八六年九月十三日—二十日号、二八九頁—三〇一頁。同第十号、九月二十日—二十七日号、三四三頁—三五五頁。

「薔薇の奇蹟」

同第三巻第二号、一八八六年十月十八日—二十五日号、五一頁—五四頁。同第四号、十一月八日—十五日号、一一〇頁—一一五頁。

「ハムレット」

同第三巻第五号、一八八六年十一月十五日—二十二日号、一四五頁—一五七頁。同第六号、十一月二十二日—二十九日号、一八六頁—二〇三頁。同第七号、十一月二十九日—十二月六日号、二一七頁—二二七頁。

「パンとシリンクス」
Revue Indépendante 誌第三巻第六号、一八八七年四月号、一二一頁―一五一頁。

ハムレット　Hamlet

ラフォルグはハムレットという人物に非常な関心を抱いていて、その結果彼の詩に於るピエロと同様に、彼はこの短篇でハムレットを殆ど自分の分身として扱っている。その意味でこれはラフォルグの内的な世界を解明する上でも重要な作品の一つであり、更に彼はこの類似を外観にまで進展させていて、「彼は背が高い方ではなく、」（本書九八頁）云々の言葉で始るハムレットの風貌に関する描写は今日残っているラフォルグ自身の最も的確な肖像であると言われている。

この短篇が最初「ヴォオグ」誌に発表された際には、現行の C'est plus fort que moi.（私としてはどうしようもないのだ）の句の代りに、次の二つの引用句が冒頭に掲げられていた。

If thou didst ever hold me thy heart,
Absent from the felicity awhile

And in this harsh world draw thy breath in pain
To tell my story.

"Hamlet."

In vera nescis nullum fore morte atium te,
Qui possit vivas te lugere peremptum,
Stansque jacentem?

"Lucrèce."

もしお前が曾て私を愛したことがあるならば、
暫く死ぬ幸福を遠ざけて、
私のことを伝える為にこの辛い世の中に、
残っていてくれ。

（シェイクスピア「ハムレット」第五幕第二場。）

真の死の中にあるのはお前以外の誰でもないことをお前は知らない。
生きているお前は死んでいて、立っている
お前は実は倒れているのを誰も嘆きはしない

（ルクレチウス De Natura rerum 第三書。八七三行—八七五行。）

但し右は何れも正確な引用ではない。

「ヴォオグ」誌に発表された第一稿と「伝説的な道徳劇」初版に於る決定稿との相違は主として後者では字句が附加されていることであり、以下二、三の訳者註とともにその重要なのを記す。本書の頁数の下に括弧に入れてあるのがそれ等の字句である。

七五頁「それは水の上でも空でも……彼の瞑想や錯乱はそういう場所を出発点としたのだった。」

七五頁「癩病やみの」

七五頁「その波には誰も頼ることが出来ず、」

七七頁「今日は一六〇一年……弥撒《ミサ》に行くことだろう。」

七八頁「そういう他愛もないことをしてどれだけの効果があるだろうか。」

七八頁「明日の日曜が好天気であることを約束している。」

七九頁「そして他のことは人に任せて置くことが出来たなら。」

八〇頁「枕に詰める羽が取れる」

八一頁＊　ヘレン・ド・ナルボン、シェイクスピア「末よければ凡てよし」に出て来る人物。

八三頁「やがては何でも解って来る。」

八七頁「女王の名はバプティスタ、場所はヴィエナだ。」

一〇一頁「明日は日曜だから存分に楽むように！」
一〇四頁「いや、踏み付けたりしたくはない。」
一〇七頁「余りにも自然の恩恵を蒙り過ぎている。」が「ヴォオグ」誌では、「余りにもディレッタントであり過ぎる。」になっている。
一〇九頁「体中の骨に力を入れて身震いしようとする。」
一〇九頁「生活の方で私に期待を掛けているからに違いないのだ。」
一一一頁「僧侶達は日曜を控えているので、……感じる位のことしか出来ない。」
一一六頁「それにしても何という美しい女……ケエトは拾われるのである。」
一一九頁「それで床に泣き倒れたんです。」
一一九頁＊　カレイ（Calais）、英国海峡を距てて英国の Dover と相対している町。
一二二頁「明日は日曜で、……変りはなくても、」
一二六頁「（これで本当にいいのだろうか。何か余りにも造作がなかった感じである）。」
一二八頁「そして後で我々が……止めることになるのだ。」
一三〇頁＊　Qualis....artifex....pereo!　ロオマ皇帝ネロの最後の言葉、「ここに一人の偉大な芸術家が死んで行く」、というような意味。

薔薇の奇蹟　Le Miracle des Roses

この作品が一八八三年中に執筆されなかったにしても、この年にラフォルグが見聞したことがその材料をなしていることは確実である。その中で主要なものを挙げれば、

一、彼の「一八八三年の覚書」（Agenda pour l'année 1883）には同年五月二十四日の日附で、彼がドイツのバアデン・バアデンで目撃した聖礼祭の行列が次のように記されている。「木曜二十四日。――八時から英国ホテル（Photel d'Angleterre）の前で聖礼祭の行列。――彼女達がプラシダ尼僧（la soeur Placida）とともにハミルトン公爵夫人の屋敷の窓に。――何という嫌らしい、日に焼けた、屑物ばかりの、骨張った、逆境の為に無感覚になった住民だろう！……屋敷の召使達も他の男達と、――礼服を着て手袋を嵌めて行列に加わっている。どこに行っても階級制度から逃れられない。最初に花籠、そして太った馬丁が最後に来る。小さな女の子、それから男の子。――何とも言えない。珠数を爪繰って祈禱の文句を唱えている人達もいた。」

二、同じ「覚書」の記事、並びに彼が友人の Charles Henry に同年の八月に書いたと推定される手紙で、彼が八月二十六日にフランスのサン・セバスティアンで闘牛を見たことが解る。

シャルル・アンリイ家の手紙。

「第一日は休息。次の日に方々を訪問。第三日、バニエェル行き。」

「私は二十四日か、五日か、六日にサン・セバスティアンに本物の闘牛を見物しに行く。」

「一八八三年の覚書」

「八月、月曜、二十日、ダルブ着、正午三十九分。——火曜、二十一日、Pérés, Marguerite……水曜、二十二日、バニエェル・ド・ビゴオル。」

「八月、土曜、二十五日、タルブからバヨンヌへ。——日曜、二十六日、サン・セバスティアン。——月曜、二十七日、ビアリッツ。」

三、同年彼がハムブルグからバアデン・バアデンに行った時の印象を記したものが残っている。この作品に出て来る温泉町がバアデン・バアデンであることはほぼ確実である。

彼の死後発表された断片に次のようなものがある。

「午前中オルガンが奏され、讃美歌の合唱があって、二時からも同様、そして夕方、七時半から又始った。——その間町は人々が鼻を空に向けて、軽気球が昇るのを見惚れているので賑っていた。この軽気球に乗っているのは写真がカシイに張り出されている、カルル・セクリウスという仰山な名前の飛行家だった。」(Entretieus politiques et littéraires 誌、一八九二年五月号)

これは恐らく事実を記したもので、この作品に出て来る「H公爵夫人の屋敷」というのが

「覚書」のハミルトン公爵夫人の屋敷であるのと同様に、ラフォルグはこの飛行家の名前をそのままこの作品で用いている。

　この作品が「ヴォオグ」誌に掲載された時の第一稿と、「伝説的な道徳劇」の初版に於る決定稿との相違も主として字句の添加にある。その重要なものを挙げれば、

一三七頁「事実ここに来ている虚弱な婦人達は……外出しないのである。」

一三九頁「(これは不器量な顔を塗り立てた茶褐色の髪の大きな女だった)、」

一三九頁「そしてその頃あすこの町に来ていながら、……別な女でしかあり得ないからである。」

一四〇頁「恰も血縁の繋りと同様に」

一四〇頁「鐘よ、鐘よ、
　　神の譴責《けんせき》を伝道する鐘よ。……」

一四一頁「何れもっといい時代……決っているのである。」が第一稿では、「果敢ない勝利である」になっている。

一四二頁「そうだ、あの伝説に残っている薔薇の奇蹟の再現である。」

一四六頁＊　キエルルフ、Halfdan Kjerulf（一八一八—六八）、「ヴォオグ」誌ではこれがグリイグになっている。

一四七頁「もっと近寄って見るならば、」

一五五頁「余りに愛した為の自殺者、多くを言う代りに」

一五五頁「パトリックもこうなれば……怒鳴り付けてもよかったのである。」
一五七頁「さよなら、今年の葡萄はおしまいだ。」
一五八頁「可哀そうな人、……よくなった。」

この作品は「ヴォオグ」誌では四つの部分に分れていて、「この小さな温泉場に災しに来る前に」という所からⅢが始り、現行のⅢがⅣになっていた。

パルシファルの子、ロオヘングリン　Lohengrin, fils de Parsifal

この短篇はその調子から言って、一八八二年から八五年に掛けて書かれた詩集「我が月の聖母に倣いて」と同時代のものであるように思われる。

冒頭に掲げられているランボオからの引用句はこの短篇が最初に「ヴォオグ」誌第二巻第一号（一八八六年七月十九日―二十六日号）に掲載された時はなく、ラフォルグは同誌同年九月十三日―二十日号に、「地獄の季節」の一部、「譫言Ｉ――気違いの処女。悪魔的な夫。」が最初に発表されたのを読んで、そこからこの句を取ったのである。

「伝説的な道徳劇」に収められた短篇の中では、この「ロオヘングリン」が最も多くの修正を加えられている。頁数の下に括弧に入れたのは決定稿に於て加えられた字句の中の主要なものを示す。

一六〇頁「一体何がこれから……何と遠い場所の出来事なのであろう。」
一六一頁「百合の女王に栄光あれ！……波が懇願しているかの如くに見えた。」
一六三頁「お前の身分の鍵」が「ヴォオグ」誌では、「お前の処女の血」となっている。
一六四頁＊　ヘジラ紀年はマホメットが迫害を受けてメッカからメディナに逃れた西暦六二二年を紀元第一年とする回教紀元のことを言うのであるが、ここでは別に特定の意味を持っている訳ではない。「沈黙の教会堂」と同じ伝奇的な感じがする対象として受け取るべきである。強いて言えば、メッカの霊所たる小堂の一隅に天から降ったと伝えられる黒い石が安置してあり、それと「冒瀆の隕石」との観念上の結合がヘジラ紀年という語をここに相応しくしているのである。
一六五頁「スフィンクスのように顔の両側に布が下っている帽子を冠った」
一六七頁「それはこういう場合決していいことではない。」
一六八頁「我々凡ての主である」
一六八頁「美しいので有名な眉毛の下で」
一六九頁「私には一輪の花が……しかない。」
一七一頁「彼は海面を滑るように……性が合わないというようなことがあり得るだろうか。」

一七二頁「これは又その退路の……許嫁がいるだろうか。」
一七二頁「どこか田舎臭い」
一七四頁「パンも出ている。……と言って下さい。」
一七四頁―一七五頁「私はそんな学者ではありません。……読んだことがあります。」
一七五頁「式が始る。……進行する。」
一七六頁「今夜は暖いようである。」以下Ⅰの終りまでが「ヴォオグ」誌では次のようになっている。

「今夜は暖いようである。そして家の屋根や、砂浜や、海や、凡ては月光を浴びて眠っていた。――そして白色の教議会の議員達は一様の身振りでこの光景を二人に示し、伝統的な掛け言葉を大声で言う。『では行きなさい、子供達よ、食卓にはいいいいい卓子掛けが掛けられいいて、用意は出来た。』

ああ、生殖の神に相応しい
愛餐の
卓子掛けよ！

歌を歌っていた人々は姿を消して、――可哀そうに、二人に二部合唱を試みさせる為に彼等を置き去りにした。」

この作品の第二部は殆ど書き変えられていると言ってもいい部分が多い。ラフォルグは文章の現実感をます為に過去形の動詞を殆ど全部現在形に直している。そして第二節目の、「その入り口に生えている一本の……」云々という所から二頁先の、「純白の尾を引いて歩き廻っている中を通らなければならない。」という所までの文章を新たに挿入している（一七八頁以下）。ここは「ヴォオグ」誌では単に次の二節があるに過ぎない。

「月は非常に高く、その時間にレモン色をしていた。併し余りにも明るく輝いているので小鳥が塒で鳴き出し、蟻が日々の仕事をしに這い廻り始めていた。

「二人は門の中に足を踏み入れるや否や焦慮と沈黙に悩まされて、まだ日中の温味が残っている砂利道を足に気持悪く感じながら、その辺に滝が落ちているように聞える方に急いで行った。併しそうするのには先ず道の両側に水松《いちい》の生垣が壁の形に刈り込んであったり、奇妙に造型的な感じがする岩層が続いていたりする間を、或は黄色の色をして芳香を放つ噴水の水が雨垂れに似た音をさせて落ちている傍を通らなければならなかった。」

同様に、一八二頁の「――そして勿論お前は何でも知っているのだ。」という所から、「空ろな眼付きで遠くの方を眺める。」までの数節は「ヴォオグ」誌では単に次のようになっている。

「――そして勿論お前は何でも知っているんだろうね。

——ええ、でも正式に教えられたことはないのです。

——私は何も知らないのだ、何も、とロオヘングリンは溜息をついて言って、空ろな眼付きで遠くの方を眺める。」

一八三頁の「そして自分が考えていることをそのまま言う。……エルサは彼の気持を迎えようとして言う。」の部分も決定稿に於て新たに挿入されたものである。

更に重要な修正が一八四頁の、「——いらっしゃい、風邪をお引きになります。」以下の部分に見られるのであって、この文章に続く箇所は「ヴォオグ」誌では次のようになっている。

「二人は毛皮の中に直ちに頸まで埋めた。そして気不味いのを紛らす為に二人とも蔦が絡せてある寝台の天蓋を見上げていた。

——そうすると、この島で結婚したものは皆ここに来たという訳なんだね。

——ええ。

——お前のお父さんとお母さんもか。

——ええ、可哀そうに、この別荘にはここの寝室しかないのです。

——お前は何でも知っているらしい。お前達は巫女でいてそういう話をしていたのか。

——ええ、それは。

——そして巫女達の風儀は?

——何とお答えしたらいいのでしょう。

——真実を。

——私達は皆処女です。

——ただ処女だというだけのことか。それは大したことではない。

——貴方は本当に変っていらっしゃる。

——エルサ、真面目に話をしよう。お前の座右銘は？

——おゝ前が持っているものを私にくれゝば、私が持っているものをお前に上げる。貴方のは？

——私には座右銘なんかない。何か他の話をしよう。

——ああ、私は貴方のに、本当にいいのを知っています。

——言って御覧。

——注がれた酒は飲まなければならない。

——エルサ、誰がお前にこういうことを教えたのだ。

——神様が私に下さった私の小さな、綺麗な体が。

——それは重宝だ。それよりも私に何か歌ってくれないか。

——喜んで。

エルサは少し咳をしてから歌う。

　サムソンはダリラを信じていた。

ああ、輪を作って踊りましょう。
世界で最も美しい女の子も、
自分が持っているものしか与えられない。

(段々はっきりしたことを言い始めた。)――いや、そんなのじゃなくて何か他の、そんなに祝婚歌のようじゃないのを歌ってくれないか。
エルサは胸に手を当てて、寝台の天蓋の方を見上げて歌う。

私がどんなに見えていても、
それで遠慮をなさることはありません。
私は気取っているのではなく、
私は女で、誰でも私のことを知っています。

――いや、それは余りよくない。エルサ、お前は淫らな女なのだろうか。
――私にはその言葉が解りません。それより今度は貴方が歌って下さい。
ロオヘングリンは不機嫌そうに朗読する。

昔テュウレに一人の王がいて、

死ぬ時が来るまでこの王は
湖に浮べた帆船のような
一羽の白鳥をしか愛さなかったのだ。

――いや、いや、私はどんなことがあってもその先を言うことは出来ない！
――どうなさったの、何故泣いていらっしゃるの。私の子供よ、貴方は逸楽の華麗さを知っていらっしゃるでしょうか。……」

この先から文章は決定稿とほぼ同じになる。

又一九三頁の、「ああ、エルサのように白くて柔かな枕よ！」という言葉で始る箇所は「ヴォオグ」誌では次のようになっている。

「ああ、エルサのように白くて柔かな枕よ！　私の小さなエルサ、私の精神の複雑さに驚いている無意識な赤ん坊、嚙ってやりたいような裸体をしていてそのままでは置けない赤ん坊、丁度いい位に若妻らしいお前はびっくり箱も同様で、幾多の甘美な器官に恵まれたお前の存在は私にとって何という発見であることだろう。ああ、私はお前を手探りで愛して、お前の魂への道を見付けるまでお前を掘り下げ、そしてああ、私の性格の悲しい矛盾に基いてお前を八つ裂きにすることになるのか。」

それから一九四頁の、「かくして結婚の部屋は」以下の箇所にも相違があり、「ヴォオグ」誌ではここが次のようになっている。

「かくして結婚の部屋は現実を逸脱した月光の嵐に見舞われた。そして枕は白鳥に変じ、その巨大な羽を拡げてロオヘングリンを載せて飛び立ち、広大な螺旋を描きながら、月光に魅せられた海の上を、又海を越えて、自己主義の高地、如何なる春も溶かすことが出来ない氷河の高地に向った。」

サロメ　Salomé

ラフォルグはこれ等の作品を執筆する前からサロメの物語には非常な興味を持っていて、一八八二年にシャルル・アンリイに送った手紙で彼は、「私はサロメを扱った詩を書いているが、まだ四十行にしかならない、」と言っている。又一八八五年に彼は同人に宛てて、「君はフロオベルの『エロディアス』を知っているだろう。所で私もサロメに関する短篇を一つ書き上げた、」と報じている。又事実ラフォルグは「サロメ」に於て或る意味でフロオベルの作品を戯化しているのであって、筋は「エロディアス」の構想を殆どそのまま用いている。この作品では、「ヴォオグ」誌に発表されたものと決定稿との間に重要な相違がなく、ただ一つ注目すべきことは、やはり「ヴォオグ」に掲載された「水族館」と題する作品が相当に手を加えられて「サロメ」の決定稿に挿入されていることである。

一九六頁「三つの隆起」が「ヴォオグ」誌では「五つ」になっている。
二〇八頁—二一一頁「これからが水族館である。……これ等の外国人の王子達にそういうことが解っただろうか。」が「ヴォオグ」誌では単に、「水族館は沈黙のうちに様々な動きを見せていて、それは些事に亘り過ぎていたが、理解あるものには何と切ない感じを与えたことだろう、」となっている。
二二二頁＊　ニオベの子供達というのは、ニオベはテエベの王子アムフィオンの妻で、子供が多いのを誇り、女神レトがアポロとアルテミスの二人の子供しかないのを軽蔑したので、レトの子たる二神は怒ってニオベの子供達を一人残らず射殺し、ニオベは嘆きの余りに石に化した。このニオベが自分の子供達をアポロとアルテミスの矢から庇おうとしている所は屢々古代の彫刻の題材となっている。
二二五頁＊　ヴァルナ、インドの神話で夜の神ミトラに対する昼の神。

パンとシリンクス　Pan et Syrinx

この短篇は最初 Revue Indépendante 誌一八八七年四月号に発表され、その文章と決定稿とには何等の相違も認められない。この作品がラフォルグの後期に属することは、そこに引用された詩の形態によっても明かである。又ラフォルグの妻（当時許嫁）がロンドンから彼に宛てた手紙の封筒が現在残っていて、これには一八八六年十月五日の消印があり、又これにラフォルグの筆蹟で「パン」に出て来る一行（「若くて不死の身分であるパンは、まだ彼や私が考えている意味で恋愛というものをしたことがないのである。」）に近いものを鉛筆で走り書きされているので、彼が当時この作品を推敲中だったことが解る。

二四九頁＊　エオロスはギリシヤ神話に出て来る風の神で、「エオロス」は訳者が勝手に用いた発音の仕方であって原語をロオマ字に直せば Aiolos である。

二五〇頁＊　カリバンがシェイクスピアの喜劇「嵐」に出て来る人物であることは周知の事実であるが、それが動物的な本能を恣にすることだけを生活の目的とする、言わば純粋な悪の象徴であるが如き、半人半魚の醜い存在であることを念頭に置くことはこの際無駄ではない。

二五一頁＊　カスタリアの泉は九人のミュウズの祭（Mouseia）が行われたデルフォイの町の傍にあり、これに浴するものに詩才を与えると言い伝えられていた。

二五一頁＊　ヴァルキリイはワグナアの歌劇でお馴染みのドイツの神話に出て来る仙女達であり、戦場で斃れた兵士を神々の在所たるヴァルハラに運び、又その馬に跨った姿を戦場で入り乱れて戦う軍隊の上に現し、手に持った大槍で戦死すべき兵士を指示するのを役目とした。

二五三頁＊　ペラスギ族は古代ギリシヤに居住していた民族の総称とも、或はその一族とも言われている。

二六〇頁＊　アディティはインドの神話で無限及び自然の生殖力を現す女神であって、力荷吠陀《シッダベイダ》によればそれは生れ出ずるもの、及び生れるべきものの凡てである。「アディティ！　と言わせてみせる！」はここでは、「アディティを崇めさせる、」というような意味に取るべきである。

二六六頁＊　バッカスは酒の神であると同時に一種の秘教的な面を持っていて、その密儀がデルフォイの町を中心として行われた時代もある。アスタルテ、アスタロト、デルセトは皆同じ女神の、それが崇拝された地域による別名であり、これは大体中央アジアの全土に亘って祭られた月及び愛の女神であって、ギリシヤ神話のアフロディテ（ヴィナス）及びフォイベ（ディアナ）の前身をなすものである。アドナイはエホバの神の別名、というよりもその本名である。

二七〇頁＊　アルミダはイタリイの詩人タッソの長篇詩「エルサレムの解放」に出て来る人物で、男を誘惑するのに長けた美女の典型であり、彼女は英雄リナルドに暫くその武将としての義務を忘れさせ、数奇を凝らした彼女の庭園の中に彼を虜にして放さないので、「アルミダの庭園」は甘美を極めた逸楽の場所の意味に屢々用いられる。

ペルセウスとアンドロメダ　Persée et Andromède

この作品も「ヴォオグ」誌に発表された第一稿に何等重要な修正を加えることなく短篇集に収められた。添加された字句の中で主なものを左に括弧内に示す。

二七七頁―二七八頁「鏡になった自分が映すに足る顔がなく、」

二八〇頁「軟骨性の多彩な繊維状の突起物」(cartilagineuses passementeries) が「ヴォオグ」誌では単に「絹のような毛の房」(soies) になっている。

二八一頁「貴方には取り返しが付かないということがどういうことなのか解らないのです。」

二八三頁「正当に」

三〇三頁＊　クテレア島 (Cytherea) はヴィナスがその附近で海の泡から生じたと伝えられている地中海の島で、ワットオの「シテエルへの出立」が示す如く、古来恋愛の逸楽が恣にされる場所と考えられる。

「ヴォオグ」誌ではこの話の寓意が次のようになっている。

この話で貴方達もお解りになるように、三人のうちで最も幸福になる資格は怪物が持っていたのです。

娘さん達よ、哀れな出来損いを軽蔑なさる前に、どうぞ一度よく考えて御覧下さい。

なおこの作品の結末に附せられている対話は Méry の Nuits Espagnoles の形式を踏襲しているようであって、これは一群の人々がグラナダの別荘に集って或る晩星を眺めながら互に色々な物語をして聞かせる、という趣向の短篇集である (Eugéne Didier 書店 Paris, 1854 刊)。ラフォルグがこの短篇集を読んだという確証はないが、形式上の酷似は指摘して置くに足りる。

ハムレットに就て　A propos de Hamlet

この断片は Symboliste 誌一八八六年十月二十二日号に掲載され、その数週間後に「ハムレット――或る親孝行の話」が「ヴォオグ」誌に発表された。言わばこの作品の予告、或は副産物として興味がある。

彼は冒頭に、「私は今年の元日にエルシノアに、……一人で立っていた。」と書いているが、彼は事実一八八六年の初めの数日をデンマアクで過した。ここに引用されている詩は「善意の花々」第四十二「美学」と題されたのに多少の修正を加えたものである。

三一八頁＊　アァヴィング、英国十九世紀末の俳優、シェイクスピアの作品中の該当人物に扮して名声を博した。

水族館　L'Aquarium

この作品は「ヴォオグ」誌一八八六年五月二十九日号、一九一頁—一九六頁に掲載され、ラフォルグがベルリンに滞在中ウンテル・デル・リンデンの或る水族館を度々見に行った結果であり、彼が作中、「これから、泥塗れの、ひやりと寒い、辻馬車だらけで、鼻汁の出そうな、如何わしい、喧嘩好きの、風邪を引く一八八六年の昼間に、戻って行かなければならない。」と言っているように、事実一八八五年から一八八六年に掛けての冬に書かれたと推定される。

彼はこの水族館の描写を「サロメ」に挿入するに当って原文に相当に修正を加えているので、本書には原文を合せて収録することにした。

ラフォルグの死後発表された断片で、水族館に関するものに次のようなのがある。

「水族館、――水底では沈黙のうちに常に永遠が支配していて、そこには春も、夏も、秋も、冬もない。」（Revue Blanche 誌、一八九四年十月号）

又、

「鰐や、錦蛇（拝蛇教徒―）の無色で厳粛な、賢明な、仏教的な眼差しを前にして、私は東洋の古い民族が凡ての感覚や、気質や、形而上学に通暁した後に、――これ等の、無限であるのか或は単に不動である海か解らない眼差しを、約束された涅槃の象徴として崇拝するに至った事情をよく納得することが出来る。

「併し理想的な状態を示せば、それは水底の半透明で涼しい、凡てが夢である沈黙のうちにあるこれ等の綿や、ひとでや、原形質である。」（同第四十九号、一八九五年六月十五日号）

後記

Derniers vers も *Moralités légendaires* も一方は詩、一方は散文の形でラフォルグが死ぬ直前まで書いていたものが何れもその死後に一冊の本に纏められたものである。又その何れも訳者が曾ては耽読して止まないものだった。その散文の方では題を訳すのに伝説的な道徳劇という言い方を用いたのは必ずしも日本語の感じを与えないかも知れないが道徳劇というのがヨオロッパの中世紀に行われた一種の宗教劇、又そこから発達したものなのであるから他に題の付けようもないかと思う。昔訳したものを読み返していると懐しい感じがする。

昭和五十年七月

訳　者

「前世」としてのラフォルグ

解説

森　茂太郎

「運命のようなものが働いている感じ」（「本」『書き捨てた言葉』）で自分と結ばれた本、そういう本は確かにある。小林秀雄と『地獄の季節』がそうである。神田をぶらついていた二十三歳の小林は本屋の店頭で「見すぼらしい豆本」を見かけ、何気なく手にとった。この本に「どんなに烈しい爆薬が仕掛けられていたか」、小林の読者なら誰でも知っている。「豆本は見事に炸裂」し、それから数年というもの、小林はランボーという「事件の渦中」にあった。「運命のような」深い絆で自分と結ばれている本、何度も繰り返し読んだためにその本との付き合いが「事件」になってしまったような本、若い吉田健一にとって、それはラフォルグの『伝説的な道徳劇』だった――「これを最初に読んだ時に経験したことはその後にも先にもないもので、こんなことを書いた人間もいたのかと思うよりも前世か何かで自分が書いたことをそれまで忘れていた感じだった」（「ラフォルグの短篇集」『書架記』)。

それほど強烈なラフォルグ体験だったが、この詩人との最初の出会いについて、吉田は何も書き残していない。また、正面きってラフォルグを論じた論文も、昭和十四年(一九三九)「文學界」一月号に発表された事実上の処女論文「ラフォルグ」(『近代詩に就て』所収)以外にない。そのためであろうか、戦後まもなく角川書店から出版された『ハムレット異聞』(『伝説的な道徳劇』から三篇の翻訳と旧稿「ラフォルグ」を収載)を読んで衝撃を受けた少数の文学志望の学徒を別にすれば、吉田健一に関連してラフォルグの名が引き合いに出されることは思いのほか少ない。では、後年の吉田に「前世」を語らせるほど、彼の若い魂を揺さぶったラフォルグとはどんな詩人だったのか。

ジュール・ラフォルグは一八六〇年に生まれ、一八八七年に死んだフランスの詩人である。経歴は、ランボーの波乱万丈とまではいかないが、かなり変わっている。生まれたのは南米ウルグアイのモンテビデオ。六歳のとき、家族とともに海を渡った。凪のせいで二ヶ月半もかかった帆船の旅。「憂鬱」と「大海原の夕暮」が幼い詩人の記憶に刻まれた。一家は父の故郷タルブで暮らし始めるが、おそらく大家族を養いかねたものであろう、三年の後、父は妻と年少の子供たちを引き連れて再びウルグアイへ。ラフォルグは兄と二人、タルブの寄宿学校に残された。ラフォルグは母に捨てられたと思ったに違いない。父殺しの舞台の幕は上がり、以後、ラフォルグの女性に対する態度は――フロイトの註文通り――憧れと嫌悪、崇拝と侮蔑の両極に分裂することになる。「聖女」と「娼婦」である。その母は十二番目の子を死産した後、一八七七年、半年前から一家が移り住んでいたパリで死んだ。ラフォルグは中原中也や梶井基次郎の愛した詩人だが、中也の訳した「でぶつちよの子供の歌へる」は、母を失った悲しみを頑是ない子供の舌足らずな口調に託して哀切である――

僕もあの世に行つてしまはう、
ママと一緒にねんねをするんだ。
ホラ、ね、鳴つてら、僕の心臓、
きつとだ、ママが呼んでゐるんだ！

パリで孤独な生活を送っていたラフォルグが、貴婦人方にもてはやされる未来のサロン小説家ポール・ブールジェと、どのようにして知り合ったのかは分からない。おそらくその頃ラフォルグが足しげく通っていた文学カフェ「レ・ジドロパット」あたりで出会ったものであろう。すでに詩人として一家をなしていたこの年長の友人の推薦で、ラフォルグはドイツ皇后アウグスタのフランス語読書係の職を得た。一八八一年の暮れからドイツ。一日十二スーの食事で暮らしていた貧乏文学青年を取りまく世界は一変する――「この文化的な環境の変化は、僕の脳味噌をオムレツのようにひっくり返した」。ひっくり返されたのは「脳味噌」だけではない。詩について彼がこれまで抱いていた信念もまた覆されたのだ。彼はもう「新しい時代の予言者の書」は書かないだろう。雄弁調の悲哀や絶望は影をひそめ、かわって皮肉や諧謔、くだけた俗語調、綺語や造語を鏤《ちりば》めた不規則なリズムの詩句が前面に躍り出る。「宇宙的な憂鬱」を歌うはずだった『地球の嘆き』は、お道化た調子の『嘆きぶし』になる。たとえば――

もう私達は森に行かないことにしよう。
松の木はいつ見ても同じで、
角笛の音を聞けば思い出すことばかりだ。……
蒼白い日々に降る雪よ、
私はお前だけを私の祈禱書にしよう。
――又霜が解け始めるまではね。
（「春の哀唄」吉田健一訳）

『嘆きぶし』は一八八五年七月、パリのヴァニエ書店から刊行され、当時サンボリストやデカダンと呼ばれていた若い詩人たちの注目を集めた。ラフォルグの詩才はめざましく開花し、その頃にはもう第二詩集『我が月の聖母に倣いて』も完成していた。『善意の花々』も翌年には完成して印刷を待つばかりであったが、ラフォルグの満足するところとならず、その中から五篇を選び出して再構成し、劇詩『妖精会議』として出版した。折しもパリでは象徴派の文学運動が勃興、新雑誌の創刊があいつぎ、ラフォルグの親友ギュスターヴ・カーンも「象徴派」誌を主宰するかたわら、一八八六年からは「ラ・ヴォーグ」誌の編集にも携わった。この高踏的な雑誌には、象徴派の先達に祭り上げられたマラルメやヴィリエ・ド・リラダンも寄稿した。ラフォルグの帰心は矢のごとく募る。その年の九月、皇后の読書係の職を辞し、年末には英国人の女性リア・リーとロンドンで結婚。が、この時に引いた風邪がもとで激しい咳と熱に悩まされ、窮乏の末、肺結核のためにパリで死んだ。時に二十七歳。彼の妻も翌年、同じ病で夫の後を追った。本書に収められた『伝説的な道徳劇』と『最後の詩』は、いずれもラフォルグ死後の刊行である。

『伝説的な道徳劇』の表題の翻訳には、さすがの吉田健一も大いに頭を悩ませたらしい。「道徳劇」と訳された「モラリテ」は中世のヨーロッパでさかんに上演された寓意劇のことで、「伝説的な」という形容詞は、キリスト教の縛りからこの文学形式を解き放ち、異教の神話や伝説にも応用できるように付け加えられたものであろう。主人公は「不幸な王子」ハムレットだったり、「風変りな騎士」ローエングリンだったり、「芸術家」の牧羊神だったりするが、どの人物もラフォルグの分身であることに変わりはない。異様なほどの映像喚起力にあふれた高密度の文章の魅力は言わずもがな、パロディやアナクロニズムなどの人を食った仕掛けや、作者がさかんに半畳を入れるところなどは、『酒宴』に始まる吉田健一の天衣無縫な小説を思わせるものがあって、その楽しさは無類である。だが、そこに定着されたものは、同じく中世の道徳劇を鋳型にしたベルイマンの『第七の封印』にも似て（この映画には、旅芸人が実際に道徳劇を上演する場面がある）、「伝説の形をした」、逃れるすべのない「人間の宿命」（「ラフォルグの短篇集」）である。この「宿命」は、ほぼ同時期に書かれた『最後の詩』では、その「動揺を絶した荘重さ」（「ラフォルグ」）がもはや凄惨と言うしかない響きにまで高まっている。

『最後の詩』は自由詩で、そのためラフォルグは「自由詩派」とも呼ばれる「象徴派」に分類されることもあるのだが、しかしエドマンド・ウィルソンのように、近代に対する絶望から象牙の塔に閉じこもり、想像力の世界に生きた一群の詩人や小説家を象徴派と呼ぶなら、ラフォルグは象徴派ではなかった。彼のハムレットの城は「生きるなんてことは召使いにまかせておけ」とうそぶくアクセルの城ではなかったし、彼の「水族館」は俗衆から逃れて孤独な夢想にふけるデ・ゼッサントの人工楽園でもなかった。やがて閉館時間がやって来て、「これから、泥塗れの、ひやりと寒い、辻馬車だらけで、鼻汁の出そうな、如何わしい、喧嘩好きの、風邪を引く」現実の中へ戻って行かねばならないことを、ラフォルグは知っていたからである。彼の念願は「我々が住んでいるこのありのままの世界」で、「何かもっと別な主題を、もっと危険で高級なものを」見つけることだった。ラフォルグはその「主題」を見つけた。それは倦怠、ただし、あらゆる夾雑物を取り去った後に現れる「裸形の生」そのものにほかならぬ「絶対的な倦怠」（ヴァレリー『魂と舞踏』清水徹訳）だった――。

冬が来て、銹が群衆を包み、
誰も通らない街道の
何百キロも続く電線の悲みにも銹が食い入る。
（「冬が来る」）

近代とは生の目的が見失われた時代、倦怠という「裸形の生」があらわになる時代である。だからそれは文明の爛熟期にしか現れないし、長続きすることもない。吉田健一がいつ、どこでラフォルグと出会ったのかは、この文章の冒頭にも記したように、はっきりしない。しかし吉田はケンブリッジ留学時、G・ライランズのジョン・ダン講義を聞いているので、そのあたりでラフォルグの名を耳にしたのかも知れない。二十世紀におけるダン復活の仕掛け人は周知の通りT・S・エリオットだが、彼の『形而上派の詩人たち』には

「驚くほど方法論の似通った詩人」として、ほかならぬラフォルグの名が挙げられているからである。しかしそれよりも遥かに重要なのは、同じエリオットの『プルーフロックとその他の観察』などの詩集が明らかに示しているように、吉田が留学した両次大戦間のヨーロッパには、近代がまだその名残りを濃厚にとどめていたことである。したがって、生の目的を見失った豊富と倦怠も。

処女論文の吉田は書く――ラフォルグの散文は「意識する風景を日常を脱した鮮かさで眺めることにより、現実を夢の整然さを以て秩序付け」ている。だから彼の書く「夢物語」は、いわゆる「写実小説よりも遥かに強烈な現実感を以て我々に迫るのである」と。「日常を脱した鮮かさ」で眺められた風景、それゆえの「強烈な現実感」。それは既視体験(デジャ・ヴュ)そのものではないだろうか。既視体験が、無意識のうちに眺めていたものを突然意識する時に生じるものだとすれば、吉田にとってラフォルグとの出会いは、まさに忘れていた「前世」を思い出すに等しい経験だったのである。「前世」とはもちろん近代、パリやケンブリッジで若い吉田がその毒を全身に浴びたヨーロッパの近代にほかならない。

「言葉が我々を導く所に遊び」、そしてその言葉を忘れて、「現実というものを我々がこれ程はっきり見たことがあるかと思うのが文学の、或は本を読む楽しみというものであり、これを置いて文学などというものはない」(『文学の楽しみ』)という吉田の文学観は、このラフォルグ体験を基に形作られたものに違いない。しかしこうした至極真っ当な文学観は、けばけばしい意匠や観念の跳梁する戦後の文学界に受け入れられるはずもなく、それが吉田をアウトサイダーとして文壇の片隅に追いやったことは、長谷川郁夫氏の労作『吉田健一』が綿密に跡づける通りである。

だが、吉田の処女論文にはそれ以上のものがある。「ワットオの絵に於る、時のせいか真黒な背景が浮び上らせている宮廷人のきらびやかな絹の衣裳の光沢」にラフォルグの詩をなぞらえ、「ワットオの絵の絹の艶が、ラフォルグの詩人としての身上だった」と書くとき、ここにはすでに十八世紀の残照を浴びて立つ『ヨオロッパの世紀末』の吉田健一がいないだろうか。さらに、夢は妄想と違って「意識せられる現在を別の秩序に従って再建する」から、「例えば月光を浴びた銀行の建物を現実に眺めながら、そこにアテネのパルテノンを夢みることが出来る」と言うとき、現実と夢の間を自在に往き来する『本当のような話』や『金沢』の幻想世界が予見されてはいないだろうか。清水徹氏の言葉は正しい――吉田健一の中に「宿命ないしは潜勢として存在した溶液」が、ラフォルグとの出会いを「重要な触媒」として、「鮮やかな結晶をつぎつぎと析出させていった」（「吉田健一さんとラフォルグ」『吉田健一の時間』）のである。

吉田健一はラフォルグ論をたった一つしか残さなかった。書く必要がなかったからである。

本書は、一九七七年八月小沢書店刊『ラフォルグ抄』を底本とし、新漢字新かな遣いに改めました。本文中明らかな誤植と思われる箇所は正しましたが、原則として底本に従いました。また底本にある表現で、今日からみれば不適切と思われる表現がありますが、作品が書かれた時代背景および著者・訳者（故人）が差別助長の意図で使用していないことなどを考慮し、底本のままとしました。よろしくご理解のほどお願い致します。

ラフォルグ抄《しょう》

ラフォルグ　吉田健一《よしだけんいち》 訳
二〇一八年一二月一〇日第一刷発行

発行者――渡瀬昌彦
発行所――株式会社　講談社
東京都文京区音羽2・12・21　〒112-8001
電話　編集（03）5395・3513
販売（03）5395・5817
業務（03）5395・3615

デザイン――菊地信義
印刷――豊国印刷株式会社
製本――株式会社国宝社
本文データ制作――講談社デジタル製作

講談社
文芸文庫

ISBN978-4-06-514038-3

講談社文芸文庫

蓮實重彦

物語批判序説

フローベール『紋切型辞典』を足がかりにプルースト、サルトル、バルトらの仕事とともに、十九世紀半ばに起き、今も我々を覆う言説の「変容」を追う不朽の名著。

解説=磯﨑憲一郎

はM5
978-4-06-514065-9

吉田健一訳

ラフォルグ抄

若き日の吉田健一にとって魂の邂逅の書となった、十九世紀末フランスの夭折詩人ラフォルグによる散文集『伝説的な道徳劇』。詩集『最後の詩』と共に名訳で贈る。

解説=森 茂太郎

よD22
978-4-06-514038-3